Anna Hoghton

Orla und die Wilde Jagd

Anna Hoghton ist eine vielfach ausgezeichnete Regisseurin und Dichterin. Sie studierte den Master Literarisches Schreiben für Kinder an der Universität Bath. Nach ›Aribella und die Feuermaske‹ ist ›Orla und die Wilde Jagd‹ ihr zweites Kinderbuch bei dtv.

Katja Hald studierte Anglistik und Romanistik in Tübingen und London. Sie arbeitete als Englischlehrerin, Lexikografin und Lektorin, bevor sie sich 2013 als Übersetzerin selbstständig machte.

ANNA HOGHTON

ORLA UND DIE WILDE JAGD

Aus dem Englischen
von Katja Hald

dtv

MIX
Papier | Fördert
gute Waldnutzung
FSC® C014496
FSC
www.fsc.org

Deutsche Erstausgabe

Titel der englischen Originalausgabe: ›Orla and the Wild Hunt‹,
2022 erschienen bei Chicken House, Frome, Somerset

Umschlag- und Innengestaltung: dtv nach einem Entwurf
von Helen Crawford-White
Illustrationen: David Dean
Gesetzt aus der Caslon
Satz: Uhl + Massopust GmbH, Aalen
Druck und Bindung: GGP Media GmbH, Pößneck
Printed in Germany · ISBN 978-3-423-76542-8

Für meine Granny Ireland,
die mich noch immer jeden Tag inspiriert.
Und für Bo, den wir auf ewig lieben und vermissen werden.

Es ist besser, jemanden geliebt und verloren zu haben,
als nie geliebt zu haben.

Alfred Lord Tennyson

Anmerkung der Autorin

Diese Geschichte ist in Teilen inspiriert von den Erzählungen meiner eigenen irischen Großmutter. Ich habe mich ganz frech verschiedener Gestalten aus der irischen Mythologie bedient und mir die künstlerische Freiheit genommen, diese mit anderen Lieblingssagen und -legenden meiner Kindheit zu vermischen.

Ich hoffe, meine Leserinnen und Leser genießen und verzeihen mir meine Abwandlungen und Ausschmückungen, aber für mich ist jede dieser Geschichten wie ein lebendiges, atmendes Wesen. Sie werden schon seit sehr langer Zeit weitergegeben und verändert und entwickeln sich mit jedem Erzähler und jeder Erzählerin weiter. Letztendlich ist es nicht die korrekte Wiedergabe der Details, die zählt, sondern dass diese Geschichten uns verbinden – mit unseren Großeltern und deren Großeltern und allen Generationen vor ihnen.

Die Wilde Jagd reitet in den Schatten der Nacht,
hat immer schon Furcht und Verzweiflung gebracht.

Sie labt sich an deinem Kummer und Graus.
Was immer du tust, sprich ihren Namen nicht aus.

Denn sprichst du ihn laut, ein drittes Mal,
quillt hervor eine Wolke, pechschwarz und brutal:

Biester und Monster mit einst sterblichem Herzen,
Seelenfresser, gierig nach Trauer und Schmerzen.

1

Zu gut, um wahr zu sein

Kaum angekommen hatte Orla Apollo schon verloren. Nach ihrer Landung auf dem Flughafen von Belfast musste sie nur mal schnell aufs Klo, und als sie zurückkam, war Apollo nirgends mehr zu sehen. Bis sie den blauen Haarschopf ihres zehnjährigen Bruders schließlich vor einem Regal mit Süßigkeiten entdeckte.

»Warum musst du mir ständig weglaufen?«, schimpfte sie und schob ihn in Richtung Ausgang des Terminals.

»Ich bin nicht weggelaufen! Ich wollte mir nur ein Mars kaufen. Ich bin am Verhungern«, verteidigte sich Apollo. Er riss sich so heftig los, dass mehrere Leute mit Rollkoffern abrupt die Richtung ändern mussten, um nicht in ihn hineinzulaufen. Sie warfen Orla und Apollo missbilligende Blicke zu. Sicher wunderten sie sich, wo ihre Eltern waren. Orla starrte böse zurück. Das alles machte sie nur noch wütender auf ihren Dad, der nicht mitgekommen war.

Anstatt hier bei seinen Kindern war er auf dem Weg nach Frankreich, um dort mit seiner neuen Verlobten, Penelope Toogood, und ihren Söhnen Charles und William Cocktails in der Sonne zu schlürfen. Es war ihm noch nicht einmal in den Sinn gekommen, stattdessen mit ihnen nach Irland zu fliegen. Seit Mum gestorben war, hatten sie ihre Großmutter nur ein einziges Mal besucht. Einmal in zwei Jahren. Dad hatte sich immer mit der Arbeit, der Schule oder den Flugpreisen herausgeredet, aber Orla wusste, dass der letzte Besuch bei Gran sehr schwer für ihn gewesen war. Grans Haus war mit zu vielen Erinnerungen an Mum verbunden, und Dad schien alles zu tun, um Mum vollständig aus seinem Leben auszuradieren. Er war ein solcher Feigling.

Orla war immer gerne zu Gran gefahren. Sie war eine echte Lebenskünstlerin – warmherzig und nett –, genau wie eine Großmutter sein sollte. Den letzten Besuch bei ihr hatte Orla aus ebenjenem Grund, der es für Dad so schwierig gemacht hatte, sehr genossen. Alles fühlte sich so seltsam und anders an, seit Mum gestorben war, nur Grans Haus war unverändert, als wäre dort die Zeit stehen geblieben. Und überall hingen Bilder von Mum. Vielleicht machte es Dad ja glücklich, mit den Toogoods in den Sonnenuntergang zu segeln und so zu tun, als wäre alles Friede, Freude, Eierkuchen. Aber Orla spielte da nicht mit. Es war schon schlimm genug, dass sie alle zusammen in einem neuen Haus lebten – da konnte sie unmöglich auch noch mit ihnen in den Urlaub fahren.

Orla hatte so lange genölt und gequengelt, bis Dad schließlich nachgegeben und ihr erlaubt hatte stattdessen nach Irland zu fliegen.

Als Apollo dann darauf bestanden hatte, mit ihr zu kommen, war das für alle eine Überraschung. Orla wusste, dass Apollo Gran heiß und innig liebte und sie sehr vermisste. Trotzdem hätte sie gedacht, er würde den teuren Strandurlaub vorziehen. Während es Orla mit den Toogoods kaum im selben Raum aushielt, verstand sich Apollo ärgerlicherweise ziemlich gut mit ihnen. Aber er verstand sich mit jedem gut.

Sie drängten sich durch den Ausgang des Terminalgebäudes. Der kräftige irische Wind blies Orla die blonden Haare ins Gesicht. Sie zitterte. Selbst im Sommer war es hier immer kälter und nässer als in Bristol. Aber bei all dem Regen war es auch kein Wunder, dass die Landschaft so üppig grün war. Der Flughafen war umgeben von flachen Hügeln mit saftigen grünen Wiesen.

Die Smaragdinsel.

So hatte Mum Irland immer genannt.

Orla spürte dasselbe angenehme Kribbeln im Bauch wie immer, wenn sie hierherkam. Dabei wusste sie schon jetzt, dass sie die kommenden Wochen nur mit Gartenarbeit, Scrabble und Lesen verbringen würden. Trotzdem war es tröstlich, wieder in Irland zu sein. Sie hätte das niemals zugegeben, aber tief in ihrem Inneren hoffte sie, dass diese Reise und das Wiedersehen mit Gran ihr dabei helfen würden, die große Leere zu füllen, die sie seit Mums Tod mit sich herumtrug.

Als Orla an Grans erste Reaktion auf den geplanten Besuch dachte, zog sich ihr jedoch der Magen zusammen. Sie hätte erwartet, dass Gran sich freuen würde. Stattdessen hatte sie den Eindruck, dass ihre Großmutter versucht hatte sie abzuwimmeln. Vielleicht wünschte sie sich, dass Apollo und Orla sich an ihre neuen Stiefbrüder gewöhnten, und wollte Penelope nicht vor den Kopf stoßen. Dennoch hatte Orla sich zurückgewiesen gefühlt. Als es dann so weit war, meinte Gran, sie könne es kaum erwarten, die beiden zu sehen …

Wo war sie? Wenn sie mit Mum hierhergeflogen waren, hatte Gran immer am Ausgang gestanden und auf sie gewartet. Orla überprüfte nervös, ob ihre Halbmondohrringe noch richtig saßen. Sie hatten Mum gehört und sie nahm sie nie ab. Ein lautes, zweifaches Hupen riss sie aus ihren Gedanken.

Gran!

Orlas Herz machte einen Sprung. Ohne abzuwarten, ob Apollo ihr folgte, hievte Orla ihren Rucksack höher auf die Schultern und lief am Taxistand vorbei zu den Parkplätzen.

»Orla, warte!«, rief Apollo ihr hinterher.

Orla ignorierte ihn und suchte die Autoreihen nach einem klapprigen roten Fiat ab. Zuerst konnte sie ihn nicht entdecken. Aber doch – da war er! Und da war auch Gran! Wie ein winziges Vögelchen saß sie gekrümmt hinter dem Lenkrad und winkte ihnen wie verrückt durch die Windschutzscheibe zu.

Sie lächelte und Orla spürte sofort, wie der Knoten in ihrer Brust sich löste.

Apollo und sie rannten zum Auto und rissen die Türen auf. »Hi, Gran!«, schrien sie gemeinsam.

Gran trug ihre üblichen karierten Hosen und einen weiten roten Pullover. *Wie in alten Zeiten*, dachte Orla glücklich.

»Hallo, meine Schätzchen«, begrüßte sie sie, während die beiden auf die Sitze rutschten. »Oh, deine blauen Haare gefallen mir, Apollo. Sehr gewagt!«

Bis vor Kurzem waren Apollos Haare noch braun, so wie Dads. Aber an seinem zehnten Geburtstag hatte er sie sich knallblau gefärbt.

Apollo grinste. »Danke, Gran. Schön, dich zu sehen.«

»Ach, es ist auch sehr schön, euch zu sehen, meine beiden Lieblingsenkel!«

Apollo lachte. »Wir sind deine einzigen Enkel, Gran!«

»Na und? Ihr seid trotzdem meine Lieblingsenkel«, entgegnete sie mit einem strahlenden Lächeln. »Hattet ihr einen guten Flug? Eine ziemlich lange Reise für euch beide ganz allein. Wahrscheinlich wollt ihr euch gleich ein bisschen hinlegen, was? Ach, es ist so schön, euch zu sehen, so schön!«

Gran reichte die Packung Pfefferminzbonbons herum, die sie immer im Auto hatte. Die beiden nahmen sich eins und lutschten zufrieden. Der frische Minzgeschmack, Grans irischer Akzent und der Lavendelduft im Auto waren Orla so vertraut, dass sie sich zum ersten Mal seit Monaten richtig entspannte. Plötzlich hatte sie nicht mehr das Gefühl, die Welt stünde kopf und wäre von innen nach außen gekehrt.

Alles würde wieder gut werden.

2

Grans Haus

Die Fahrt zu Grans Haus dauerte zwei Stunden, aber Gran vertrieb ihnen mit ihrem fröhlichen Geplapper die Zeit. Sie stellte eine Frage nach der anderen: *Gefiel ihnen ihr neues Haus? Wie lief es in der Schule? Bekamen sie gute Noten? Wie ging es ihren Freunden und Freundinnen?*

Orla antwortete meist einsilbig, zufrieden in der tröstlichen Nähe ihrer Großmutter zu sein und die ausführlichen Antworten Apollo überlassen zu können. Sie sah aus dem Fenster, vor dem die irische Landschaft vorüberzog. Obwohl es Sommer war, war der Himmel wie fast immer mit schiefergrauen Wolken verhangen. Der Regen rann an den Scheiben herab und Grans Scheibenwischer wedelten hektisch hin und her, mit wenig Erfolg.

»Leider gießt es schon die ganze Woche wie aus Eimern«, erklärte Gran. »Hoffentlich werdet ihr wenigstens ein paar milde Tage erleben.«

Dass man in Irland gleich mehrere Bezeichnungen für Regenwetter hatte, sagte alles. Gran hatte sie ihnen beigebracht, daher wusste Orla, dass ein milder Tag ein Tag mit nur wenig Nebel war.

Die Aussicht wechselte von Gebäuden und Fabriken zu endlosen Weiden mit Schafen und Kühen, zwischen denen hin und wieder ein kleiner gelber Ginsterbusch aufleuchtete. Dann wurde die Szenerie zunehmend rauer und wilder mit hohen Bäumen und Tälern. Auf kurvigen, mit Schlaglöchern übersäten Straßen fuhren sie an Seen und großen Felsbrocken vorüber, hinter denen hohe Berge aufragten.

Grans kleines altes Haus stand neben nur wenigen anderen Häusern am Rande eines dichten Waldes, der aussah wie aus einem Märchen. Orla wusste nicht, wie er richtig hieß, aber Gran nannte ihn immer nur den Verwunschenen Wald. Früher hatte sie ihnen oft alte Sagen von Elfen erzählt, die sich dort zwischen den Bäumen versteckten. Gran behauptete, in den irischen Wäldern gebe es überall Tore zum Elfenreich, und als Orla noch klein war, hatte sie das auch geglaubt. Gran war eine großartige Geschichtenerzählerin. Ihre Beschreibungen waren so ausführlich und lebendig, dass man sich alles bildlich vorstellen konnte.

Aber mittlerweile war Orla zu alt für diesen Quatsch. Im echten Leben gab es keine Zauberei oder Wünsche, die in Erfüllung gingen, und schon gar kein glückliches Ende.

Gran bog in ihre Einfahrt und Orla und Apollo krabbelten aus dem Auto. Sie streckten ihre tauben Beine und Arme und betrachteten Grans Haus. Es sah aus wie immer – als würde es jeden Moment in sich zusammenfallen, mit einem verwilderten Garten voller Blumen und Pflanzen. Orla lächelte.

Dann schnappten sie sich ihre Rucksäcke und folgten Gran zum Haus. Der überwucherte Gartenweg war gesäumt von riesigen Steppenkerzen und knorrigen Rosenbüschen, und die ausgebleichte rote Haustür erinnerte an einen alten rissigen Bucheinband, von dem die Farbe abblätterte.

Glücklich atmete Orla den Duft der violetten Glyzinie ein, die sich die Hauswand hinaufrankte und die Fenster fast vollständig verdeckte. Alles war so, wie sie es in Erinnerung hatte. Alles bis auf …

Orla war so überrascht ein glänzendes Schloss an der Tür zu entdecken, dass sie um ein Haar in das Schälchen mit Milch getreten wäre, von dem Gran behauptete, es wäre für die Elfen. Orla wusste natürlich, dass es für streunende Katzen, Füchse und andere Wildtiere dort stand.

»Seit wann hast du ein Schloss an der Tür, Gran?«, fragte sie. »Ich dachte immer, niemand im Dorf würde irgendetwas abschließen.«

»Ach, na ja, die Welt verändert sich«, entgegnete Gran, während sie in ihrer Tasche wühlte und einen klimpernden Schlüsselbund herauszog. Bildete Orla sich das nur ein oder vermied es Gran tatsächlich, ihr in die Augen zu sehen? »Es ist hier in der Gegend in den letzten Monaten ein paarmal eingebrochen worden. Und Vorsicht ist besser als Nachsicht, wie man so schön sagt«, fügte sie noch hinzu und schloss die Tür auf.

Orla runzelte die Stirn. »Aber du hast doch immer gesagt, du hättest nichts, was es wert wäre zu stehlen.«

»Orla!«, zischte Apollo. »Wenn Gran die Tür abschließen will, dann lass sie doch. Was ist dein Problem?«

Gran hatte noch nie abgeschlossen, das war Orlas Problem. Aber es war nicht nur das Schloss. Gran wirkte irgendwie unruhig. Als würde sie etwas verheimlichen. Und das ausgerechnet jetzt, wo Orla wollte, dass sie so stark und unerschütterlich war, wie sie sie kannte.

»Ach, aber jetzt habe ich ja etwas, das es wert ist gestohlen zu werden – euch. Meine wertvollsten Schätze.« Mit einem

Lächeln verstrubbelte Gran liebevoll Apollos blaue Haare, wurde aber sofort wieder ernst. »Das mit den Einbrüchen war kein Scherz. Es sind hier in letzter Zeit ein paar ... merkwürdige Dinge geschehen. Seid einfach vorsichtig, in Ordnung? Nicht allein im Dunkeln rausgehen oder ähnliche Dummheiten. Und haltet Türen und Fenster geschlossen.«

Orla presste die Lippen zusammen. Sie wollte nicht, dass hier merkwürdige Dinge geschahen. Sie öffnete den Mund, aber Apollo verpasste ihr einen schmerzhaften Tritt gegen die Wade. »Au!«, schrie sie.

»Was haltet ihr davon, wenn ich euch jetzt mal etwas zu essen mache?«, fragte Gran, die ins Haus getreten war. »Ihr müsst hungrig sein nach eurem frühen Flug.«

»Oh ja, bitte!«, rief Apollo begeistert. »Ich verhungere. Orla hat mir am Flughafen nicht mal erlaubt ein Mars zu kaufen.«

Orla versuchte ihm ebenfalls einen Tritt zu verpassen, aber Apollo wich ihr geschickt aus.

»Ich werfe euch etwas in die Pfanne. Dauert nur ein paar Minuten, Schatz. Warum bringt ihr solange nicht die Taschen in euer Zimmer? Und könnte einer von euch das Klappbett vom Speicher holen und der andere Handtücher und Bettbezüge aus dem Wäscheschrank?«

»Natürlich, Gran. Gerne«, flötete Apollo, der kleine Schleimer.

Als Orla in den Flur trat, stockte ihr der Atem. Über dem Tisch dort hing ein gerahmtes Foto ihrer Mutter. Es war am Tag ihrer Abschlussfeier am Trinity College aufgenommen worden und hing dort, seit Orla denken konnte. Unter ihrem Umhang trug Mum ein grünes Kleid und die langen dunkelblonden Haare fielen ihr offen auf die Schultern. Ihre Augen hatten denselben Grünton wie Orlas, ihre Wangen waren rosig, ihr Lächeln strahlte.

Beim Anblick des Fotos fuhr es Orla in den Magen. Es war ein Gefühl, wie wenn man im Dunkeln eine Treppe hinaufgeht und denkt, es kommt noch eine Stufe, dann aber ins Leere tritt. Dad hatte in ihrem neuen Haus kein einziges Bild von Mum aufgehängt. Unter Orlas Bett lag ein Album, in dem sie in den ersten Monaten nach ihrem Tod jede Nacht geblättert hatte. In letzter Zeit tat sie das nicht mehr und sie fragte sich, ob sie vielleicht angefangen hatte sich davor zu fürchten. *Nein, natürlich nicht*, redete sie sich ein. Sie war einfach zu beschäftigt … Aber nun, da sich angesichts des Fotos dieses beunruhigende Gefühl in ihr breitmachte, überlegte sie doch, ob es nicht noch einen anderen Grund gab. Vielleicht war sie ja gar nicht so viel anders als ihr Dad.

In Grans Haus befanden sich mit Ausnahme des Speichers alle Zimmer im Erdgeschoss. Links vom Eingangsbereich führte ein schmaler Gang zu Grans Schlafzimmer, zum Gästezimmer und ins Bad. Rechts davon gingen drei weitere Türen ab – die Küche, in der Gran verschwunden war, ein winziges Wohnzimmer, das sie nur den Fuchsbau nannten, und ein Arbeitszimmer. Die Tür zum Arbeitszimmer stand offen, aber Orla vermied es, einen Blick auf das verstaubte alte Klavier zu werfen. Der geschlossene Deckel erinnerte sie an einen Sarg.

Apollo rannte den Flur entlang an ihr vorbei, um als Erster im Gästezimmer zu sein. Wütend sprintete Orla ihm hinterher. Aber Apollo gewann und schleuderte sofort seinen Rucksack aufs Bett, um es für sich zu reservieren und Orla auf das Klappbett zu verbannen.

Aber da hatte er sich geschnitten.

Sie fegte den Rucksack vom Bett, der mit einem lauten Wumms gegen die Wand knallte. Der Reißverschluss, der schon halb offen war, ging ganz auf und Apollos Klamotten verteilten sich überall im Raum.

»Orla!«, schrie Apollo empört. Sein Kuschelhase landete direkt vor ihren Füßen.

Sie starrte ihn überrascht an. »Du hast Hase dabei? Apollo, du bist zehn! Du hast gesagt, du hättest ihn weggeworfen.«

Apollo wurde knallrot. »Ich … ähm, also … Er muss aus Versehen im Rucksack gelandet sein …«

»Ja, klar. Du bist ein solches Baby.«

Apollo wurde noch röter. »Nenn mich nicht Baby!«, brüllte er, während er sich auf sie stürzte und sie zu Boden riss.

Orla bearbeitete ihn mit den Fäusten, während Apollo sie mit der einen Hand kräftig an den Haaren zog und mit der anderen in den Arm kniff. Jaulend versuchte sie ihn von sich wegzudrücken und schlug noch härter auf ihn ein. Es tat gut, die Anspannung loszuwerden, die sich in ihr aufgestaut hatte, seit ihr das Schloss an Grans Tür aufgefallen war. Ihre Faust landete auf Apollos Kiefer. Er stöhnte.

»Okay, okay, Waffenstillstand!« Apollo hob die Hände hoch. Orla boxte ihn ein letztes Mal gegen den Arm und ließ sich zurücksinken. Dabei fiel ihr Blick aufs Fenster und sie erstarrte.

»Die Fenster sind auch verriegelt!«, keuchte sie ungläubig.

»Klar, wegen der Einbrüche. Gran hat es uns doch erklärt.« Apollo rieb sich den Kiefer. Wahrscheinlich bereute er schon, dass er mitgekommen war. Aber Orla hatte kein Mitleid, schließlich war er selbst schuld.

»Hattest du nicht auch das Gefühl, dass Gran uns nicht die Wahrheit sagt?«

Apollo rümpfte die Nase. »Warum sollte sie uns anlügen? Wofür sollten die Schlösser denn sonst gut sein?« Plötzlich wurde er blass und stieß ein erschrockenes Wimmern aus. »Vielleicht ist es wegen der Wilden Jagd …«

Orla schnaubte abfällig. Laut Grans Geschichten handelte es sich bei der Wilden Jagd um eine monströse schwarze Wolke, die sich nachts in Vögel, Pferde und menschenähnliche Gestalten verwandelte, um Sterbliche von den Straßen oder – wenn die Fenster nicht verschlossen waren – aus ihren Betten zu holen. Als Visitenkarte hinterließ sie immer eine schwarze Feder …

Natürlich waren diese Geschichten kompletter Unsinn, aber Orla fröstelte trotzdem. Grans Haus und der Verwunschene Wald am Ende der Straße sorgten dafür, dass ihr die Existenz einer magischen Welt sehr viel wahrscheinlicher vorkam. Aber das lag sicher nur daran, dass ihre Erinnerungen an diesen Ort eng mit Grans Erzählungen verwoben waren.

»Du glaubst doch nicht etwa immer noch an diesen Schwachsinn, Apollo?«

»Was ich glaube, ist meine Sache«, gab Apollo beleidigt zurück. »So wie es Grans Sache ist, ob sie Schlösser anbringen will oder nicht. Gerade eben hast du geklungen, als würdest du sie verhören. Du musst nicht immer zu allen so fies sein, Orla.«

Orla schmollte. Sie war nicht fies. Sie war nur verunsichert. Apollo, dieser harmoniebedürftige Langweiler, sagte natürlich lieber nichts, weil er niemanden vor den Kopf stoßen wollte – mit Ausnahme von Orla.

»Und du musst nicht immer so ein Baby sein!«, fauchte sie zurück.

Apollo starrte sie böse an. Für einen Moment sah es so aus, als würde er jeden Moment wieder auf sie losgehen. Doch dann lenkte er ein. Er schleppte das Klappbett vom Speicher nach unten und befreite es von Spinnweben. Grummelnd holte Orla Handtücher und Laken.

Sie legte ihren Rucksack aufs Bett und überprüfte automatisch ihr Handy, obwohl ihr in letzter Zeit kaum noch jemand Nachrichten schickte. Eigentlich kein Wunder, denn sie antwortete schon seit einer Ewigkeit nicht mehr darauf. Es fühlte sich einfach falsch an, so zu tun, als wäre alles in Ordnung, wenn überhaupt nichts in Ordnung war.

Sie hatte eine neue Nachricht von Ellen, ihrer ältesten Freundin. Sie war die Einzige, die Orla noch nicht ganz aufgegeben hatte. Gestern war Ellens Geburtstag gewesen und sie hatte Orla ein Foto geschickt. Darunter stand: *Du hast gefehlt xoxo*. Alle waren da – Sarah, Aisha, Kiran, Emma und Shantelle. Sie hatten die Arme umeinandergelegt und lächelten in die Kamera.

Ohne es zu wollen, war Orla ein klein wenig eifersüchtig – was sie ärgerte. Sie wusste, dass Ellen nur versuchte sie nicht auszuschließen. Aber das Foto machte alles nur noch schlimmer. Sie fühlte sich so anders als die anderen.

»Alles okay?«, fragte Apollo leise.

Als sie aufsah, bemerkte sie, dass er sie beobachtete. Sie räusperte sich. »Ja, warum?«

»Du siehst … irgendwie komisch aus.« Er blickte zu Boden.

»Der Einzige, der hier komisch aussieht, bist du mit deinen bescheuerten blauen Haaren!«

Apollo zuckte erschrocken zusammen und verschwand beleidigt in Richtung Küche.

Orla warf noch einen letzten Blick auf das Foto und löschte die Nachricht.

3

Wieder die Außenseiterin

Als Orla den Gang entlangschlurfte, duftete es bereits köstlich nach Essen. Vor der Küche blieb sie stehen und spähte vorsichtig hinein. Apollo saß am Küchentisch, Gran stand über den Herd gebeugt und klapperte mit Pfannen und Töpfen, während die beiden plauderten und lachten.

Orla zögerte hineinzugehen. Sie fühlte sich unbehaglich und ausgegrenzt.

»Schau mal, Gran«, rief Apollo und deutete zum Fenster, wo ein königsblauer Schmetterling gegen die Scheibe flatterte. Selbst an diesem trüben, grauen Tag glitzerten die Spitzen seiner Flügel, als hätte man sie in geschmolzenes Gold getaucht. Als sie noch kleiner waren, gab es viele solche Schmetterlinge um Grans Haus. Die Art schien ihren Garten zu mögen. In England hatte Orla so schöne Schmetterlinge noch nie gesehen.

»Ein Spion des Elfenkönigs!«, rief Apollo aufgeregt.

Draußen im Flur verdrehte Orla die Augen. Laut Gran schickte der Elfenkönig Oberon die Schmetterlinge ins Reich der Menschen, damit sie hier nach dem Rechten sahen. Apollo tat wahrscheinlich nur Gran zuliebe so, als würde er die Geschichten immer noch glauben, während Orla das Gefühl hatte, die Außenseiterin zu sein. Sie missgönnte den beiden ihre Unbekümmertheit und Apollo, dass er sich an diesen albernen Geschichten immer noch freuen konnte. Für sie war vor zwei Jahren alle Freude aus der Welt verschwunden. Und wenn sie doch einmal einen kurzen Glücksmoment hatte, bereitete ihr das sofort ein schlechtes Gewissen.

»So ist es, Apollo«, sagte Gran und verstrubbelte ihm die Haare.

Apollo erstarrte. Es war eine Variante von Stopptanz, die sie früher immer mit Gran gespielt hatten. Sobald man einen Spion des Elfenkönigs entdeckte, durfte man sich nicht mehr bewegen, damit er einen nicht sehen konnte. Ein blödes Spiel.

Gran erstarrte ebenfalls zur Statue und Apollo musste so sehr lachen, dass er nicht mehr stillhalten konnte.

»Glaubst du, eines Tages werde ich die Elfen zu Gesicht bekommen?«

»Schon möglich«, sagte Gran und legte ihm einen Arm um die Schulter. »Aber wenn ich ehrlich bin, wäre es mir lieber, du siehst sie nicht. Elfen sind wie alle Fabelwesen sehr launisch. Mir wäre es lieber, du hältst dich von ihnen fern. Du bist mir viel zu wichtig, mein Schatz.«

Apollo lächelte sie an und Orla verspürte einen Stich. Diese Reise war *ihre* Idee gewesen. Aber dass Apollo wieder alles an sich reißen würde, hätte sie sich auch gleich denken können.

Ihr Blick wanderte zu dem Tisch im Flur. Zwischen Grans gewohntem Chaos aus Stricknadeln, Gartenwerkzeugen, einzelnen Handschuhen und ungeöffneter Werbung lag ausgerechnet eine Zeitung.

Bei den meisten Leuten wäre eine Zeitung nichts Ungewöhnliches gewesen, aber Gran interessierte sich in der Regel nicht für Nachrichten. Sie sagte immer, was in ihrem Garten und ihrer näheren Umgebung geschah, interessiere sie mehr als das, worüber sich ein paar korrupte Politiker gerade mal wieder stritten.

Zuerst die Schlösser und nun auch noch eine Zeitung …

Ginge es nicht um Gran, wären das unbedeutende Kleinigkeiten gewesen, aber bei ihr waren Veränderungen etwas Besonderes. Seit Orla denken konnte, hatte ihre Großmutter dieselben Gewohnheiten.

Die Zeitung war zwei Wochen alt. *FRAU VERMISST*, lautete die Schlagzeile auf dem Titelblatt und in dem Artikel dazu hatte Gran einige Passagen rot unterstrichen. *Mary Hart, 42, Mutter zweier Kinder … verschwand Donnerstagnacht aus ihrem Schlafzimmer … das Fenster stand weit offen …*

»Alles in Ordnung mit dir, Schätzchen?«

Orla zuckte zusammen. Gran steckte den Kopf aus der Küche.

»Ja, alles in Ordnung«, antwortete sie schnell. Sie wollte Apollo nicht den Gefallen tun und Gran zu der Zeitung sofort ins Kreuzverhör nehmen. Stattdessen sah sie sich das Foto an, aus dem Mum eingefroren in der Zeit zu ihr herunterlächelte.

Gran, die Orlas Unbehagen falsch deutete, sah sich das Bild ebenfalls an. »Du wirst ihr jeden Tag ähnlicher, weißt du das? Beide so schön und klug … Sie wäre sehr stolz auf dich.«

Orla sah verlegen zur Seite.

»Sie muss dir sehr fehlen … Ich vermisse sie auch. Du weißt, dass du jederzeit mit mir über sie reden kannst, oder, Schatz?«

Orla hatte einen Kloß im Hals und starrte auf den Flurtisch, um Gran nicht in die Augen sehen zu müssen.

»Was für eine Unordnung!«, rief Gran und fing an den Tisch aufzuräumen, wobei sie die Zeitung schnell unter den Arm klemmte. »Aber jetzt komm und iss etwas«, forderte sie Orla auf und schob sie in die sonnenblumengelb gestrichene Küche, in der diverse Töpfe und Pfannen auf dem alten Herd zischten und blubberten.

Apollo würdigte Orla keines Blicks, als sie eintrat.

An der Wand klingelte das Festnetztelefon. Gran nahm den Hörer ab. »Ach, Malcolm! Hallo! Gerade wollte ich dich anrufen. Sicher … alle gesund und munter. Nein, keine Probleme … Grüß Penny von mir … Ach ja richtig, sie will lieber Penelope genannt werden. Ist ihr gutes Recht … Werden wir … Ach, uns geht es gut hier, mach dir keine Sorgen …«

Mit einem Lächeln drehte Gran sich zu Apollo und Orla. »Wollt ihr Hallo sagen?«

Als Orla den Kopf schüttelte, verschwand Grans Lächeln.

»Ich will«, sagte Apollo schnell und nahm ihr den Hörer aus der Hand. »Hi Dad, m-hm … Ja, war gut … M-hm … Ja, der geht's auch gut … Werden wir. Okay … Hab dich auch lieb. Tschüss.« Er gab den Hörer wieder Gran.

Gran hielt das Telefon noch einmal Orla hin, aber die tat so, als würde sie es nicht sehen. Gran spitzte die Lippen und legte den Hörer wieder an ihr eigenes Ohr. »Also dann … Mach dir keine Sorgen. Genießt eure Ferien … Werde ich. Vielen lieben Dank. Ich mache jetzt Schluss … Tschüss.« Sie legte auf. »Warum hast du nicht mit deinem Dad gesprochen, Orla?«

Orla zuckte mit den Schultern. Sie wollte nicht hören, was für einen tollen Urlaub Dad mit seiner neuen Familie verbrachte. Er sollte hier in Irland sein, bei ihnen. Und sie hätte sich gewünscht, dass er gerne mitgekommen wäre.

Gran seufzte. »Würdest du den Tee aufgießen, Orla? Und Apollo, wenn du in diesen Dosen dort nachschaust, findest du bestimmt etwas Süßes.«

»Tiffin?«, fragte Apollo aufgeregt.

»Könnte schon sein …«, entgegnete Gran mit einem Zwinkern.

Apollo stieß einen Juchzer aus. »Ja! Dein Tiffin ist der beste, Gran. Viel Schokolade und Rosinen und perfekt knusprig. Viel besser als der aus dem Supermarkt. Und das will echt was heißen.«

»Ach, das ist aber nett von dir.« Grans Augen strahlten.

Und wieder fühlte Orla sich ausgegrenzt. Die beiden waren so fröhlich, während sie im Raum hing wie eine dunkle Wolke. Es war einfach nicht fair. Apollo hatte Mum doch auch verloren. Genau wie Dad und Gran. Warum war sie so viel trauriger und niedergeschlagener als alle anderen?

4

Augen im Gebüsch

Orla hatte gehofft, im Laufe des Tages würde sie sich ein wenig besser fühlen, aber das war nicht der Fall. Wenn sie Apollo und Gran beobachtete, fühlte sie sich sogar noch einsamer.

Als Gran eine Runde Scrabble im Fuchsbau vorschlug, wollte Orla ablehnen, aber Gran bestand darauf. Also gab sie widerwillig nach.

Der Fuchsbau war der kleinste Raum im Haus und nun, da Apollo und Orla größer waren, mussten sie sich zu dritt regelrecht hineinquetschen. In der Küche hätten sie es mit Sicherheit bequemer gehabt, aber der Fuchsbau war viel gemütlicher. Er war typisch Gran – vollgestopft mit altem Krimskrams und ächzenden Regalen, in denen sich zerfledderte Bücher stapelten. Es waren hauptsächlich Lexika, Wörterbücher und Nachschlagewerke über Dinge wie Pilze oder Sternbilder. Orla hatte zwischen den Seiten dieser Bücher schon allerlei Kuriositäten gefunden: gepresste Blumen, Grans alten Büchereiausweis, Schwarz-Weiß-Fotografien, alte Liebesbriefe von ihrem Großvater und sogar eine Haarlocke, von der sie hoffte, dass sie zu jemandem aus der Familie gehörte.

Gran hatte keinen Fernseher, weshalb das Unterhaltungsprogramm schon immer aus Pappschachteln kam und eher altmodisch war. Aber normalerweise waren Apollo und Orla absolut glücklich damit, endlos Scrabble zu spielen.

Diese Runde lief jedoch nicht so gut.

Apollo war dabei zu gewinnen und das ärgerte Orla. Je länger sie spielten, umso verzweifelter versuchte sie ihn zu schlagen. Aber Apollo machte immer mehr Punkte, sodass er bald haushoch führte.

»Sehr gutes Wort, Apollo!«, rief Gran, als dieser QUARTAL legte.

»Danke, Gran.« Apollo strahlte und Orla knirschte mit den Zähnen.

Als er das nächste Mal dran war, legte Apollo BUH. »Das ist kein Wort«, beschwerte sich Orla.

»Und warum nicht?«, fragte Apollo. »Du kannst ja im Wörterbuch nachsehen.«

»Wenn überhaupt, dann muss es Buhruf heißen.«

»Wir können ja nachsehen …«

»BUH ist kein Wort!« Orla schlug so hart mit der Hand auf den Tisch, dass die Scrabblesteine klapperten.

Apollo starrte sie böse an.

»Ich sehe nach«, beruhigte ihn Gran und blätterte durch eines der abgenutzten Wörterbücher. »Ach, da ist es ja! BUH: Ausdruck des Missfallens.«

Orla murmelte ihren ganz persönlichen Ausdruck des Missfallens.

»Jetzt sei doch nicht so, Orla«, beschwichtigte sie Gran. »Gönn deinem kleinen Bruder die Punkte.«

»Nein! Es ist nicht fair!«

War es wirklich nicht. Gar nichts war fair. Es war nicht fair, dass sie die Idee hatte hierherzukommen, aber Apollo wie immer Grans ganze Liebe und Zuneigung bekam. Es war nicht fair, dass Dad lieber mit dieser blöden Penelope und ihren Jungs in Urlaub fuhr als mit ihnen. Und es war nicht fair, dass Mum sterben musste.

Ihr Frust kochte zu einem Zorn hoch, den sie in den letzten zwei Jahren nur allzu oft verspürt hatte.

»Wir müssen ihn nicht immer behandeln, als wäre er noch ein Baby«, schimpfte sie. »Es genügt, dass er sich wie eines benimmt.«

Apollo wurde rot. »Hör auf, so gemein zu sein, Orla!«

»Wer ist hier gemein? Warum musstest du mitkommen und alles ruinieren?« Orla warf das Brett um und die Steine flogen in alle Richtungen. Gran starrte sie erschrocken an und Apollo fing an zu weinen.

Als Orla sah, was sie angerichtet hatte, wurde ihr heiß vor Scham. Sie stürmte aus dem Fuchsbau, schlug die Tür hinter sich zu und rannte den Flur hinunter. Im Gästezimmer warf sie sich aufs Bett, drückte das Gesicht ins Kissen und ließ ihren Tränen freien Lauf.

Es ging ihr nicht besser hier, im Gegenteil. Sie fühlte sich schrecklicher denn je.

Später lockte Gran Orla mit einem frisch gebackenen Apfelkuchen zurück in die Küche. Dem süßen Duft nach Zimt konnte sie einfach nicht widerstehen. Mit hängendem Kopf setzte sie sich an den Küchentisch und wartete auf die Standpauke. Normalerweise hätte Gran Orla aufgefordert sich zu entschuldigen und dann hätten sie sich umarmt und wieder vertragen.

Aber Gran sah sie nur traurig an. »Du solltest ein wenig netter zu ihm sein. Ihr braucht einander mehr, als euch bewusst ist.«

»Von ihm brauche ich gar nichts«, murmelte Orla.

Gran sah aus, als wollte sie noch etwas sagen, beließ es dann aber bei einem Seufzen.

Da Scrabble nun buchstäblich vom Tisch war, trotzten Apollo und Gran dem Nieselregen und vertrieben sich den Rest des Nachmittags mit Gartenarbeit.

Orla sah ihnen durch das regennasse Fenster des Gästezimmers dabei zu. Sie dachte daran, wie sie mit ihrer Mum ganze Tage in Grans Garten verbracht und gemeinsam Unkraut gejätet hatte. Einmal hatten sie einen Wettbewerb gestartet, wer sich näher an das Wespennest am unbenutzten Schuppen heranwagte. Die Erinnerungen daran schmerzten. Orla verdrängte sie schnell aus ihrem Kopf und tat weiter, als würde sie lesen.

Am nächsten Morgen schlug Gran Orla vor sich am Klavier zu versuchen. »Das alte Ding sehnt sich danach, dass jemand auf ihm spielt«, sagte sie. »Insbesondere jemand mit deinem musikalischen Talent.«

Orla hatte mit dieser Aufforderung gerechnet, dennoch zierte sie sich. »Ich spiele nicht mehr«, murmelte sie.

»Ja, dein Dad hat es mir erzählt. Das ist so schade. Du warst richtig gut. Was hat dein Musiklehrer immer gesagt? Ein Naturtalent, sogar schon, als du noch ganz klein warst. Dass du Herz und Seele der Musik verschrieben hast, hat er gesagt, und dass du die Musik wirklich fühlst.«

Orla zuckte mit den Schultern. Genau das war ihr Problem: Die Musik weckte viel zu viele Gefühle. Sie war die eine Sache, die nur ihr und ihrer Mum gehört hatte. Stundenlang hatten sie gemeinsam auf diesem Hocker gesessen und Klavier gespielt. Wenn sie die Augen schloss, konnte Orla noch spüren, wie Mums Haare jedes Mal, wenn ihre Hände sich auf den Tasten überkreuzten, ihre Schulter streiften.

Manchmal sang Mum auch. Sie legte den Kopf in den Nacken, lächelte und all ihre Sorgenfalten glätteten sich. Dann sah sie wieder so jung aus wie auf dem Abschlussfoto über dem Flurtisch. Gran schmetterte oft mit und übernahm die tiefe Stimme. Die beiden sangen irische Volkslieder von sprunghaften Elfen, besserwisserischen Riesen und blutrünstigen Merrows, wobei ihre Stimmen zu einer verschmolzen. Mit der Zeit lernten auch Orla und Apollo die Texte und sangen mit.

Wenn es Mum besonders schlecht ging, schien die Musik sie zu beleben. Eine Zeit lang dachte Orla, sie müsse nur gut genug spielen, dann könnte sie Mum mit ihrer Musik wieder gesund machen. Sie hatte unablässig geübt, bis sie alle Akkorde perfekt traf, auch wenn ihr die Finger wehtaten. Aber sobald ein Lied zu Ende war und der letzte Ton verklungen, schwand auch Mums Kraft wieder.

Grans Stimme holte Orla zurück in die Gegenwart. »Ach, komm schon, nur eine klitzekleine Melodie für deine alte Großmutter«, bettelte sie.

»Ich habe Nein gesagt«, fuhr Orla sie an.

Und bereute ihren scharfen Ton sofort wieder. Gran drehte sich schnell zur Seite, aber Orla hatte das Glitzern in ihren Augen schon gesehen und fühlte sich furchtbar.

»Tut mir leid, dass ich dich vorhin gedrängt habe, Schatz«, sagte Gran später, nachdem sie zu Mittag gegessen hatten. »Warum kommst du nicht mit uns in den Fuchsbau und wir stricken ein bisschen?«

Orla wünschte, sie hätte einfach lächeln, Ja sagen und den Nachmittag gemeinsam mit den beiden lachen und stricken können. Aber stattdessen schlang sie ganz fest die Arme um den Körper, gab keine Antwort und verbrachte den Rest des Tages allein im Gästezimmer.

Als es dämmerte, wurde Orla so unruhig, dass sie es nicht mehr länger aushielt. Sie hörte, dass Gran und Apollo noch im Fuchsbau waren, und schlich sich an der Tür vorbei nach draußen, um ein bisschen frische Luft zu schnappen.

Im Garten stellte sie sich in den länger werdenden Schatten des Hauses und atmete tief durch. Warum war sie so dumm gewesen zu glauben, dass bei ihrer Großmutter alles anders wäre?

Es raschelte im Gebüsch. Etwas bewegte sich … Orlas Nackenhärchen stellten sich auf. Was war das? Eine Katze? Ein Fuchs? Sie ging ein bisschen näher heran. Aus den Büschen starrte ihr ein orangefarbenes Augenpaar entgegen. Ein sehr großes orangefarbenes Augenpaar. Orla wich erschrocken zurück und die Augen verschwanden. Sie blinzelte.

»Orla, komm jetzt rein«, rief Gran barsch aus dem Haus.

»Hatte ich nicht gesagt, ihr sollt abends nicht mehr allein rausgehen?«

Als Orla sich umdrehte, sah sie Gran, die ihr aufgebracht durch die Hintertür entgegengelaufen kam. Warum störte es sie, dass sie draußen war? Früher durften sie zu jeder Tages- und Nachtzeit gehen, wohin sie wollten. Kinder brauchen Freiheit, hatte Gran immer gesagt. Sie müssen ihre eigenen Fehler machen und Abenteuer erleben. Was war los mit ihr? Orla war doch nur im Garten?

Sie warf noch einen Blick auf das dunkle Gebüsch. Hatte sie sich die orangefarbenen Augen nur eingebildet?

»Komm rein. Jetzt sofort«, wiederholte Gran streng.

Verwundert folgte Orla ihr ins Haus.

5

Geschichten erzählen

Nachdem sie Tee getrunken hatten, bestand Gran darauf, dass Orla mit in den Fuchsbau kam. Orla, die Gran mit ihrer abweisenden Art nicht noch einmal verärgern wollte, gehorchte und machte es sich in einem der abgewetzten Ohrensessel gemütlich. Apollo suchte ihren Blick, aber sie ignorierte ihn.

Im Radio spielte leise Musik. Gran summte mit, aber Orla tat, als würde sie es nicht hören. Sie wollte nicht, dass Gran wieder auf die Idee kam, sie solle Klavier spielen.

Sie beschloss so zu tun, als würde sie lesen, damit sie sich nicht unterhalten musste, und stand auf, um ein Buch über Bäume aus dem Regal zu ziehen. Dabei fiel ihr ein Band mit dem Titel *Irische Volkssagen, Mythen und Legenden* entgegen, der aufgeschlagen auf dem Teppich landete. Die Doppelseite zeigte Zeichnungen von grässlichen Ungeheuern und war am Rand mit pechschwarzen Federn verziert. Überschrieben war sie in schnörkeliger Schrift mit *Sluagh oder Die Wilde Jagd.*

Die Wilde Jagd war in all ihren bekannten Gestalten dargestellt – als schwarze Wolke, hässliche Raben, knochige Pferde und scheußlich ausgezehrte Menschen. Letztere waren mit hängender Haut und schlaksigen Gliedern gezeichnet und ihre ledrigen, auf dem Rücken gefalteten Flügel sahen aus wie zerschlissene Mäntel. Orla fröstelte. Sie hatte diese Zeichnungen noch nie gemocht.

Aus einem von Grans Liedern wusste sie, dass man die Wilde Jagd nie laut bei ihrem richtigen Namen – Sluagh – nennen durfte. Denn sprach man ihn dreimal aus, rief man sie herbei. Beim Lesen fiel Orla der Text eines Liedes wieder ein:

Die Wilde Jagd reitet in den Schatten der Nacht,
hat immer schon Furcht und Verzweiflung gebracht.

Sie labt sich an deinem Kummer und Graus.
Was immer du tust, sprich ihren Namen nicht aus.

Denn sprichst du ihn laut, ein drittes Mal,
quillt hervor eine Wolke, pechschwarz und brutal:

Biester und Monster mit einst sterblichem Herzen,
Seelenfresser, gierig nach Trauer und Schmerzen.

Orlas Augen flogen über die Zeilen.

… In der Gefangenschaft der Wilden Jagd verlieren die sterblichen Opfer nach drei Nächten den Verstand. Nach drei weiteren Monaten ist aus ihren Herzen alle Liebe gewichen und sie werden selbst Teil der Wilden Jagd.

Orla hielt inne. Ihr war ein Zettel aufgefallen, der neben dem Buch auf dem Teppich lag. Er musste zwischen den Seiten herausgerutscht sein. Es war eine handgezeichnete Karte von Irland, die mit winzigen roten Kreuzen übersät war, neben denen jeweils zwei Großbuchstaben standen.

»Was ist das?«, fragte Orla und hob den Zettel auf.

»Ach nichts«, sagte Gran, nahm die Karte und steckte sie schnell wieder zwischen die Seiten von *Irische Volkssagen, Mythen und Legenden*. Der Zettel schien ihr genauso unangenehm zu sein wie Orlas Frage nach dem Schloss an der Tür.

Orla öffnete den Mund, aber Apollo unterbrach sie, bevor sie weitere Fragen stellen konnte. »Erzählst du uns eine von deinen Geschichten, Gran?«

Orla verdrehte die Augen. »Du bist zu alt für Geschichten.«

Apollo wurde rot wie eine Tomate, was Orla freute. Sie wusste, dass sie sich mehr Mühe geben sollte, nett zu sein, aber gleichzeitig genoss sie es, wenn ihr Bruder sich auch schlecht fühlte – zumindest ein bisschen.

Gran zog die Augenbrauen nach oben. »Niemand ist jemals zu alt für Geschichten. Das solltest du eigentlich wissen.«

Apollo lächelte, Orla schmollte.

»Außerdem sind es nicht nur Geschichten, oder, Gran?«, sagte Apollo. »Es steckt auch etwas Wahres darin. Jeder, der hier lebt, weiß das.«

Grans Augen funkelten. »Welche Geschichte würdest du denn gerne hören, Apollo?«

»Die mit den Riesen und dem Zauberfisch, bitte!«

Orla stöhnte. »Die kennst du doch schon in- und auswendig.«

Apollo achtete nicht auf sie und legte den Kopf auf Grans Knie.

»Also gut.« Gran streichelte seine blauen Haare und ihr Blick schweifte in die Ferne. Ihre Stimme wurde tiefer und weich wie Samt.

»Im Fluss Boyne«, begann Gran, »lebte einst ein Zauberfisch, den man den Lachs der Weisheit nannte. Seine silbernen Schuppen glänzten in allen Farben des Regenbogens, egal wie das Wetter war, und es hieß, dass der Erste, der von seinem Fleisch kostete, klüger werden würde als alle Wesen, die je gelebt hatten. Viele der intelligentesten und verrücktesten Bewohner der Erde versuchten den Lachs zu fangen, aber ohne Erfolg.«

Wie immer zogen Grans Worte Orla in ihren Bann, ob sie es wollte oder nicht, und ihr Kopf füllte sich mit Bildern.

Ein Fisch mit tausend schillernden Silberschuppen.

Menschen, die versuchten ihn zu fangen.

Der Fisch, wie er ihnen entglitt.

Wieder und wieder.

»Dann kamen zwei Riesen daher. Einer hieß Fionn, der andere Ben«, sprach Gran weiter. »Obwohl man sich viele Geschichten über sie erzählt, weiß kaum jemand, dass Fionn und Ben Brüder sind. Aber das sind sie. Ben ist in Schottland zu Hause, Fionn hier in Irland …«

»Fionn lebt im Verwunschenen Wald, richtig?«, rief Apollo dazwischen.

»Richtig«, bestätigte Gran lächelnd, bevor sie fortfuhr. »Damit die Riesenbrüder sich gegenseitig besuchen konnten, bauten sie gemeinsam eine Brücke, denn weder der eine noch der andere konnte schwimmen. Ben war der kleinere der beiden Riesen und oft eifersüchtig, weil Fionn so viel stärker war als er. Als er Fionn eines Tages in Irland besuchte, war er daher fest entschlossen den Lachs der Weisheit aus dem Fluss Boyne zu fangen und der klügste Riese zu werden, der je gelebt hat. Hundert Jahre lang ging er jeden Tag angeln. Fionn verstand nicht, weshalb sein Bruder unbedingt diesen Fisch fangen wollte, aber er half ihm dennoch und genoss es, mit ihm zusammen zu sein.«

Orla stellte sich zwei Riesen vor, der eine etwas größer als der andere, die an einem glitzernden Fluss saßen und angelten.

»Und dann eines Tages fing Ben wie durch ein Wunder den Fisch! Er freute sich, war aber auch sehr erschöpft, nachdem er ihn an Land gezogen hatte, denn der Fisch war erstaunlich stark. ›Brate ihn, Fionn‹, sagte er. ›Aber iss nichts davon, noch nicht einmal einen winzigen Happen.‹

Fionn hätte sich niemals über den Willen seines Bruders hinweggesetzt, also zündete er ein Feuer an und briet vorsichtig den Fisch. Als er ihn wendete, verbrannte er sich an der heißen Haut jedoch den Daumen. Um den Schmerz zu stillen, steckte er ihn in den Mund und kostete so unabsichtlich den Lachs.

Als er den Fisch zu Ben brachte, sah dieser sofort, dass sein Bruder sich verändert hatte. Weisheit schimmerte in Fionns Augen wie tausend kleine Regenbogen auf silbernen Schuppen. ›Hast du von meinem Lachs gegessen?‹, fragte Ben. ›Nein!‹, verteidigte sich Fionn. Doch dann fiel ihm ein, wie er sich den Daumen verbrannt und in den Mund gesteckt hatte. Voller Schuldgefühle und Scham gestand er es.

›Du Idiot‹, schimpfte Ben. Er wusste, dass nun Fionn die Weisheit des Lachses besaß. Das machte ihn so zornig, dass er nicht zuhörte, als Fionn versuchte ihm zu erklären, dass er es nicht absichtlich getan hatte. Sie stritten sich mehrere Jahre und am Ende war Fionn so wütend, weil sein Bruder ihm nicht glaubte, dass er ihre Brücke kurz und klein schlug. Seitdem leben die Brüder getrennt voneinander, Fionn in Irland und Ben in Schottland. Sie haben einander seit Jahrhunderten nicht gesehen, und selbst wenn sie es wollten, könnten sie es nicht, denn keiner der beiden kann die Brücke allein wieder aufbauen.«

Gran sah Orla vielsagend an, aber Orla senkte den Blick und spielte mit dem gelben Haargummi an ihrem Handgelenk. Sie fühlte sich unbehaglich.

»Die Weisheit der ganzen Welt, die er eigentlich nie gewollt hatte, ist Fionn oft zu viel«, erzählt Gran weiter. »Deshalb versteckt er sich im Verwunschenen Wald, streckt den Kopf in die Wolken und versucht alles, was er weiß, zu vergessen, auch seinen Bruder, den er sehr vermisst … Eigentlich eine sehr traurige Geschichte«, endete Gran kopfschüttelnd.

»Ja«, stimmte Apollo ihr gedankenverloren zu. »Aber irgendwie mag ich sie, obwohl sie mich traurig macht. Keine Ahnung, warum.«

Am liebsten hätte Orla ihn zurechtgewiesen, dass es nur eine Geschichte war und kein Grund, traurig zu sein. Es gab genug echte Dinge, die zum Heulen waren.

Im Radio endete die Musik, die die ganze Zeit über leise gespielt hatte, und es begannen die Nachrichten.

»Gerade erreicht uns folgende Eilmeldung«, verkündete der Sprecher. *»In Ballymapooley wird ein zehnjähriger Junge vermisst. Liam Armstrong, der letzte Nacht aus seinem Bett verschwand, ist bereits die dritte Person aus dem County Tyron, die in den vergangenen drei Monaten spurlos verschwunden ist, aber das erste Kind. Seine Familie ist in großer Sorge um ihn …«*

Normalerweise hätte Gran die Nachrichten sofort ausgeschaltet, aber dieses Mal nicht. Stattdessen setzte sie sich aufrecht in ihren Sessel und hörte konzentriert zu. »Ballymapooley? Das ist hier ganz in der Nähe …«, murmelte sie.

Apollo beobachtete sie neugierig. Obwohl Orla froh war,

dass ihrem Bruder endlich auffiel, wie merkwürdig Gran sich benahm, machte es ihr Angst, wie blass sie war.

Gran bemerkte, dass sie angestarrt wurde, und schüttelte sich, als erinnerte sie sich plötzlich wieder, wo sie war. Schnell schaltete sie das Radio aus. »Am besten, wir gehen jetzt alle schlafen«, schlug sie vor.

Orla sah stirnrunzelnd auf die Uhr. Es war erst acht. In den Ferien durften sie normalerweise mindestens bis neun aufbleiben. Draußen war es noch nicht einmal richtig dunkel.

»Aber Gran, es ist doch noch so früh!«, protestierte Apollo.

»Ach, ich denke, eine Mütze Schlaf wird uns allen guttun.« Sie versuchte zu lächeln, aber ihre Augen blieben ernst. Der Bericht über den vermissten Jungen hatte sie sichtlich erschüttert.

Apollo bettelte um noch eine Geschichte, aber zu ihrer Überraschung gab Gran nicht nach. Widerwillig schlurften Orla und Apollo ins Bad, um sich die Zähne zu putzen.

Als Orla danach ins Gästezimmer kam, ertappte sie Gran dabei, wie sie die Riegel an den Fenstern überprüfte. »Es ist immer besser, sich noch einmal zu vergewissern«, erklärte sie so fröhlich, dass es schon wieder verdächtig war. »Öffnet heute Nacht auf gar keinen Fall das Fenster. Und jetzt schlaft gut«, sagte sie und verließ eilig das Zimmer.

Orla sah ihr hinterher und kroch unter die Decke. Ihr schwirrte der Kopf. Grans Verhalten ergab überhaupt keinen Sinn.

In der Nacht wachte Orla auf, weil sie Gran im Flur hörte. Die Haustür wurde geöffnet und leise wieder zugezogen. Wohin ging Gran?

Orla spitzte die Ohren und wartete darauf, dass sie zurückkam. Aber die Minuten vergingen und Orla begann sich Sorgen zu machen …

Sie überlegte, ob sie aufstehen und nachschauen sollte, wo Gran war. Darüber musste sie jedoch wieder eingeschlafen sein, denn das Nächste, woran sie sich erinnerte, war, dass sie von schwarzen Raben träumte. Sie kreisten über dem Haus und kamen immer näher. Ihr Krächzen wurde zu Schreien.

Es war ihre Mum, die schrie. *Hilf mir, Orla. Hilf mir doch. Warum hilfst du mir denn nicht?*

Orla hörte Mum in ihren Träumen oft um Hilfe rufen. Sie wollte sie retten, konnte sich aber nicht bewegen. Als wären ihre Arme und Beine aus Stein. Plötzlich sprangen alle Fenster auf und die Vögel rauschten ins Haus und verteilten überall ihre schwarzen Federn.

Als Orla aufwachte, war sie schweißgebadet.

6

Der Streuner

Am nächsten Morgen musste Gran immer wieder gähnen. Sie wirkte angespannt.

»Wo warst du letzte Nacht?«, wollte Orla wissen.

Gran zuckte zusammen. »Wo ich war? Nirgends war ich.« Geschäftig wandte sie sich wieder dem Herd zu.

Orla starrte auf ihren Rücken. »Ich habe dich gehört, Gran.«

»Ach wo, das musst du geträumt haben.«

Orla kniff die Augen zusammen. Gran log, so wie sie ihr auch nicht den wahren Grund für die Schlösser an den Fenstern und Türen gesagt hatte. Orla wollte wissen, warum.

Am Nachmittag saßen sie im Fuchsbau und Gran ging in die Küche, um Kekse zu holen. Als sie nach einer halben Stunde immer noch nicht zurück war, wurde Orla misstrauisch.

»Vielleicht muss sie erst noch welche backen«, meinte Apollo, während er Orla in den Flur folgte.

Sie steckten die Köpfe durch die Küchentür, aber Gran war nicht dort.

»Gran?«, rief Orla.

Die Hintertür stand offen.

»Sie ist im Garten!«, rief Apollo erleichtert.

Sie gingen hinaus bis ganz nach hinten zu dem Zaum, an dem der Schuppen mit dem Wespennest stand. Aber Gran war nirgends zu sehen.

Orla hörte ein Rumpeln.

»Psst!«, zischte sie und blieb stehen.

»Was ist?«, wollte Apollo wissen.

»Sei leise! Ich habe etwas gehört ... im Schuppen.«

»Ist Gran im Schuppen?«

»Kannst du nicht endlich mal still sein?«

Sie hielten die Luft an und warteten.

Aus dem Schuppen drangen die Geräusche einer Rangelei. Schläge und Kratzen und ein merkwürdiges Knurren, bei dem Orla sich die Nackenhaare sträubten.

Apollos Augen weiteten sich und sie sahen sich erschrocken an. Dann schlichen sie näher heran.

Die Tür stand einen Spaltbreit offen.

War Gran in den Schuppen gegangen, um etwas zu holen, und gestürzt? War das Geräusch, das sie gehört hatten, ein Stöhnen? Aber es hatte nicht wie Stöhnen geklungen. Es hatte nach Knurren geklungen ...

War Gran mit einem wilden Tier dort drinnen gefangen?

Eine unbekannte Stimme war zu hören. Zumindest dachte Orla, dass es eine Stimme war. Sicher war sie sich nicht. Aber sie glaubte etwas gehört zu haben, das wie *gehen lassen* klang?

»Hast du das auch gehört?«, flüsterte sie.

»Was?«, zischte Apollo. »Das Knurren?«

»Nein, die Stimme ... Gran?«, rief Orla nervös und drückte die Schuppentür weiter auf.

Gemeinsam spähten sie in das dämmrige Licht. Aus der Dunkelheit flog mit einem noch furchterregenderen Knurren etwas auf sie zu und für den Bruchteil einer Sekunde war ein schwarzes Fell zu sehen. Orla und Apollo wichen kreischend zurück.

Dann tauchte Gran in ihren karierten Hosen in der Tür auf. Für jemanden, der so klein war wie sie, gelang es ihr erstaunlich gut, das, was hinter ihrem Rücken war, vor ihnen zu verstecken.

»Gran!«, rief Apollo erleichtert.

»Ach, hallo, meine Lieben. Habt ihr mich gesucht? Geht wieder rein. Ich bin gleich bei euch.«

Hinter ihr waren ein metallisches Rasseln und Knurren zu hören.

»Was ist das?«, fragte Apollo ängstlich.

»Ach, nur eine streunende Katze … eine sehr große. Ich habe das herzige Ding im Garten gefunden, verletzt.«

Apollos Gesichtsausdruck veränderte sich komplett. »Die arme Katze! Kann ich sie sehen?«, bettelte er und versuchte sich an Gran vorbeizudrängeln.

»Nein.« Die Schärfe ihres Tonfalls überraschte sie beide. »Ich meine, es ist besser, ihr haltet euch von ihr fern. Sie ist bösartig und ziemlich dreckig. Sie beißt. Wer weiß, was für Krankheiten sie hat. Möglicherweise Tollwut. Ich werde den Tierarzt anrufen, damit er sie abholt. Bis dahin bleibt der Streuner hier eingesperrt und ihr bitte weg von ihm!«

Orla warf Apollo einen Seitenblick zu. Er war genauso irritiert wie sie. Seit wann war Gran so übertrieben vorsichtig?

Das Rasseln wurde lauter. Das Knurren auch.

Machten Katzen solche Geräusche? Warum klang es, als wäre sie angekettet?

Außerdem hätte Orla schwören können, dass sie eine Stimme gehört hatte …

Gran scheuchte sie zurück in Richtung Haus und schloss die Schuppentür ab. »Und jetzt versprecht mir, dass ihr noch nicht einmal in die Nähe dieses Schuppens geht, bis ich euch sage, dass es okay ist.«

Apollo wirkte noch immer perplex, nickte aber langsam. »Wenn du das willst, Gran, versprechen wir es. Oder, Orla?«

Orla zuckte mit den Schultern, was Gran als Ja interpretierte.

»Schön!« Die Anspannung wich aus ihrem Gesicht. Als sie lächelte, war es, als würde sich der wolkenverhangene Himmel wieder lichten. »Na los, gehen wir rein. Ihr wollt sicher Mittag essen, habe ich recht?«

Orla und Apollo sahen sich erstaunt an. Sie hatten schon zu Mittag gegessen. Vor drei Stunden.

»Wir haben schon gegessen, Gran. Es ist vier Uhr nachmittags!«, wand Apollo ein.

»Ach ja?«, murmelte Gran und schüttelte den Kopf. »Richtig. Schokoladenkekse. Das war es, was ihr wolltet. Jetzt erinnere ich mich. Dann kommt.«

Orla runzelte die Stirn. Zuerst hatte Gran geleugnet, dass sie letzte Nacht draußen war, und nun das …

Sie verbarg etwas vor ihnen, so viel war sicher.

Die Frage war nur – was?

7

Eins und eins zusammengezählt

Den ganzen Abend und nächsten Morgen über war Gran mit den Gedanken woanders. Sie ermunterte sie nicht zum Spielen, half Apollo nicht beim Stricken und erzählte ihnen auch keine weiteren Geschichten – egal wie sehr Apollo bettelte. Immer wieder verschwand sie mit einer geöffneten Dose Thunfisch oder einer Schüssel Wasser im Garten. Den beiden war klar, dass sie das Tier im Schuppen besuchte. Aber in seine Nähe ließ Gran sie immer noch nicht und ihre Fragen beantwortete sie alle mit einem knappen Ja oder Nein.

Orla war fest entschlossen herauszufinden, was Gran im Schilde führte. Nachdem Mum gestorben war und Dad anfing mit Penelope auszugehen, war Gran der einzige Mensch, auf den sie noch zählen konnte. Und nun hatte sie das Gefühl, Gran auch noch zu verlieren. Orla würde das nicht zulassen. Zumindest nicht, ohne zu wissen, warum.

Am Nachmittag entdeckte sie noch etwas Sonderbares. Gran und Apollo waren im Fuchsbau und Orla war in die Küche gegangen, um sich eine Tasse Tee zu machen. Als der alte rote Teekessel anfing zu pfeifen, stellte sie verärgert fest, dass Apollo die Milch, die im Kühlschrank war, ausgetrunken hatte. Sie ging an den Schrank, in dem Gran die H-Milch aufbewahrte, und dort lag auf den Milchkartons eine gelbe Mappe.

Wie kam die denn da rein?

Orla nahm sie heraus und schlug sie auf. Sie wusste, dass sie nicht ohne zu fragen reinschauen sollte – durchaus möglich, dass sie etwas enthielt, das nicht für ihre Augen bestimmt war. Aber in der Mappe waren nur Zeitungsausschnitte. Einer davon war der unterstrichene Artikel über diese vermisste Frau, Mary Hart, der am Tag ihrer Ankunft auf dem Tisch im Flur gelegen hatte.

Offensichtlich ging es in allen Zeitungsausschnitten um Menschen, die in den letzten Jahren in ganz Irland verschwunden waren. Es waren mindestens ein Dutzend. Und in allen Artikeln waren die Namen der Personen sowie Datum und Ort ihres Verschwindens rot unterstrichen.

Völlig verwirrt starrte Orla auf den Inhalt der Mappe.

Warum sammelte Gran Zeitungsartikel über Menschen, die vermisst wurden?

Die roten Unterstreichungen erinnerten sie an etwas anderes, das sie erst vor Kurzem gesehen hatte …

Orla sah sich die Namen noch einmal genauer an. Ihr Herz schlug schneller. Es war dasselbe Rot wie die Buchstaben auf der Karte, die aus dem Buch mit den Volkssagen gefallen war! Sie hätte wetten können, die Initialen der vermissten Menschen und die Orte ihres Verschwindens stimmten mit Grans Karte überein.

Für einen Moment sorgte ihre Entdeckung für ein aufgeregtes Kribbeln in Orlas Bauch, aber das Hochgefühl verschwand sofort wieder. Eines der vielen Rätsel war zwar gelöst, trotzdem war sie nur noch verwirrter. Waren diese Vermisstenfälle der

Grund für Grans merkwürdiges Verhalten? Für die Schlösser und das Verbot, allein nach draußen zu gehen? Hatte sie Angst, Orla und Apollo könnten ebenfalls verschwinden?

Hastig stopfte Orla die Zeitungsausschnitte wieder in die Mappe und legte sie zurück in den Schrank.

Und es gab noch ein ungelöstes Rätsel. Ihr Blick wanderte hinaus zum Schuppen. Gran erzählte ihnen definitiv nicht die Wahrheit darüber, was sie dort versteckte. Gab es eine Verbindung zwischen den vermissten Menschen und diesem Wesen im Schuppen? Was immer das auch war?

Langsam ging sie zur Hintertür.

»Was machst du hier?« Apollos Stimme ließ sie zusammenzucken.

»Nichts«, sagte sie schnell und wirbelte herum.

»Du willst dich zum Schuppen schleichen, stimmt's?«

»Natürlich nicht. Ich würde Gran nur gerne im Garten helfen.«

»Als ob!« Apollo schoss an ihr vorbei und stellte sich vor die Hintertür.

»Geh mir aus dem Weg, du Idiot!«

»Nein. Wir haben versprochen da nicht hinzugehen, Orla.«

Orla seufzte genervt. »Gran lügt uns an, Apollo. Wir wissen beide, dass diese Geräusche nie und nimmer von einer streunenden Katze kamen. Gegenüber einer Lügnerin muss man seine Versprechen nicht halten.«

»Nenn sie nicht so.« Apollo biss sich auf die Lippe. »Wenn Gran sagt, dass es eine streunende Katze ist, dann glaube ich ihr.«

»Falls es tatsächlich nur eine Katze ist, findest du es dann nicht seltsam, dass wir sie nicht sehen dürfen?«

Apollo schüttelte den Kopf. »Gran hat gesagt, sie wäre gefährlich.«

»Sie hat gestern auch gesagt, sie würde den Tierarzt anrufen. Warum ist niemand gekommen? Ich habe sie nicht telefonieren sehen, du etwa? Außerdem bin ich mir sicher, der Tierschutzbund wäre nicht gerade begeistert, wenn er wüsste, dass eine verletzte Katze so lange in einem alten Geräteschuppen eingesperrt ist. Was, wenn sie dringend einen Tierarzt braucht und stirbt, falls sie nicht behandelt wird? Könntest du damit leben, Apollo?«

Apollo warf einen nervösen Blick auf den Schuppen. »Gran sorgt ganz bestimmt dafür, dass sie bekommt, was sie braucht«, entgegnete er trotzig.

Orla versuchte es auf einem anderen Weg. »Wenn du wirklich glaubst, dass es eine streunende Katze ist, dann bist du noch blöder, als ich dachte.«

»Halt die Klappe!« Apollo ballte die Fäuste. Sie hatte ihn fast so weit.

Orla wusste genau, was sie als Nächstes sagen musste, auch wenn sie deswegen Gewissensbisse hatte. Aber er war selbst schuld, wenn er ihr den Weg versperrte. »Habe ich dir eigentlich schon gesagt, wie bescheuert und albern deine blauen Haare sind? Du siehst aus wie ein Alien, Apollo. Das sagen alle.«

Es funktionierte. Apollo stürzte sich auf Orla, die ihm geschickt auswich und dadurch freie Bahn hatte. Sie sprintete in den Garten und durch die Büsche zum Schuppen …

Vor dem sie wie angewurzelt stehen blieb.

Am Türriegel hing ein fettes Vorhängeschloss aus Eisen.

Unglaublich!

Sie hörte Apollo, der ihr hinterhergerannt kam, und drehte sich triumphierend zu ihm um. »Da hast du es! Das ist der Beweis.«

»Was?«

»Das Vorhängeschloss! Warum sollte sie den Schuppen abschließen, wenn sie nichts darin versteckt? Würdest du einen kranken Streuner in einem Schuppen einschließen?«

Apollo starrte auf das Schloss und fing an zu blinzeln, als würde er seinen Augen nicht trauen. »Vielleicht hat sie die Katze ja längst freigelassen«, murmelte er, klang aber nicht sonderlich überzeugt.

»Wo seid ihr denn?«, tönte Grans Stimme aus dem Haus. Die beiden sahen sich erschrocken an.

»Wir jäten nur ein bisschen Unkraut!«, schrie Orla zurück. Schnell entfernte sie sich vom Schuppen und riss ein paar Pflanzen aus, von denen sie hoffte, dass sie Unkraut waren.

Apollo machte mit, bedachte Orla aber mit einem finsteren Blick.

Gran steckte den Kopf aus der Hintertür. »Ach, da schau an, wer hätte gedacht, dass ich gleich zwei Enkel mit einem grünen Daumen habe?« Ihr Blick huschte zu dem Vorhängeschloss am Schuppen. »Ich wäre dir allerdings dankbar, Orla, wenn du meine Petunien in Zukunft verschonen würdest. Ich mag sie eigentlich ganz gerne.«

Orla ließ sofort die Finger von den Petunien.

Grans Augen wurden schmal, als sie die geröteten Wangen der beiden bemerkte. »Ihr habt doch nicht etwa versucht einen Blick in den Schuppen zu werfen?«

»Nein!«, sagte Orla schnell. »Das heißt, Apollo hat es versucht, aber ich habe ihn davon abgehalten.«

»Was?«, protestierte Apollo. »Das ist nicht wahr, du …«

»War nur Spaß«, unterbrach ihn Orla. »Keiner von uns war in der Nähe des Schuppens, Gran. Wir wollten nur ein bisschen an die frische Luft … und dir mit dem Unkraut helfen. Oder, Apollo?«

Apollo starrte sie böse an. »Ja, genau«, bestätigte er zähneknirschend.

Gran musterte die beiden skeptisch. »Na gut. Wer hat Lust auf ein Tässchen Tee?«

»Ich!«, schrie Orla und rannte ins Haus. Sie spürte, wie Apollos böser Blick sich ihr wie ein Laserstrahl in den Rücken bohrte. Orla war das egal. Sie dachte bereits darüber nach, wie sie den Schuppen inspizieren konnte, ohne dass er ihr in die Quere kam.

8

Nächtliche Geräusche

Zu Orlas großem Ärger ließ Apollo sie für den Rest des Tages keine Sekunde aus den Augen. Er folgte ihr sogar zur Toilette, was es für Orla unmöglich machte weiter herumzuschnüffeln. Ihre einzige Chance war abzuwarten, bis er schlief.

Am Abend kroch sie ins Bett, als Apollo noch im Bad war. Er sollte auf keinen Fall sehen, dass sie unter der Decke noch Jeans und ihren Hoodie trug. Jemand betrat das Zimmer und sie schloss schnell die Augen. Die Person setzte sich leise auf ihre Bettkante, woran Orla sofort erkannte, dass es Gran war.

Sie zog sich die Decke bis ganz unter das Kinn und kniff die Augen noch fester zusammen, obwohl Gran ihr wahrscheinlich ohnehin nicht glaubte, dass sie eingeschlafen war. Das Deckenlicht brannte noch.

Orla spürte, dass Gran etwas sagen wollte. Sie räusperte sich mehrfach, hielt aber jedes Mal wieder inne. Orla wünschte, sie würde damit aufhören und gehen. Sie hatte Angst, Gran könnte bemerken, dass sie vollständig angezogen war.

Gran holte tief Luft. »Ich weiß, dass du es sehr schwer hast, seit deine Mum gestorben ist. Ihr Tod war für uns alle eine Tragödie, aber das in deinem Alter ertragen zu müssen, ist besonders hart. Trotzdem will ich, dass du weißt, dass nichts dagegenspricht, manchmal glücklich zu sein, Orla. Du verrätst oder vergisst sie deshalb nicht, ganz im Gegenteil. Sie hätte gewollt, dass du dein Leben genießt. Das weißt du, oder?«

Orla schwieg. Das passte ihr überhaupt nicht, zumindest nicht jetzt. Sie war zu sehr auf den Schuppen konzentriert und wusste nicht, was sie sagen sollte.

»Ich weiß, dass du wütend bist. Das ist normal«, redete Gran weiter. »Aber lass deine Wut nicht an deinem armen Bruder aus. Er liebt dich und möchte so gerne dein Freund sein.«

Natürlich hatten die beiden hinter ihrem Rücken geredet, dachte Orla grollend.

»Dasselbe gilt für deinen Dad. Du musst mit den Leuten sprechen, Orla. Lass sie an dich ran. Das hilft, glaub mir! Du kannst nicht alles, was dich quält, in dich hineinfressen. Du wirst sonst noch verrückt. Ich weiß, wie schwer das ist. Aber wir alle lieben dich und sind für dich da. Und wie ich bereits gesagt habe: Mit mir kannst du jederzeit über sie reden. Ich würde sehr gerne mir dir über sie reden, du muss es nur zulassen.«

Orla biss sich auf die Lippe. Ein Teil von ihr sehnte sich danach, sich aufzusetzen, Gran zu umarmen und ihr von all dem Schmerz zu erzählen, den sie schon so lange in sich trug. Sie wollte, dass Gran sie tröstete und all die Trauer und das Leid von ihr nahm. Aber das konnte sie nicht, oder? Niemand konnte das, dazu war Orlas Wut immer noch viel zu groß. Gran verstand das nicht. Niemand verstand das. Niemand litt so sehr wie sie.

»Warum sollte ich jemanden an mich heranlassen, der mir nicht die Wahrheit sagt?«, entgegnete sie schroff und öffnete einen Spaltbreit die Augen.

Gran sah verletzt aus. »Es gibt Dinge, Orla, die ich besser für mich behalte. Um dich zu beschützen. Du hast genug Sorgen, die …«

»Ich habe es satt, dass alle immer behaupten, sie wollten mich nur beschützen! Mum hat das auch gesagt, als sich herausstellte, wie krank sie wirklich war. Dad hat es gesagt, als ich herausgefunden habe, dass er sich heimlich mit Penelope traf, nachdem Mum gestorben war. Und nun sagst du es auch! Aber keiner von euch hat mich je vor irgendetwas beschützt!«

»Orla …« Gran brach die Stimme. Sie versuchte ihr übers Haar zu streichen.

»Lass mich in Ruhe!«, schrie Orla und zog ihren Kopf weg.

»Wenn du das möchtest, Schätzchen«, flüsterte Gran und verließ das Zimmer.

Ich möchte es nicht, hätte Orla ihr am liebsten hinterhergeschrien. *Bitte bleib. Nimm mich in den Arm. Sag mir, dass alles wieder gut wird. Sag mir, dass du mir verzeihst, dass ich so schrecklich bin. Sag mir, dass du nicht lügst, dass ich dir vertrauen kann und ich nicht so allein bin, wie ich mich fühle.*

Da war ein Geräusch an der Tür und Orla hoffte, dass Gran zurückkam. Aber es war nur Apollo, der aus dem Bad kam. An seinen großen, vorwurfsvollen Augen konnte sie erkennen, dass er alles mitgehört hatte. Orla dreht sich zur Wand und zog sich die Decke über den Kopf.

»Du denkst echt nur noch an dich, Orla«, zischte er.

Dieses Mal verteidigte sie sich ausnahmsweise einmal nicht. *Vielleicht hatte er ja recht.*

Nachdem Apollo das Licht gelöscht hatte, lag sie noch lange wach.

Vielleicht war es besser, sich heute Nacht nicht zum Schuppen zu schleichen. Was, wenn Gran sie erwischte und alles nur noch schlimmer wurde? Vielleicht war es ja doch nur eine streunende Katze …

Aber wozu dann das Vorhängeschloss?

Und was war das für eine Stimme gewesen?

Orla wollte die Sache nicht aus dem Kopf gehen. Sie musste es einfach wissen.

Nach einer Weile hörte sie Apollo in der Dunkelheit leise schnarchen.

Sie wollte gerade aufstehen, als sie im Flur schlurfende Geräusche wahrnahm.

Orla kroch leise aus dem Bett. Sie öffnete die Tür einen Spaltbreit und sah gerade noch, wie eine vertraute Gestalt um die Ecke huschte.

Gran schlich sich wieder nach draußen!

Die Haustür wurde geöffnet und wieder zugezogen, dann war das leise Klappern der Schlüssel zu hören. Orla rannte in den Flur, schlüpfte in ihre Sneaker und wollte die Haustür aufreißen, aber die war von außen abgeschlossen.

Sie sprintete zurück in Grans Schlafzimmer. Grans Bett war gemacht. Niemand hatte darin geschlafen. Orla ging zum Fenster und spähte hinaus.

Im Schein des Vollmonds ging Gran zielstrebig die Straße hinunter, den kleinen gelben Strahl ihrer Taschenlampe entschlossen nach vorn gerichtet.

Orla sah ihr fassungslos hinterher.

Gran war auf dem Weg in den Verwunschenen Wald.

9

Im Wald

Orla entriegelte Grans Fenster und stieß es auf. Kalte Nachtluft drang ins Zimmer. Zitternd kletterte sie hinaus und rannte die Einfahrt hinunter. Sie folgte Gran in den Wald. Orla versuchte sie einzuholen, aber so schnell sie auch rannte, Gran war ihr weit voraus. Sie konnte sie nirgends mehr entdecken.

Ob sie irgendwo falsch abgebogen war? Je tiefer Orla in den Wald kam, umso schmaler wurde der Weg. Die Äste der Bäume über ihr wurden so dicht, dass das Mondlicht kaum noch zu ihr durchdrang. Eine Gänsehaut kroch ihr von den Armen bis hinauf in den Nacken und sie stellte sich vor, welche seltsamen Kreaturen dort wohl im Dunkeln lauerten.

Sei vernünftig, ermahnte sie sich. Es gab auch so genug, vor dem sie sich fürchten konnte. Die Artikel über die vermissten Personen schossen ihr durch den Kopf. Orla sah ihren eigenen Namen in der Zeitung: *Vermisst wird die dreizehnjährige Orla Smith …*

Was hatte Gran nur dazu veranlasst, sich mitten in der Nacht in den Wald zu schleichen? Und warum um alles in der Welt war Orla ihr gefolgt?

Sie beschloss zurückzugehen. Sie zog ihr Handy aus der Tasche und schaltete die Taschenlampe ein, heilfroh, dass sie es eingesteckt hatte. Ein kleiner Lichtkegel erhellte den Waldboden und das finstere Unterholz.

Verschlungene Wurzeln und tote Blätter.

Kein Weg weit und breit.

Orla sackte der Magen in die Kniekehlen. Sie musste vom Weg abgekommen sein.

Sie wirbelte herum und versuchte durch die dichten Bäume zu spähen, aber der Wald schien sich kilometerweit in alle Richtungen zu erstrecken. Wo ging es nach Hause? Orla probierte die Karten-App auf ihrem Handy, bekam aber kein GPS-Signal. Auf dem Display war nur ein kleiner blauer Punkt inmitten einer riesigen grauen Fläche zu sehen.

Noch schlimmer war allerdings, dass ihr Handy nur noch fünf Prozent Akku hatte. Orla hatte vergessen es aufzuladen und verfluchte sich nun dafür.

In der Hoffnung, dass es die richtige war, entschied sie sich blind für eine beliebige Richtung und marschierte los. Stehen bleiben konnte sie nicht, dazu hatte sie viel zu viel Angst. Sie stolperte über Wurzeln und zerkratzte sich die Haut an Brombeersträuchern. Immer wieder verfingen sich Äste in ihren Haaren, sodass sie sie schließlich mit ihrem gelben Haargummi zusammenband. Das beklemmende Gefühl, dass sie sich immer weiter in die falsche Richtung bewegte, versuchte sie zu ignorieren.

Unglücklicherweise kam ihr auch noch eines von Grans alten Liedern in den Sinn.

Geh nie allein in den Wald, mein Kind,
denn verirrst du dich, wo Moos und Weißdorn sind,
findest du dort einen Ring aus Stein,
in dem das Elfenvolk tanzt in lustigen Reihen,
dann lauf, mein Kind, lauf, lauf geschwind …

Bei jedem noch so leisen Geräusch zuckte Orla zusammen – dem Rauschen der Blätter im Wind, dem Knacksen der Äste unter ihren Füßen, dem Ruf einer Eule.

Aber es gab auch noch seltsamere Geräusche. Ein grässliches Rascheln im Unterholz. Ein fernes Heulen. Und ein geisterhaftes Wispern, von dem sie hoffte, dass es nur der Wind in den Bäumen war. Die Angst kroch ihr die Wirbelsäule hinauf. Mittlerweile war sie sicher, dass irgendetwas sie beobachtete.

Orla umklammerte ihr Handy. Ihre Hände zitterten. Plötzlich wurde das Display schwarz und sie stand im Stockdunkeln.

Sie stolperte vorwärts und rannte direkt gegen einen Baum. Keuchend blieb sie stehen und lehnte sich gegen den rauen Stamm. Die unheimlichen Geräusche wurden lauter, als würden sie näher kommen.

Aber dazwischen konnte sie etwas Neues ausmachen.

Leise und rhythmisch.

Musik.

Orla blieb der Mund offen stehen.

Bildete sie sich das nur ein?

Nein, sie war sich sicher, dass in der Ferne Gesang zu hören war. Und es hing ein vertrauter, tröstlicher Geruch in der Luft. Verbranntes Holz. Das bedeutete Feuer. Und Menschen.

Irgendwo hier ganz in der Nähe.

Orla stieß erleichtert die Luft aus. Diese Leute würden ihr

sagen können, wie sie aus dem Verwunschenen Wald heraus und zurück zu Grans Haus kam. Doch dann wurde sie unsicher. Wer machte mitten in der Nacht im Wald ein Feuer? Wer auch immer das war, wollte wahrscheinlich nicht gestört werden …

Egal, sie musste diese Leute finden. Sie waren ihre beste Chance, wieder nach Hause zu kommen.

Vorsichtig schlich sie weiter in Richtung der Musik. Die Töne wurden lauter und zwischen den Bäumen war ein gelbes Flackern zu erkennen. Orla ging schneller. Sie konnte jetzt sowohl Instrumente als auch Gesang ausmachen. Sie kannte diese Melodie. Es war eines der Lieder, die Mum und Gran immer gesungen hatten!

Die einen nennen uns Elfen,
die anderen nennen uns Feen,
stell uns süße Milch vor die Tür
und dein Glück wird nie vergehen …

Zwischen den Baumstämmen hindurch spähte Orla auf eine Lichtung, in deren Mitte ein gedrungener Weißdorn mit weißen Blüten stand. Darunter brannte ein Feuer, das seinen knorrigen alten Stamm erhellte.

Die Lichtung war von einem Ring aus sehr alt aussehenden Steinen eingefasst, in dem Männer und Frauen sangen und tanzten und auf ihren Instrumenten spielten. Ein paar der Instrumente kannte Orla – Flöten, Geigen und Akkordeons –, andere hatte sie noch nie gesehen. Die Musikanten tanzten so rhythmisch, dass es schien, ihre Körper wären Teil der Musik. Ihnen zuzusehen hatte eine hypnotische Wirkung und Orla ertappte sich dabei, wie sie mit dem Fuß den Takt mitschlug.

Alle Tänzer hatten lange Haare und trugen weite Kleidung, die aussah, als wäre sie zum Teil aus Blättern gefertigt. An den nackten Zehen bimmelten Glöckchen und ihre schimmernden Umhänge glichen Schmetterlingsflügeln, aus denen beim Tanzen goldener Glitzerstaub emporstob. Diese Leute sahen genau aus wie das Volk der Elfen aus den Zeichnungen in Grans Buch. Bis hin zu den Schmetterlingsflügeln! Auf ihrer Haut schimmerte eine besondere Schminke und alle hatten wunderschöne Gesichter mit hohen Wangenknochen und leuchtenden Augen. War das eine Art Festival? Aber wer würde mitten in der Nacht in einem Wald in der Nähe von Grans verschlafenem Dorf ein Festival veranstalten?

Stell dich uns nie entgegen,
sonst hast du dein Glück verwirkt,
wir erteilen dir eine Lehre,
die großen Kummer birgt.

Der Tanz steigerte sich zu einem rauschartigen Taumel. Die Tänzer drehten sich schneller und schneller und die Glöckchen an ihren Füßen bimmelten immer lauter.

Über Orla bewegte sich etwas. Sie sah nach oben und konnte gerade noch einen erstaunten Schrei unterdrücken. Die Äste, die in die Lichtung ragten, zitterten von königsblauen Schmetterlingen mit goldenen Flügelspitzen.

Es waren Hunderte.

Orla trat einen Schritt zurück. Sie verstand nicht, was sie da sah. Sie fühlte sich wie in einem Traum, aber die brennenden Kratzer an ihren Armen und Beinen sagten ihr, dass sie nicht träumte.

Orla fiel auf, dass das Lied leicht abgewandelt war. In Grans Version hieß es in Bezug auf die Elfen *sie*, während diese Leute *wir* sangen. Bedeutete das …

Der Tanz hatte seinen schwindelerregenden Höhepunkt erreicht. Die Tänzer reckten jubelnd und juchzend ihre schimmernden Tambourins in den Sternenhimmel, verbeugten sich voreinander und ließen sich erschöpft auf den mit Kissen, Decken und Trinkbechern übersäten Boden fallen. Alle ihre schönen Gesichter sahen in dieselbe Richtung zum anderen Ende der Lichtung, wo Orla einen großen Thron aus Holz entdeckte.

Darauf hatte es sich ein Mann bequem gemacht. Er trug eine Krone mit einem Geweih und um ihn herum flatterten Schmetterlinge, die sich auf seinen Armen und Oberschenkeln niederließen. An jedem seiner Finger funkelten Ringe und über seinem Rüschenhemd hing eine mit Edelsteinen besetzte Brustplatte. Sein Rücken war in einen Umhang gehüllt, der wie bei den anderen einem riesigen Paar Schmetterlingsflügel glich. Die langen dunklen Haare fielen ihm weich um das Gesicht, aber seine Augen blitzten bedrohlich.

Und links von ihm, auf einem niederen Holzstuhl, das faltige Gesicht vom Schein des Feuers erhellt und offensichtlich sehr zufrieden, saß Gran.

10

Grans seltsame Freunde

Es war wie ein Schlag in die Magengrube. Orlas Gedanken rasten. *Wahrscheinlich hatte Gran sich verirrt und diese Leute haben sie bei sich aufgenommen* … Aber das ergab keinen Sinn. Gran sah absolut zufrieden aus, als wären diese nächtlichen Versammlungen etwas, an dem sie regelmäßig teilnahm.

Der Mann mit Krone wandte sich an Gran. »Hat Euch die Darbietung gefallen, Miss Elizabeth?«

Gran nickte. »Das hat sie, König Oberon. Sie waren ganz wunderbar, sie alle.«

König Oberon? Das war der Name des Elfenkönigs!

Gran lächelte der am Boden sitzenden Versammlung zu, die noch mehr Jubelschreie ausstieß und mit den Händen auf den Boden trommelte, dass er zitterte wie bei einem Erdbeben. Orla konnte den Blick nicht von den schimmernden Umhängen losreißen, die aussahen wie Schmetterlingsflügel. Das schillernde Material war hauchdünn, fast durchsichtig. Sie wirkten unglaublich … echt.

König Oberon lächelte. »Wir sind froh, dass unser Fest Euren Gefallen findet, Miss Elizabeth. Es kommt nicht häufig vor, dass wir unsere Mittsommerfeierlichkeiten aus dem Königreich der Elfen ins Reich der Menschen verlegen.«

Aus dem Königreich der Elfen? Orla fiel fast in Ohnmacht.

»Wie ich bereits sagte, fühle ich mich sehr geehrt, Euer Gnaden«, entgegnete Gran.

»Ihr seid uns eine hochgeschätzte Freundin, Miss Elizabeth. Meine Schmetterlinge berichten, dass Ihr uns dringend zu sehen wünscht.«

Gran neigte demütig den Kopf. »Ich danke Euch, Euer Gnaden. Vergebt mir, aber der Junge wird nun schon die dritte Nacht vermisst. Und nach drei Nächten bei ihnen …«

Orla wurde hellhörig. Sprach Gran von dem vermissten Jungen aus den Nachrichten? Und wen meinte sie mit *ihnen*?

»Schweigt, Miss Elizabeth, Ihr macht Euch viel zu viele Sorgen. Nun ist die Zeit für eine amüsante Geschichte aus dem Reich der Menschen. Es ist lange her, seit Ihr uns eine Eurer Geschichten erzählt habt.«

»Ja, erzählt uns eine Geschichte!«, riefen die anderen im Chor.

Orla verlagerte das Gewicht und unter ihrer Schuhsohle knackte ein Ast. Sofort drehten sich alle in ihre Richtung und starrten in die Dunkelheit. Ihre Gesichter sahen gar nicht mehr heiter und vergnügt aus.

»Wer ist da?«, dröhnte König Oberon.

Neben ihm saß Gran! Wenn sie bei diesen Leuten sicher war, war Orla es bestimmt auch … Aber aus irgendeinem Grund hatte sie Zweifel. Und sie hatte Angst.

König Oberon schnippte mit den Fingern, woraufhin die Schmetterlinge auf seinen Armen und Beinen zu Orlas Erstaunen aufflogen und durch die Bäume auf sie zugeflattert kamen.

Instinktiv ergriff Orla die Flucht und stolperte über Farne und Wurzeln, ohne zu wissen, wohin sie eigentlich rannte, oder die geringste Chance, den Schmetterlingen zu entkommen. Dann fiel ihr plötzlich ein, dass man das laut Grans Geschichten auch gar nicht musste, im Gegenteil. Man musste stillhalten …

Orla blieb wie angewurzelt stehen und bewegte sich so wenig wie möglich.

Ihr Herz hämmerte. Sie wagte nicht zu atmen.

Aus den Augenwinkeln nahm sie flatternde Umrisse vor den dunklen Ästen über ihrem Kopf wahr und ein goldenes Schimmern. Der Druck auf ihrer Brust wurde unerträglich. Dann flogen die Schmetterlinge tatsächlich zurück zu König Oberon.

»Es ist Zeit für die Geschichten!«, rief er. Orla stieß zitternd die Luft aus.

»Ja, ja!«, juchzten die anderen Elfen.

Leise kroch Orla wieder näher heran, sodass sie die Versammlung beobachten konnte. Sicher wäre jetzt die beste Gelegenheit gewesen, sich aus dem Staub zu machen, aber ihre Neugierde überwog und Gran war ja auch noch da.

Die Elfen, die fröhlich aus ihren Bechern tranken, sahen wieder aus wie wunderschöne Kinder. Ihre Wankelmütigkeit machte sie jedoch irgendwie beängstigend. Sie waren schön, aber launisch und grausam – genau wie Gran sie immer beschrieben hatte.

Es gefiel Orla nicht, dass eine der Elfen ihren Kopf auf Grans Schoß legte und diese ihr liebevoll übers Haar strich.

»Warum hören wir keine Geschichten mehr von Kathleen?«, rief eine Elfe.

Orla versteifte sich. Kathleen war der Name ihrer Mum.

»Ich hatte euch doch gesagt, dass sie von uns gegangen ist«, sagte Gran leise mit traurigem Gesicht.

»Wie wäre es mit einer Geschichte von den Kleinen?«, fragte eine andere. »Euren Enkeln. So nennt Ihr sie doch, oder?«

»Ach nein, nicht von den Kindern. Die Schmetterlinge sagen, sie seien schrecklich!«, widersprach die erste Elfe.

»Ja, und langweilig«, fügte eine andere hinzu.

»Und hässlich«, wieder eine andere.

Es folgte lautes Gekicher.

Gran lächelte ein wenig. »Oh nein, so sind sie nicht, ganz im Gegenteil. Sie sind die außergewöhnlichsten und liebsten Menschen der Welt, zumindest für mich.«

Für einen Moment lockerten sich die eisigen Finger, die Orlas Herz umklammert hielten, und ihr wurde warm. Obwohl sie so gemein zu Gran gewesen war, war sie immer noch ihr größter Fan.

»Aber heute Nacht habe ich ohnehin keine Zeit für Geschichten«, fuhr Gran fort. »Wie ich euch schon die ganze Zeit zu sagen versuche, gibt es da eine dringliche Angelegenheit, um die ihr euch kümmern müsst.«

Ein lautes Grummeln war zu hören. Die Elfen stampften mit den Füßen auf und bleckten die Zähne. Wieder stockte Orla der Atem. Sie hatte Angst um Gran, aber die zuckte nicht mit der Wimper. Sie schien an diese Kreaturen gewöhnt zu sein.

»Miss Elizabeth, wir kommen nun schon die zweite Nacht ins Reich der Menschen«, beschwerte sich König Oberon. »Und das inmitten der Mittsommerfeierlichkeiten. Zum Dank könntet Ihr uns zumindest ein paar unterhaltsame Geschichten erzählen, anstatt uns mit den lächerlichen Sorgen der Menschen zu belästigen.«

»Wie bereits erwähnt, fühle ich mich zutiefst geehrt. Dennoch bin ich hier, um über das Problem der Wilden Jagd mit Euch zu sprechen. Wir können das nicht länger aufschieben. Es geht hier nicht nur um die Menschen, sondern auch um euch Elfen.«

Orla wurde übel. *Die Wilde Jagd?* Sie dachte an die grausigen Zeichnungen in Grans Buch und ihr lief ein kalter Schauder über den Rücken. Wenn es Elfen gab, gab es die Wilde Jagd dann auch? Ein entsetzlicher Gedanke.

»Vergebt mir, dass ich so offen spreche, Euer Gnaden«, redete Gran schnell weiter, »und bitte glaubt mir, dass ich Eure Gastfreundschaft über alle Maßen schätze und weiß, wie wichtig diese Zeit der Feierlichkeiten für Euch ist. Aber die Wilde Jagd ist zu mächtig geworden. Es muss etwas dagegen unternommen werden! Sie haben sich schon sehr viele Opfer geholt, darunter auch ein Kind, und weitere Leben sind in Gefahr. Wird die Wilde Jagd zu mächtig, werden auch Eure Elfen sie nicht mehr aufhalten können.«

Für ein paar Sekunden war es mucksmäuschenstill, bevor die Elfen in wütendes Gebrüll ausbrachen.

»Natürlich können wir die Wilde Jagd besiegen!«, schrie einer.

»Die Wilde Jagd ist nicht unser Problem!«, krakeelte ein anderer.

Viele stimmten lautstark zu und schlugen ihre Trinkbecher auf den Boden.

König Oberon hob die mit Ringen besetzte Hand und die Elfen verstummten. Mit pochendem Herzen wartete Orla auf seine Antwort.

»Wie ich schon letzte Nacht gesagt habe und lange davor,

als Ihr mit Fällen vermisster Menschen zu uns gekommen seid, mischen wir uns nicht länger in die Angelegenheiten der Wilden Jagd ein, Miss Elizabeth«, erklärte der Elfenkönig kühl. »Unsere alte Feindschaft wurde vor langer Zeit durch ein Friedensabkommen beigelegt. Solange die Wilde Jagd nicht auf Elfengebiet vordringt, kann …«

»Aber sie ist stärker geworden!«, unterbrach ihn Gran. »Stärker als je zuvor. Insbesondere seit diesem Mittsommer – bald wird sie stärker sein als ihr Elfen …«

»Wir sind die Stärkeren«, widersprach König Oberon wütend. »Das Volk der Elfen ist mächtiger als die Wilde Jagd und wird es immer sein.«

»Das gehört der Vergangenheit an. Balor, der Anführer der Wilden Jagd, hat ein gewaltiges Heer um sich geschart, ohne dass Ihr ihn in die Schranken gewiesen hättet.«

Die Augen des Königs blitzten gefährlich. »Ihr vergesst, mit wem Ihr sprecht!«

Gran neigte den Kopf. »Verzeiht. Ich wollte Euch nicht zu nahe treten, Euer Gnaden. Aber ich bin in großer Sorge wegen dieser Vorgänge.«

»Was kümmert es Euch, Miss Elizabeth. Die verschwundenen Menschen sind nicht Eure Familie.«

»Nein, aber auch sie haben Kinder, Mütter und Väter, Geschwister und Großeltern, die sie schmerzlich vermissen. Die Wilde Jagd quält die Opfer, die sie erbeutet. Sie labt sich an ihrer Trauer, bis nichts mehr von ihnen übrig ist. Ich kann nicht weiter tatenlos zusehen, wie so viele von uns einen geliebten Menschen verlieren.« Gran wirkte traurig und Orla fragte sich, ob sie an Mum dachte.

König Oberon musterte sie skeptisch. »Ihr solltet auf der Hut sein, Miss Elizabeth. Denkt lieber an Euch selbst, sonst wird die Wilde Jagd auch Euch holen … Sie wittert Euren Kummer und Ihr wollt bestimmt nicht ihre Aufmerksamkeit erregen.«

»Das habe ich bereits«, entgegnete Gran bitter.

König Oberon wirkte überrascht. »Und dennoch seid Ihr heute zu uns gekommen? Ihr wisst, dass Ihr außerhalb unseres Gebiets nicht geschützt seid. Auch wenn Ihr mit Fabelwesen umzugehen wisst, Miss Elizabeth, seid Ihr angreifbar.«

»Ich musste heute Nacht kommen, damit Ihr mich anhört. Bitte, Ihr müsst sie aufhalten«, flehte Gran.

König Oberon schien jetzt nicht mehr verärgert, sondern eher amüsiert. Er hob die rechte Hand und mehrere blaue Schmetterlinge landeten auf seinen Fingern.

»Warum tut ihr Menschen das?«, fragte er verwundert und betrachtete die Schmetterlinge. »Ihr begebt euch füreinander in größte Gefahr, dabei sterbt ihr ohnehin alle schon nach kurzer Zeit, genau wie diese kleinen Schmetterlinge. Ihr vergeudet eure kostbaren Tage und Nächte damit, euch Sorgen zu machen, anstatt zu singen und zu tanzen!« Er hob seinen Becher und die Menge jubelte.

Gran lächelte schwach. »Da habt Ihr wohl recht.« Eigentlich hatte Gran schon immer mit Freuden das Leben genossen. Es war einer der Gründe, weshalb Orla sie so sehr mochte. »Aber diese Sache ist wichtig …«

»Sagt mir eines, Miss Elizabeth«, unterbrach Oberon sie. »Warum seid ihr Menschen so traurig? Die Wilde Jagd ist nicht der Grund dafür. Sie wird von der Trauer nur angezogen und macht sie schlimmer – aber sie verursacht sie nicht. Ihr Menschen selbst seid es, die die Wilde Jagd durch eure Traurigkeit stärker macht.«

Gran seufzte. »Wir sind nicht immer nur traurig. Wir haben ganz unterschiedliche Gefühle. Aber die Trauer gehört zum Menschsein dazu. In ihr zeigt sich, wie sehr wir lieben. Sie lehrt uns, das zu schätzen, was wir haben. Manchmal wissen wir nicht, warum wir traurig sind, zu anderen Zeiten wissen wir es hingegen ganz genau.«

»Wann?«, will König Oberon wissen.

»Wenn Menschen, die wir lieben, sterben. Menschen, die uns fehlen.«

Orla biss sich auf die Lippe.

»Bitte, Euer Gnaden«, flehte Gran. »Und wenn es nur um unserer Freundschaft willen ist und ein Zeichen Eurer guten Absichten. Geht und seht Euch an, wie stark und mächtig die Wilde Jagd geworden ist. Ihr werdet mir zustimmen, dass man sie in ihre Schranken weisen muss!«

»Wir haben ein Friedensabkommen.« König Oberon klang, als würde ihn die Sache langsam langweilen. »Zudem ist das heute unser letzter Ausflug jenseits der Grenzen des Elfenreichs vor dem Herbst. Bis dahin werden wir über Euren Wunsch nachdenken.«

»Aber dann wird es zu spät sein!«

»Genug jetzt!«, befahl König Oberon scharf. »Dieses Gespräch ermüdet mich. Wenn Ihr uns keine Geschichte erzählen wollt, brauchen wir Musik! Tanzt, ihr alle, tanzt!«

Er schnippte mit den Fingern. Die Menge erhob sich jubelnd und Gran verschwand aus Orlas Sichtfeld. Ein neues Lied begann, die Tänzer drehten sich mit schwingenden Flügeln im Kreis, und Glitzer wirbelte durch die Luft.

11

Ein später Start

Orla erwachte im Gästebett in Grans Haus. Graues Tageslicht drang durch die offenen Vorhänge ins Zimmer. Auf dem Feldbett gegenüber war die Decke unordentlich zurückgeworfen. Apollo war schon wach.

Orla drehte sich auf den Rücken und starrte an die Zimmerdecke. Langsam kehrten die Bilder der vergangenen Nacht zurück und schwirrten ihr durch den Kopf.

Was für ein verrückter Traum! Gran, der Verwunschene Wald, die Musik, die merkwürdige Versammlung, König Oberon, *Elfen* … Es hatte sich alles so echt angefühlt. Aber jetzt lag sie hier in Grans Gästebett, atmete den muffigen Geruch der Steppdecke ein und hörte das Ticken der Uhr im Flur. Sie wusste, dass es nur ein Traum gewesen sein konnte.

Ihr Gesicht und ihr Kissen waren nass. Hatte sie im Schlaf geweint? War das überhaupt möglich? Orla schlug die Decke zurück und schnappte nach Luft. Sie war vollständig angezogen, mit Hoodie, Jeans und schlammigen Sneakern. Das Bettzeug war total schmutzig. Dann war sie also doch im Wald gewesen. Aber warum konnte sie sich dann nicht daran erinnern, wie sie zurückgekommen war? Oder was dort geschehen war? Der Rest ihres Traums konnte unmöglich echt gewesen sein …

Orla stand auf und stellte sich unter die heiße Dusche, um den Kopf frei zu bekommen. Beim Abtrocknen bemerkte sie die Kratzer auf ihren Armen und Beinen.

Schnell zog sie sich saubere Kleider an und vergrub die schmutzigen zusammen mit den dreckigen Laken ganz unten in Grans Wäschekorb. Sie wollte sich die Haare zurückbinden, konnte aber nirgends ihr gelbes Haarband finden. Nervös griff sie sich an die Ohrläppchen. Mums Mondohrringe waren zum Glück noch da.

Schnell ging sie in die Küche. Sie musste unbedingt sofort mit Gran sprechen.

An der Eingangstür standen Grans Wanderstiefel. Sie waren mit frischem Schlamm überzogen, genau wie Orlas Sneaker, und auf dem Flurtisch lag ihre Taschenlampe. Zumindest war sie gut nach Hause gekommen. Hatte Gran Orla zurückgebracht? Daran würde sie sich doch erinnern.

Orla spürte, wie die Wut in ihr hochkochte. Was hatte Gran letzte Nacht getrieben? Orla wäre nie in den Wald gelaufen, wäre Gran nicht nachts draußen herumgeschlichen.

Schluss jetzt mit den Geheimnissen. Orla wollte Antworten.

»Guten Morgen, Sonnenschein!«, flötete Apollo, als Orla die Tür aufriss und in die Küche stürmte. Er saß am Tisch inmitten eines Durcheinanders aus Brotkrumen und marmeladenverklebten Messern. »Gut geschlafen?«

»Wo ist Gran?«, fauchte sie.

»Weiß ich nicht.«

»Was soll das heißen, du weißt es nicht?«

»Das soll heißen, dass sie nicht hier ist.«

»Das sehe ich selbst!«, knurrte Orla. Musste Apollo eigentlich immer so nervig sein? Sie warf einen Blick auf die Uhr an der Mikrowelle und erschrak.

14:32 Uhr.

»Die Uhr geht falsch«, beschwerte sich Orla.

»Tut sie nicht. Ich versuche schon seit Stunden, dich wach zu bekommen!«

Sie sah ihn an. Apollo schien das alles lustig zu finden.

»Du warst komplett hinüber«, erklärte er weiter. »Bist du früh aufgestanden und warst draußen oder so? Du hast alle deine Kleider angehabt … Ich habe richtig laut geschrien und dir sogar Wasser ins Gesicht geschüttet.«

Deshalb war ihr Kissen nass! Normalerweise wäre Orla sofort auf ihn losgegangen, aber sie war zu erschrocken. Noch nie hatte sie so lange geschlafen. Und sie war bekannt für ihren extrem leichten Schlaf. Warum hatte Apollo sie nicht wecken können?

Obwohl Grans Küche so gemütlich warm wie immer war, fröstelte Orla. Sie versuchte sich die vergangene Nacht ins Gedächtnis zu rufen. Das Letzte, woran sie sich erinnerte, war der schimmernde Nebel. War sie verzaubert worden? Und wenn ja, von wem? Soviel sie wusste, hatte keine der Elfen (wenn die nicht ohnehin nur ein Traum waren) sie gesehen. Was war also passiert?

Apollo starrte sie an. »Warum bist du so blass geworden? Hast du mich wirklich nicht gehört?«

Orla versuchte ihre Gedanken zu ordnen. *Gran*. Sie musste sie finden. Jetzt sofort. »Wo ist Gran?«, fragte sie noch einmal.

»Hab ich doch schon gesagt. Ich weiß es nicht. Ich habe sie heute noch nicht gesehen.«

»Du hast sie noch nicht gesehen? Und du hast dir keine Sorgen gemacht?«

»Natürlich habe ich mir Sorgen gemacht! Aber ich wusste ja nicht, was ich tun soll. Als ich aufgewacht bin, warst du nicht ansprechbar. Und Gran war nicht da. Ich habe an ihre Schlafzimmertür geklopft, aber sie hat nicht geantwortet. Und ich … Also ich kann da doch nicht einfach reingehen. Was, wenn sie nicht angezogen gewesen wäre oder so? Außerdem schläft sie nie lange. Also habe ich einfach gehofft, dass sie weggegangen ist und bald wiederkommt … Dass sie im Laden ist oder bei Freunden oder so und vergessen hat uns eine Nachricht zu hinterlassen. Ich habe überlegt, ob ich Dad anrufen soll, aber … Du glaubst doch nicht, dass ihr etwas passiert ist, oder?«

Apollo hörte auf zu plappern und schluckte.

Orla antwortete nicht. Sie erinnerte sich daran, was Gran über die Wilde Jagd gesagt hatte. König Oberon meinte, sie wäre eine leichte Beute, und Gran hatte entgegnet, sie hätte die Aufmerksamkeit der Wilden Jagd bereits geweckt …

Was, wenn sie sie geholt hatte wie die anderen verschwundenen Menschen?

Orla konnte das alles nicht länger für sich behalten. Sie musste es Apollo erzählen, egal wie durchgeknallt es klang.

»Hör zu, dass klingt jetzt vielleicht verrückt, aber … letzte Nacht bin ich Gran in den Verwunschenen Wald gefolgt.«

»Was? Wann?«

»Als du geschlafen hast. Hör jetzt einfach mal zu, okay? Ich habe sie bei diesen … Leuten gefunden. Nur dass das keine Leute waren.« Sie zögerte. »Es waren E-Elfen.«

»Elfen?«

»Ich weiß, du glaubst, dass ich dich veräpple, aber es ist wahr.

Ich schwör's dir. Es waren Elfen und König Oberon war auch da – ich habe ihn gesehen! Gran saß direkt neben ihm. Er trug eine Geweihkrone! Und da waren Hunderte von diesen blauen Schmetterlingen. Und diese Elfen – sie sahen genau aus wie in Grans Geschichten … mit Flügeln und allem. Gran wollte, dass sie ihr helfen. Gegen die Wilde Jagd. Weil sie sich all diese Leute geholt hat.«

Apollo sah sie an, als hätte sie völlig den Verstand verloren.

Orla stand auf und holte die gelbe Mappe aus ihrem Versteck im Schrank. Sie schüttelte die Zeitungsartikel auf den Küchentisch und breitete sie zwischen Apollos Marmeladenbrotchaos aus.

»Siehst du! Deshalb hat sie die hier gesammelt.«

Apollo starrte erschrocken auf die Ausschnitte. Erst jetzt ging Orla auf, dass in nur wenigen Monaten bereits vierzehn Menschen verschwunden waren.

Sie zitterte bei dem Gedanken, wie unvorsichtig es von ihr und Gran war, letzte Nacht allein rauszugehen, obwohl die Wilde Jagd dort ihr Unwesen trieb. Kein Wunder, dass Gran sie im Dunkeln noch nicht einmal in den Garten lassen wollte. Ihr Magen verkrampfte sich. Was war mit Gran passiert? Sie musste nach Hause gekommen sein. Ihre Stiefel und die Taschenlampe waren der Beweis …

»Gran denkt, die Wilde Jagd hat all diese Leute geholt?«, riss Apollo sie aus ihren Gedanken. Zum Glück klang er, als würde er anfangen ihr zu glauben.

»Ja! Deshalb hat sie überall Schlösser angebracht. Und wahrscheinlich war das auch der Grund, weshalb sie anfangs nicht wollte, dass wir zu ihr nach Irland kommen«, fügte Orla noch hinzu. Und dann fiel ihr noch etwas ein. Etwas Schreckliches.

Schlösser …

Grans Fenster.

Letzte Nacht hatte Orla es entriegelt, um hinauszuklettern. Gran wusste nicht, dass es nicht verschlossen war, als sie nach Hause kam und sich schlafen legte …

Was, wenn Gran zwar nach Hause gekommen war, dann aber …

Orlas Herz hämmerte.

Sie rannte aus der Küche in den Flur.

»Orla, wo willst du hin?«, schrie Apollo ihr hinterher. Aber sie rannte weiter.

Als sie Grans Schlafzimmertür aufstieß, schlug ihr kalte Luft entgegen. Bestürzt betrachtete sie die Unordnung. Grans Kissen lagen über den Boden verteilt im ganzen Zimmer. Einige waren zerrissen und überall lagen weiße Daunen. Die Vorhänge waren zerfetzt und hingen schief von den Stangen.

Das Schlimmste war jedoch das Fenster. Es stand sperrangelweit offen.

Und darunter lag eine einzelne lange, schwarze Feder.

Orla fühlte sich, als hätte man ihr alle Luft aus den Lungen gequetscht. »Was zum …«

Hinter ihr rang auch Apollo nach Atem. »Was ist denn hier passiert?«

Orla war nicht in der Lage, ihm zu antworten. Wortlos zeigte sie auf die schwarze Feder.

Apollo stieß einen Schrei aus. »Die Wilde Jagd!«

Orlas Knie waren ganz wackelig. Sie musste sich an der Wand abstützen. Sie konnten nicht auch noch Gran verlieren. Nicht, nachdem Mum … Nicht, nachdem Orla gestern Abend so gemein zu Gran gewesen war.

Orla wurde von Schuldgefühlen und Angst übermannt. Verzweifelt sah sie sich im Raum nach etwas um – irgendetwas –, das ihnen helfen konnte.

Aber da war nur diese hässliche schwarze Feder.

Dann fiel ihr Blick auf etwas Glänzendes. Auf dem Boden neben der kaputten Nachttischlampe lag Grans Schlüsselbund. Mit zitternden Händen hob Orla ihn auf.

An einem der Schlüssel hing ein kleines Schild, auf dem SCHUPPEN stand.

12

Das Geheimnis im Schuppen

Orla hastete durch den Garten mit Apollo im Schlepptau, der ihr widerwillig folgte.

»Bist du sicher, Orla? Wir haben versprochen wegzubleiben.«

Neben der Schuppentür blieb sie stehen. »Apollo, das hier ist ernst. Wenn Gran von der Wilden Jagd geholt wurde, könnte was immer in diesem Schuppen ist ein Hinweis darauf sein, wie wir sie zurückbekommen! Wir müssen wissen, was das ist.«

»Es ist nur … alles ein bisschen viel.«

Orla wusste, was er meinte.

»Psst! Hör mal!« Apollo packte sie am Arm.

»Ich kann euch hören da draußen«, knurrte eine Stimme aus dem Schuppen. »Lasst mich raus!«

Apollo wurde blass. »Da ist jemand …«

»Ich hatte dir doch gesagt, dass ich eine Stimme gehört habe … Hey, wo willst du hin?«

Apollo rannte zu Grans Hauklotz und hievte sich die alte Axt über die Schulter. Gran hatte ihnen strikt verboten, sie anzufassen, insbesondere Apollo. Sie war so schwer, dass er sie kaum tragen konnte und ordentlich schwankte, als er ein paar Schritte in Richtung Schuppen machte. Von allen Furcht einflößenden Dingen, die Orla in den letzten vierundzwanzig Stunden gesehen hatte, machte ihr die Axt in Apollos Händen mit Abstand am meisten Angst. Es war schon bedenklich, wenn ihr Bruder nur ein Buttermesser in den Fingern hatte.

»Apollo, leg die Axt weg!«

»Geh zur Seite! Ich spalte die Tür.«

»Du wirst dich selbst spalten. Leg sie sofort weg!«

Apollo ignorierte sie und schwang die Axt stattdessen irgendwie in Richtung Schloss, verfehlte es aber komplett. Die Axt schnitt ins Leere, knapp vorbei an Orla, und der Schwung ließ Apollo vorwärtsstolpern.

»Argh!«, ächzte er, als die Axt in den Rasen schlug und dort einen tiefen Spalt hinterließ.

Orla hielt seufzend die Schlüssel hoch und klimperte damit.

Apollo sah sie böse an. »Das hättest du auch gleich sagen können«, schnaubte er.

Orla steckte den Schlüssel mit dem SCHUPPEN-Schildchen ins Vorhängeschloss. Er ließ sich problemlos drehen. Das schwere Schloss klickte und hing offen am Riegel. Orla nahm es ab und steckte es in ihre Tasche. Dann zog sie vorsichtig die Tür auf und spähte in den dunklen Schuppen.

Einen Moment lang war alles ruhig und still. Zu still.

»Siehst du etwas?«, flüsterte Apollo nervös.

Orla kniff die Augen zusammen. »Dort bei dem Gartenstuhl ist ein Schatten … ganz hinten in der linken Ecke.«

Plötzlich war ein lautes Klirren zu hören. Etwas stürzte aus der Dunkelheit auf sie zu und fletschte wütend die Zähne.

Mit einem lauten Schrei sprangen sie zurück, wobei Orla einen Blick auf ein zotteliges Fell, scharfe Zähne, Klauen und ein Paar orangefarbene Augen erhaschte, die ihr bekannt vorkamen …

Schnell schlug sie die Schuppentür wieder zu und ließ sich keuchend dagegenfallen, während die Kreatur auf der anderen Seite gegen das Holz hämmerte.

»Das ist ein Pooka!«, japste Apollo erstaunt. »Ganz bestimmt! Erinnerst du dich? Sie kamen in Grans Geschichten vor!«

Orla war wie benommen. Sie konnte sich zwar erinnern, dass Gran ihnen von Pookas erzählt hatte, wusste aber nicht mehr viel darüber. »Bist du sicher?«

»Absolut. Man erkennt sie an den langen Ohren. Sie sehen aus wie Hasenohren.«

Orla hatte nicht auf die Ohren geachtet. Sie war zu sehr auf die Zähne und Klauen konzentriert gewesen. »Sind Pookas gut oder böse? Oder besser: Sind sie nur fies oder richtig bösartig?«, korrigierte sie sich. Keines der Fabelwesen aus Grans Geschichten konnte man als »gut« bezeichnen. Selbst Elfen waren manchmal grausam.

»Sowohl als auch, wenn ich mich richtig erinnere. Aber man kann ihnen definitiv nicht trauen. Schon gar nicht einem Pooka, das tagelang in einem Schuppen eingesperrt war.«

»Sehr beruhigend«, presste Orla zwischen zusammengebissenen Zähnen hervor.

Apollo runzelte die Stirn. »Es gab da eine Besonderheit bei Pookas. Etwas Wichtiges … Aber mir fällt einfach nicht mehr ein, was es war …«

»Lasst mich raus, habe ich gesagt!«

Apollos Augen wurden groß wie Untertassen und Orla war sich sicher, dass ihre mindestens genauso groß waren. Das Knurren setzte wieder ein und auch das Klirren und Rasseln.

»Glaubst du, es ist angekettet?«, zischte Orla.

»Klingt so.«

Orla wunderte sich. Das schreckliche Pooka anzuketten passte überhaupt nicht zu der netten Großmutter, die sie kannten.

Gran.

Orla schnürte es die Luft ab bei dem Gedanken, dass die furchtbare Wilde Jagd ihre Gran hatte. Was sie ihr wohl gerade antaten? Wahrscheinlich vergeudeten sie mit diesem Pooka nur ihre kostbare Zeit. Wie auch immer es hierherkam, es war nicht das Ungeheuer, das Gran in seinen Fängen hatte.

Andererseits … vielleicht wusste es ja etwas.

»Denkst du, die Kette hält?«

»Woher soll ich das denn wissen?«, entgegnete Apollo, während er versuchte die Tür zuzudrücken. Das Ding hämmerte so heftig dagegen, dass sie bereits ein bisschen nachgab.

Orla holte tief Luft. »Ich mache jetzt auf und rede mit ihm.«

»Bist du völlig übergeschnappt? Hast du seine Klauen gesehen?«

»Wir müssen es fragen, ob es etwas darüber weiß, wo Gran ist. Bestimmt hat es mehr Ahnung als wir, wohin die Wilde Jagd ihre Beute bringt und wie man sie zurückholen kann.«

Apollo sah aus, als wäre ihm schlecht, aber er nickte. »Okay. Es klingt, als wäre es angekettet – aber die Kette reicht eindeutig bis zur Tür. In dem Fall müssen wir nur genügend Abstand halten, dann kann eigentlich nichts passieren. Richtig?«

»Richtig.«

Keiner bewegte sich. Stattdessen tauschten sie einen nervösen Blick.

»Ich hole noch mal die Axt, nur für den Fall. Kannst du die Tür kurz allein zuhalten?«

Apollo ging weg und das Ding krachte erneut mit voller Wucht gegen die Tür. Orla biss die Zähne zusammen und stemmte die Fersen ins Gras. »Beeil dich, Apollo!«

»Bin schon da! Auf drei. Eins … zwei … drei! Ahhhh!«

Apollo kam brüllend und mit erhobener Axt auf Orla zugerannt. Sie sprang zur Seite, die Tür schlug auf und Apollo stolperte über Orlas Fuß, den sie nicht mehr rechtzeitig wegziehen konnte. Er verlor das Gleichgewicht und die Axt krachte in den Boden. Dieses Mal nur knapp neben Apollos Zehen.

Verängstigt sahen sie zum Schuppen, in dessen Türrahmen ein furchterregendes Wesen stand. Ein Wesen, wie Orla noch nie eines gesehen hatte.

Zumindest nicht im wahren Leben.

13

Das Pooka

Dem Pooka waren Ketten um die Hinterbeine gelegt worden, die an einem Ring in der Rückwand des Schuppens befestigt waren. Als das trübe Tageslicht sein Fell traf, zog es sich knurrend in den Schatten zurück. Trotzdem war es noch hell genug, dass Orla und Apollo es sich genauer ansehen konnten.

Es hatte lange Hasenohren, ein Gesicht wie ein Affe, große, runde orangefarbene Augen und das Maul voller spitzer Zähne.

Orla und Apollo rappelten sich vom Boden auf.

»Wow!«, japste Apollo.

»Ich wünschte, das könnte ich auch sagen«, schnaubte das Pooka.

Orla wich einen Schritt zurück. Obwohl sie seine Stimme schon mehrfach gehört hatte, war es etwas anderes, das Pooka tatsächlich sprechen zu sehen.

»Apollo, komm her!«, rief sie, als das Pooka sich mit einem lauten Rasseln auf ihn stürzen wollte.

Kreischend machte Apollo einen Satz rückwärts, aber zum Glück reichten die Ketten des Pookas nur knapp über den Türrahmen hinaus.

Knurrend ließ es sich im Schneidersitz auf den Boden plumpsen. »Meinen Plan, den blauhaarigen Jungen als Geisel zu benutzen, kann ich wohl vergessen.«

Apollo starrte das Pooka entgeistert an. »Schau mal, wie es dasitzt. Das sieht irgendwie … komisch aus.«

»Charmant. Wenn hier irgendjemand komisch aussieht, dann ihr«, knurrte es.

Apollo schüttelte den Kopf. »Passiert das hier alles wirklich?«

»Zum Leidwesen von uns allen, ja«, entgegnete das Pooka.

Orla schossen Hunderte von Fragen durch den Kopf. Sie brauchte einen Moment, um die richtige zu finden. »Was machst du im Schuppen unserer Großmutter?«

»Oh, dann seid ihr also die Enkelkinder?« Das Pooka musterte sie abschätzig. »Ich bin ihr Gast. Ein Freund.«

Ein Freund? Ganz sicher nicht. Dass Gran mit Elfen befreundet war, okay. Sie hatte ihnen oft erzählt, wie König Oberon sie als kleines Kind mit in den Verwunschenen Wald genommen hatte und dass sie das Elfenvolk seitdem regelmäßig besuchte. Aber sie hatte nie erwähnt, dass sie mit einem Pooka befreundet sei. Und wenn sich Orla diese unverschämte, hässliche Kreatur so ansah, konnte sie sich das auch kaum vorstellen. »Wenn du ihr Freund bis, warum hat sie dich dann angekettet?«, wollte sie wissen.

»Na gut, vielleicht ist Freund ein bisschen zu viel gesagt. Ein Bekannter. Noch treffender wäre wahrscheinlich Widersacher … aber das sind Wortklaubereien.« Das Pooka verdrehte die Augen.

Widersacher? Zuerst die Wilde Jagd, jetzt das Pooka – wie viele Feinde hatte Gran denn noch?

»Hast du unsere Gran gefressen?«, fragte Apollo todernst.

Orla warf ihm einen bösen Blick zu. Sie wussten, dass die Wilde Jagd Gran geholt hatte.

Die Augen des Pookas funkelten verschlagen. »Ja, habe ich. Sehr lecker. Hat köstlich geschmeckt, nach alten Pantoffeln und Gummistiefeln.«

Apollo machte erschrocken einen Schritt in Richtung Axt.

Aber dem Pooka schien nicht klar zu sein, dass das nicht wirklich eine Bedrohung war. »War nur ein Witz!«, beeilte es sich zu sagen. »Meine Güte. Wo steckt sie überhaupt? Sie hat mich vor anderthalb Tagen hier eingesperrt und mir heute weder Frühstück noch Mittagessen noch sonst irgendetwas gebracht. Nicht einmal einen Nachmittagssnack. Ich bin so ausgehungert, dass ich selbst eine zähe olle Oma verschlingen könnte. Oder einen mageren kleinen Jungen.« Das Pooka leckte sich die Lippen.

Kurz sah Apollo noch verängstigter aus, aber dann schüttelte er den Kopf. »Gran sagt, Pookas essen keine Menschen.«

»Wenn man sie tagelang ohne Nahrung in einen Schuppen sperrt, wäre ich mir da nicht so sicher«, schnaubte das Pooka, sichtlich verärgert, dass es ihm nicht gelungen war, Apollo Angst zu machen. »Der Service hier lässt wirklich schwer zu wünschen übrig. Ich werde eine miserable Bewertung abgeben. Null Sterne … Aber ihr habt meine Frage nicht beantwortet. Ich glaube kaum, dass sie euch erlaubt hat mich im Schuppen zu besuchen. Also wo ist sie? Sie ist euch doch nicht etwa abhandengekommen?« Es sah zu Orla.

Orlas brennende Wangen verrieten sie.

»Ha! Sie ist euch abhandengekommen! So ein Pech aber auch! Man sollte Großmütter nicht verlieren. Das bringt Unglück!«

»Wir haben sie nicht verloren«, entgegnete Apollo gekränkt. »Die Wilde Jagd hat sie geholt!«

»Apollo!«, stöhnte Orla. Wenn dieses Pooka Grans Widersacher war, sollten sie ihm absolut nichts verraten. Es gefiel ihr nicht, wie es plötzlich die Ohren spitzte und schon sehr viel weniger gelangweilt wirkte.

»Die Wilde Jagd hat sie? Seid ihr sicher?«

»Wir haben eine schwarze Feder in ihrem Zimmer gefunden.«

»Apollo, halt endlich die Klappe!«

»Soso, und ich dachte, sie sei viel zu clever, um sich erwischen zu lassen.«

Orla war überzeugt, dass man ihr das schlechte Gewissen an der Nasenspitze ansah. Gran war tatsächlich viel zu clever, um sich erwischen zu lassen. Aber die dumme Orla hatte dafür gesorgt, dass es trotzdem passiert war.

»Weißt du, wie wir sie zurückholen können?«, fragte Apollo.

»Du glaubst doch nicht im Ernst, dass es uns hilft!«, rief Orla dazwischen.

»Nein«, antwortete das Pooka. »Aber ich kann euch zu jemandem bringen, der es ganz sicher weiß. Ihr müsst mich nur von den Ketten losmachen …«

»Auf gar keinen Fall!«, schnaubte Orla. »Du lügst!«

»Ich lüge nicht«, versicherte das Pooka, hob unschuldig die Vorderpfoten und zeigte dabei seine scharfen Krallen.

Orla schüttelte den Kopf. »Wir werden dich nicht freilassen, egal was du sagst. Du kannst dir deine Lügen sparen. Wir sind doch keine Dummköpfe.«

»Da bin ich mir nicht so sicher …«, murmelte das Pooka. »Mich nicht loszumachen wäre schon ziemlich dumm, weil ich euch wirklich zu jemandem bringen kann, der weiß, wie ihr eure Gran wiederbekommt. Es ist eure einzige Chance, sie zu retten.«

»Na klar kannst du das. Komm, Apollo, wir sperren den Schuppen wieder zu.«

»Wartet!« Zum ersten Mal schien das Pooka Panik zu bekommen. »Ihr könnt mich doch nicht einfach hier drin verrotten lassen!«

»Oh doch«, zischte Orla und griff nach der Tür.

»Orla«, flüsterte Apollo. »Es hat recht. Wir können es nicht hier eingesperrt lassen …«

»Sei still, Apollo.«

»Aber ich sage die Wahrheit. Es ist der Riese. Er ist der Einzige, der weiß, wie ihr sie zurückholen könnt.«

Orla hielt abrupt inne.

»Hast du gerade Riese gesagt?«, rief Apollo.

»Sein Name ist Fionn … Ich nehme an, dass ihr noch nichts von ihm gehört habt.«

Apollo blieb der Mund offen stehen. »Fionn? Der Riese, der alles weiß?«

Das Pooka lächelte und zeigte dabei seine spitzen Zähne. »Bingo. Es beruhigt mich, dass ihr wenigstens ihn kennt. Ich dachte schon, eure herzallerliebste Omi hat euch überhaupt nichts erzählt. Ja, Fionn weiß alles. Was aber nicht heißt, dass er euch auch alles verrät. Trotzdem ist er eure einzige Hoffnung. Allein habt ihr nicht die geringste Chance. Ihr müsst mich nur von den Ketten befreien. Der Schlüssel hängt an deinem Bund, wie ich sehe … Bei Tageslicht kann ich ohnehin nicht raus – empfindliches Fell –, aber sobald es dunkel wird, bringe ich euch zu ihm.«

Orla umklammerte Grans Schlüssel. Sie zögerte. Sie hatte sich fest vorgenommen dieser Kreatur kein Wort zu glauben, aber nun konnte sie sein Angebot schlecht ignorieren. Es war richtig, dass sie allein keine Chance hatten, Gran aus den Fängen der Wilden Jagd zu befreien. Wenn Grans Geschichten über den Riesen stimmten, konnte Fionn ihnen wahrscheinlich nützliche Informationen geben. Andererseits, selbst wenn es den Riesen tatsächlich gab, hieß das noch lange nicht, dass das Pooka sie auch wirklich zu ihm bringen würde. Elfen konnten nicht lügen, Pookas schon.

»Und warum sollten wir dir trauen?«, fragte sie argwöhnisch.

Das Grinsen des Pookas wurde breiter. Orla gefiel nicht, wie zufrieden es mit ihrer Reaktion war. Warum hatte sie das Gefühl, das Pooka säße am längeren Hebel, obwohl es in Ketten lag?

»Keiner sagt, dass ihr mir trauen sollt«, entgegnete es noch immer grinsend.

Na toll. Sehr hilfreich. Orla musste nachdenken. »Na gut, da du vor Einbruch der Dunkelheit ohnehin nicht rauskannst, haben wir ja noch ausreichend Zeit, über dein Angebot nachzudenken.« Sie schlug dem Pooka die Schuppentür vor der Nase zu, hängte schnell das Vorhängeschloss wieder ein und schloss ab. Ihre Hände zitterten.

»Wir sollten tun, was es sagt«, drängte Apollo. »Wenn irgendwer weiß, wie wir Gran retten können, dann der Riese.«

Orla schüttelte den Kopf. Noch vor einem Tag hatte sie weder an Riesen, Pookas und Elfen geglaubt noch an die Wilde Jagd. »All diese Fabelwesen sollten gar nicht existieren.«

»Oh, wie reizend«, ertönte die Stimme des Pookas aus dem Schuppen und ließ sie zusammenzucken. »Dann bin ich für dich also nur ein Hirngespinst? Nun, dieses Hirngespinst hat seit vierundzwanzig Stunden keine Toilette gesehen. Denkt mal drüber nach!«

»Igitt!« Apollo rümpfte die Nase.

Orla dachte an Gran, die ebenfalls gefangen gehalten wurde. Die Wilde Jagd stärkte sich wahrscheinlich gerade an ihrer Traurigkeit und entzog ihr alle Hoffnung, bis sie zuerst den Verstand und dann ihre Seele verlor und selbst zu einem Monster wurde. Wenn sie sie nicht bald retten konnten, würden sie Gran für immer verlieren. Genau wie sie Mum verloren hatten.

Nach drei Nächten in der Gefangenschaft der Wilden Jagd verlieren die sterblichen Opfer den Verstand, stand in Grans Buch.

Orla wünschte sich nichts sehnlicher, als dass die Wilde Jagd für sie noch immer nichts weiter als eine Geschichte wäre.

Sie sah in das ernste Gesicht ihres Bruders, der darauf vertraute, dass sie entschied, was als Nächstes zu tun war. Sie musste ihm erzählen, dass sie Grans Fenster offen gelassen hatte. Aber die Vorstellung, wie er sie ansehen würde, wenn er erfuhr, dass sie an allem schuld war, war unerträglich. Sie konnte es ihm nicht sagen. Noch nicht.

Sie scheuchte Apollo zurück ins Haus, wo das Pooka sie nicht hören konnte. »Ich glaube einfach nicht, dass wir ihm trauen können«, erklärte sie.

»Ich auch nicht«, stimmte Apollo ihr zu. »Aber wir haben keine andere Wahl. Wir können ja nicht die Polizei rufen. Sie haben nicht eine der vermissten Personen gefunden. Und Gran werden sie auch nicht finden. Hier geht es um magische Kreaturen, deshalb brauchen wir Unterstützung aus der Welt der Fabelwesen.«

Orla dachte an die Elfen vergangene Nacht. Sie waren die

Einzigen, die die Wilde Jagd fürchtete. Deshalb hatte Gran sie um Hilfe gebeten. König Oberon hatte zwar erklärt, die Elfen würden sich nicht mehr in die Angelegenheiten der Wilden Jagd einmischen, aber wenn sie zu ihnen gingen und von Grans Entführung berichteten, würden sie ihre Freundin vielleicht doch retten? Laut Gran gab es in jedem Wald in Irland ein Tor zum Elfenreich. Man musste nur den Steinkreis finden…

Nein, das ging nicht. Orla erinnerte sich, wie feindselig die Elfen letzte Nacht waren, und Orla und Apollo waren Fremde für sie. Wahrscheinlich würden sie getötet, bevor sie irgendetwas erklären oder tun konnten, um Gran zu helfen. Sie mussten einen anderen Weg finden. Und wenn irgendjemand ihnen dabei helfen konnte, dann Fionn.

Trotzdem … die Vorstellung, das Pooka freizulassen, machte ihr Angst. Es fraß vielleicht keine Menschen, aber verletzen konnte es sie allemal.

Darauf zu warten, dass plötzlich jemand vor der Tür stand, um ihnen zu helfen, war aber auch keine Möglichkeit.

Gerade als sie das dachte, klingelte es.

Apollo und Orla sahen sich an.

»Gran?«, rief Orla voller Hoffnung, obwohl sie wusste, wie unwahrscheinlich das war. Sie rannte Apollo hinterher zur Haustür.

Natürlich war es nicht Gran.

Es war ein Junge.

14

Der Junge vor der Tür

Der Junge war etwa in Orlas Alter. Er hatte lange Haare und trug ein schlichtes weißes T-Shirt und Jeans. Seine Augen waren stechend blau – wie das Meer in der Sonne –, fast schon zu strahlend für diesen kühlen irischen Tag, gerade jetzt, wo es auch noch angefangen hatte zu nieseln.

Kurz starrte der Junge sie überrascht an, als hätten sie an seine Tür geklopft und nicht umgekehrt.

»Ähm … Hallo?«, sagte Orla. Wer um alles in der Welt war das?

»Hi!«, antwortete der Junge freundlich. Er schien ihren abweisenden Ton nicht zu bemerken und lächelte sie an, als wären sie schon seit Jahren befreundet. Das erinnerte Orla an die eingebildeten Jungs in der Schule, deren Leben aus Skiurlauben in den Alpen, Tennisclubs und teuren Geburtstagsgeschenken bestand – Jungs, bei denen noch nie etwas schiefgelaufen war.

Sie sah ihn böse an und verlieh ihrer Stimme absichtlich einen noch feindseligeren Ton. »Wer bist du? Und was willst du hier?«

»Orla!«, zischte Apollo. »Entschuldige bitte. Sie wollte sagen: Wie können wir dir helfen?«

»Nein, wollte ich nicht.« Wer immer dieser Junge war, sie hatten jetzt keine Zeit für ihn. Sie mussten darüber nachdenken, was sie mit dem Pooka machen sollten und wie sie Gran finden konnten.

»Tut mir leid, wenn ich störe«, sagte der Junge mit weichem irischem Akzent. Er lächelte immer noch. Es schien ihm kein bisschen leidzutun. »Wir sind uns noch nie begegnet, zumindest nicht persönlich, aber ich bin ein alter Freund eurer Großmutter. Ich wollte sie besuchen.«

Noch mehr enge Bekannte von Gran, von denen sie noch nie gehört hatten! Wenigstens hatte dieser hier keine Flügel oder Klauen, soweit Orla das beurteilen konnte. »Sie ist nicht hier.«

Der Junge zog ein langes Gesicht. »Oh nein. Ich brauche dringend ihre Hilfe.«

»Da musst du wohl an einem anderen Tag wiederkommen.« Orla wollte die Tür schließen, aber Apollo hielt sie zurück.

»Ich entschuldige mich für meine Schwester«, sagte er. »Wir hatten einen ziemlich merkwürdigen Tag, aber vielleicht können wir dir ja helfen? Möchtest du kurz reinkommen, ins Trockene? Ich bin übrigens Apollo.«

Orla starrte ihren Bruder fassungslos an. »Was soll das?«, zischte sie. Es war mal wieder typisch Apollo, einem völlig Fremden ihre Hilfe anzubieten, obwohl sie genug eigene Probleme hatten. *Aber das waren ja nur Nebensächlichkeiten, wie dass in Grans Schuppen ein sprechendes Ungeheuer angekettet war oder eines der bösartigsten Fabelwesen der magischen Welt ihre Großmutter entführt hatte.* Apollo konnte sich doch denken, dass es im Moment nicht so günstig war, einen Fremden hereinzubitten. Auch wenn es sich nur um einen ungefähr gleichaltrigen Jungen handelte …

»Warte mal eine Sekunde«, entschuldigte sich Apollo, bevor er die Tür halb schloss, um dahinter mit Orla flüstern zu können. »Hör mal, das Pooka kann uns vor Einbruch der Dunkelheit ohnehin nicht zu dem Riesen bringen. Was spricht also dagegen nett zu Grans Freund zu sein? Sie würde wollen, dass wir ihm helfen, wenn wir können. Wer weiß, vielleicht kann er ja sogar uns helfen.«

»Und wie, bitte schön?«

Apollo ignorierte ihren tödlichen Blick, zog die Tür auf und winkte den Jungen in den Flur. »Tut mir leid wegen eben. Bitte komm rein. Grans Freunde sind auch unsere Freunde.«

Obwohl man ihm gerade fast die Tür vor der Nase zugeschlagen hatte, lächelte der Junge breit. Das gefiel Orla nicht, und auch nicht, wie er sich neugierig in Grans Haus umsah.

»So sieht es hier drinnen also aus«, meinte er noch immer strahlend. »Irgendwie … unglaublich langweilig und normal!«

Orla verzog das Gesicht. Was glaubte dieser Junge eigentlich, wer er war? »Du willst ein Freund von Gran sein und warst noch nie in ihrem Haus?«

»Wir haben uns immer woanders getroffen«, sagte er und warf auf eine Art die Haare zurück, die Orla extrem nervig fand. Falls er ihren giftigen Ton überhaupt bemerkt hatte, ließ er es sich auch dieses Mal nicht anmerken. Er starrte auf Mums Foto.

Orla stellte sich schützend davor.

»Wie heißt du?«, fragte Apollo.

»Conor.«

»Nett, dich kennenzulernen, Conor. Orla hat auch einen irischen Namen, und ich …«

»Du bist nach einem Gott benannt, habe ich gehört. Deine blauen Haare gefallen mir.«

»Oh. Danke.« Apollo grinste verlegen. »Deine Frisur ist auch cool.«

Orla stöhnte. Warum musste Apollo sich immer bei jedem einschleimen?

»Wie kommt es, dass wir dich noch nie getroffen haben, Conor?«, wollte sie wissen. »Ich finde es seltsam, dass Gran uns einander nie vorgestellt hat.«

»Ihr wart eben schon lange nicht mehr in Irland«, sagte Conor. »Wo ist sie denn überhaupt?«

»Etwas erledigen«, sagte Orla schnell, bevor Apollo antworten konnte. Das Letzte, was sie jetzt gebrauchen konnten, war, dass Conor herausfand, was hier wirklich los war, und seinen Eltern von Grans Verschwinden erzählte – oder dass sie unbeaufsichtigt in ihrem Haus wohnten. Was, wenn jemand Dad anrief und er kam, um sie abzuholen, bevor sie überhaupt die Chance hatten, Gran zu retten?

»Und wann ist sie zurück?«

»Sie hat im Moment sehr viel zu tun. Vielleicht kommst du einfach nächste Woche wieder«, erklärte Orla und versuchte ihn zur Tür hinauszuschieben.

»Nächste Woche?«, rief Conor. »Aber ich muss jetzt mit ihr sprechen.«

»Das geht aber nicht«, sagte Orla ungeduldig. »Also kannst du genauso gut wieder gehen.«

Aus den Augenwinkeln sah sie, wie Apollo den Mund aufmachte, und schüttelte energisch den Kopf. Aber es half nichts.

»Gran ist verschwunden!«, brach es aus ihm heraus.

»Apollo!«

»Verschwunden?«, fragte Conor entsetzt. Sein Lächeln verschwand.

Apollo, den Conors Reaktion zu ermutigen schien, sprach weiter. »Das klingt jetzt vielleicht verrückt …«

»Wage es ja nicht, Apollo! Sie ist einkaufen. Das ist alles …«

»Sie ist nicht einkaufen. Die Wilde Jagd hat sie geholt!«

Orla starrte Apollo entsetzt an und zwang sich zu einem hohlen Lachen. »Mein Bruder ist ein echter Witzbold, wie du sicher schon bemerkt hast. Die Wilde Jagd kommt nur in albernen Geschichten vor, die er …«

»Ich weiß, was die Wilde Jagd ist«, sagte Conor ernst.

Orla war sprachlos.

»Da hast du's. Ich hab gleich gesagt, dass er uns vielleicht helfen kann, Orla! Bist du hier aus der Gegend, Conor?«

Conor nickte.

»Dann kennst du die Geschichten? Über Elfen, Riesen und Pookas?«

Ein neuer Ausdruck huschte über Conors Gesicht, war aber sofort wieder verschwunden. »Ja, die kenne ich«, sagte er langsam. »Und ich weiß, dass sie nicht erfunden sind.«

Hätte das gestern jemand zu Orla gesagt, hätte sie höhnisch gelacht. Aber heute jagten ihr Conors Worte einen Schauder über den Rücken.

»Genau. Es gibt sie wirklich und wir können es auch beweisen!« Apollo war jetzt fürchterlich aufgeregt.

»Es reicht, Apollo!« Selbst wenn Conor an die alten Sagen glaubte, was für einen Unterschied machte das? Deshalb konnte er ihnen noch lange nicht helfen.

Aber Apollo beachtete sie natürlich nicht. »In Grans Schuppen ist ein Pooka!«

»Das stimmt nicht«, unterbrach ihn Orla schnell. »Er macht schon wieder Witze. Ehrlich, er ist so ein …«

Conor blinzelte. »Ein Pooka? Im Schuppen? Wie ist es da hineingeraten?«

»Gran hat es gefangen und angekettet. Warum, wissen wir nicht.«

»Zeigt es mir«, forderte Conor sie auf. Orla gefiel nicht, dass er ihnen Befehle erteilte, anstatt zu fragen. Als hätte er noch nie ein Nein gehört – außer von ihr.

»Nein«, sagte sie und versuchte die Situation wieder unter Kontrolle zu bekommen. »Wir haben es gerade erst wieder eingesperrt.« In dem Moment, in dem sie das sagte, wurde ihr klar, dass sie damit unfreiwillig zugegeben hatte, dass das Pooka existierte.

Apollo packte Conor am Arm und zog ihn in die Küche. Orla blieb nichts anderes übrig, als den beiden unter lautem Protest zu folgen. Durchs Küchenfenster zeigte Apollo auf den verschlossenen Schuppen. »Dort drin ist es. Gib uns den Schlüssel, Orla.«

»Nein«, weigerte sie sich und umklammerte fest Grans Schlüsselbund. Wie konnte sie Conor nur dazu bringen zu gehen?

»Hat es etwas gesagt?«, wollte Conor wissen.

Apollo nickte. »Jede Menge. Es war ziemlich unverschämt.«

»Und hat es etwas über die Wilde Jagd gesagt?«

»Es meinte, es könnte uns zu jemandem bringen, der weiß, wie wir Gran zurückbekommen.«

»Und zu wem?«

»Zu Fionn, dem Riesen.«

»Ah.« Conor nickte, als wäre das absolut logisch. »Ja, wenn jemand den Riesen finden kann, dann ein Pooka. Fionn versteckt sich gut – noch nicht einmal die Elfen finden ihn. Aber Pookas haben einen herausragenden Geruchssinn … Trotzdem wird der Riese über euren Besuch nicht erfreut sein.« Er schüttelte den Kopf. »Ich verstehe immer noch nicht, wie die Wilde Jagd eure Gran entführen konnte. Sie war immer extrem vorsichtig.«

Orla sah ihn an. Woher wusste er das? Sie fühlte sich hintergangen. Hatte Gran diesem fremden Jungen mehr erzählt als ihren eigenen Enkelkindern?

Apollo nickte. »Ja, sie hat überall Schlösser angebracht. Aber durchs Schlafzimmerfenster sind sie trotzdem reingekommen.«

»Und das Pooka war auch schon vergangene Nacht im Schuppen angekettet?«

»Ich denke schon. Warum?«

»Ich frage mich nur, ob es vielleicht etwas mit ihrem Verschwinden zu tun hatte.«

Orla sah zu Boden. Ihre Wangen brannten. Wahrscheinlich sah man ihr das schlechte Gewissen an. Sie sollte Apollo erzählen, dass sie Grans Schlafzimmerfenster offen gelassen hatte, aber vor Conor würde sie das auf gar keinen Fall zugeben. »Das Pooka war eingesperrt«, sagte sie fest.

»Okay. In dem Fall solltet ihr euch von ihm zum Riesen bringen lassen.«

»So weit waren wir auch schon«, entgegnete Orla patzig. Conors Befehlston ärgerte sie immer noch. »Aber so einfach ist das nicht. Das Pooka behauptet zwar, es würde uns zum Riesen bringen, aber wer garantiert uns, dass es uns nicht ganz woanders hinbringt?«

»Du hast recht. Traue niemals einem Pooka«, stimmte Conor ihr zu. »Nur seinen Versprechen.«

Apollo schlug sich an die Stirn. »Das war es! Das hatte ich vergessen! *Ein Pooka muss jedes Versprechen, das es gibt, einlö-*

sen, sonst stirbt es. So können wir uns absichern. Das ist genial, Conor!«

Orla runzelte die Stirn. Nun, wo Apollo es sagte, konnte sie sich ebenfalls erinnern, dass Gran in ihren Geschichten etwas in der Art erwähnt hatte. »Und wie genau funktioniert das?«

»Alle Fabelwesen leben nach einem Ehrenkodex, der sie dazu verpflichtet, ihr Wort zu halten. Pookas sind jedoch dafür bekannt, unehrlich und durchtrieben zu sein. Viele von ihnen haben sich nicht an den Ehrenkodex gehalten und so hat eine Hexe alle Pookas mit einem Fluch belegt, der sie zum Sterben verdammt, falls sie ihre Versprechen nicht halten.«

Orla starrte ihn an. »Wie…«, begann sie.

»Aus Augen und Mund quillt Blut und dann …«

»Wieso weißt du das, wollte ich fragen«, unterbrach sie ihn.

Conor zuckte mit den Schultern und warf wieder auf diese nervige Art die Haare zurück. »Jeder weiß das. Zumindest jeder, den ich kenne.«

»Siehst du! Ich hab gleich gesagt, dass wir die Hilfe von jemandem, der sich hier auskennt, gut gebrauchen können«, zischte Apollo.

Orla seufzte. Sie hätte gerne noch mehr Beweise gehabt als Conors Behauptungen, aber einen Versuch war es wert. Sie ging Grans Schlüsselbund durch, bis sie einen kleinen Schlüssel fand, mit dem sich wahrscheinlich die Fußfesseln des Pookas öffnen ließen. »Also gut, dann lassen wir das Pooka frei«, sagte sie langsam. »Aber nur unter der Bedingung, dass es verspricht uns dabei zu helfen, Gran zu finden.«

»Klingt nach einem guten Plan!«, sagte Conor grinsend.

Orla teilte seine Begeisterung nicht. Es war kein *guter* Plan, aber der einzige, den sie hatten.

15

Das Versprechen

»Wird aber auch Zeit!«, rief das Pooka, als die Schuppentür aufschwang, und kniff gegen das Tageslicht die Augen zusammen. »Ich hoffe, ihr habt mir was zu essen mitgebracht. Der Service hier lässt sehr zu wünschen übrig.«

»Du bist unser Gefangener und kein Hotelgast!«, erklärte ihm Orla.

»Wortklaubereien. Meine Güte, wie viele von euch muss ich denn noch ertragen?«, fügte es mit einem Blick auf Conor hinzu und rümpfte angewidert die Nase. »Der da stinkt ja noch schlimmer als ihr beide. Bäh! Hätte ich nicht für möglich gehalten.«

Conor trat einen Schritt zurück. Kurz dachte Orla, er würde sich fürchten, aber als sie über die Schulter sah, grinste er und zeigte seine perlweißen Zähne. Der Anblick des sprechenden Pookas schien ihn im Gegensatz zu ihr und Apollo nicht zu schockieren. Im Gegenteil, er wirkte ebenso entspannt, wie er vorhin vor der Tür gestanden hatte.

»Beachte ihn einfach nicht«, entgegnete Orla.

»Charmant wie eh und je«, sagte das Pooka mit einem dämonischen Grinsen. »Wie ich sehe, kommen auch andere Gäste in den Genuss deiner guten Manieren. Oder ist das noch ein Bruder von dir?«

»Conor ist ein Freund von Gran. Also ist er auch unser Freund«, sagte Apollo entschieden. »Aber du hast recht. Wir hätten dir etwas zu essen mitbringen sollen. Tut mir leid. Wir haben einfach nicht dran gedacht.«

»Vielleicht weil es damit gedroht hat, uns die Augen auszukratzen?«, murmelte Orla.

Zu ihrem großen Ärger war Apollo aber schon auf dem Weg zurück ins Haus. Das Klappern von Dosen war zu hören, dann kam er mit einer angefangenen Packung Schokoladenkeksen zurück, die er dem Pooka anbot.

Das Pooka schnappte sie sich, legte den Kopf in den Nacken und schüttete sich die Kekse in den Rachen. »Köstlich. Dasselbe noch mal, bitte«, sagte es, nachdem es alle auf einmal hinuntergeschluckt hatte.

»Das waren die letzten«, entschuldigte sich Apollo und betrachtete die leere Verpackung. »Normalerweise isst man einen nach dem anderen.«

»Schade.« Das Pooka warf seufzend das Papier auf den Boden. »Also dann, heraus mit der Sprache. Ihr seid ja offensichtlich nicht gekommen, um mir Kekse zu bringen. Dass ihr hier die Luft verpestet, muss einen anderen Grund haben. Jetzt mal ehrlich, hat keiner von euch je von Deos gehört? Der Mief, den ihr verströmt, ist außerirdisch.«

»Ich habe erst gestern gebadet«, verteidigte sich Apollo und roch an seinen Achseln.

»Hör nicht hin, Apollo«, murmelte Orla. »Es will uns nur ärgern und auf die Füße treten.«

»Oh, ich hege keinerlei Absichten, auch nur in die Nähe eurer Füße zu kommen. Außer vielleicht als krönenden Abschluss für mein mageres Keksmahl. Käse schließt ja angeblich den Magen.« Das Pooka fletschte gierig die Zähne.

Orla versuchte zu verbergen, dass sie zitterte. Apollo hatte ihr zwar versichert, Pookas würden keine Menschen fressen, aber sie wollte es nicht darauf ankommen lassen.

»Na gut, wenn ich genauer darüber nachdenke, könnt ihr eure Füße behalten. Sie sind ein bisschen zu mickrig für meinen Geschmack. Wie könnt ihr auf den verkümmerten Dingern überhaupt laufen? Kein Wunder, dass ihr sie in diese merkwürdigen Hüllen steckt … Aber egal. Was ich eigentlich sagen wollte, so schön es auch bei euch ist – also überhaupt nicht schön –, es ist an der Zeit, dass ihr mich ziehen lasst. Das hier ist bei Weitem der mieseste Schlafplatz, den ich je hatte. Und ich habe schon im Moor geschlafen! Mehrfach! Habt ihr jemals versucht einen Spaten als Kopfkissen zu benutzen? Kann ich nicht empfehlen. Im Grunde sind wir uns doch einig. Ihr wollt mich nicht in eurem Schuppen haben und ich will nicht hier sein. Daher wäre es das Beste für alle, wir würden wieder getrennter Wege gehen. Also stellt euch nicht so an. Befreit mich von den Fußfesseln und ihr habt meine Wenigkeit ein für alle Mal los.« Das Pooka machte eine übertriebene Verbeugung und warf einen sehnsüchtigen Blick auf die Schlüssel in Orlas Hand.

»Versuchen wir, was wir vorhin besprochen haben?«, fragte Apollo nervös.

Das Pooka spitzte die Ohren. »Was habt ihr besprochen?«

Orla nickte. »Ja, versuchen wir's.«

Das Pooka wurde lauter. »Was habt ihr besprochen?«

Orla klimperte mit den Schlüsseln und das Pooka war sofort sanft wie ein Teddybär.

»Es ist der kleine«, flötete es. »Ich dreh mich sogar um. Damit du besser drankommst.«

»Wir wollen, dass du uns etwas versprichst«, sagte Orla laut.

Als hätte man die Luft aus einem Ballon gelassen, sackte das Pooka zusammen und ließ sich mit einem lauten Heulen im Schneidersitz auf den Boden plumpsen, was bei einem Tier wirklich mehr als seltsam aussah. »Dann seid ihr also gar nicht so blöd, wie ich dachte. Womöglich haben die blauen Haare mich getäuscht. Und eure lächerlichen Nasen. Die sind echt winzig! Wahrscheinlich, damit ihr euren eigenen Gestank nicht riecht. Keine Ahnung, wie ihr das sonst aushalten könntet.«

»Das sagt der Richtige«, entgegnete Orla und schnüffelte. »Im Schuppen stinkt es schlimmer als auf dem Klo, nachdem Apollo drin war.«

»Hey!« Apollo wurde rot.

»Mein liebes Fräulein, wie ich bereits erwähnt hatte, verfügt dieser Schuppen über keine sanitären Anlagen und auch ein Pooka muss tun, was ein Pooka tun muss. Aber wie habt ihr das mit den Versprechen überhaupt herausgefunden? Ich dachte schon, eure heiß geliebte Omi hätte vergessen euch dieses nicht unwichtige Detail zu verraten.«

»Dann stimmt es also!«, triumphierte Orla.

Das Pooka starrte sie böse an. »Nein. Wieso? Wer hat hier irgendwas von Versprechen gesagt? Ich sicher nicht! Ich weiß nicht einmal, was das ist, ein …«

»Gerade hast du gesagt …«

»Also gut. Spuckt es endlich aus. Was wollt ihr? Ein Pony? Ich kann euch ein Pony besorgen. Oder einen Friseurtermin. Insbesondere für den da … oder einen Kurs in guten Manieren.«

»Du hast vorhin behauptet, du könntest uns zu einem Riesen bringen, der weiß, wo Gran ist«, sagte Orla.

»Jaaaa, habe ich. Herzlichen Dank, dass du es noch einmal wiederholst. Ohne dich hätte ich es sicher vergessen.« Das Pooka schüttelte den Kopf. »Ich nehme alles zurück. Ihr seid doch so blöd, wie ihr ausseht.«

»Wir werden dich freilassen …«, fuhr Orla fort, ohne auf die Beleidigung einzugehen.

»Großartig!« Das Pooka klatschte in die Hände. »Dann mal los. Und danach verspreche ich, euch zu Fionn zu bringen.«

Aber Orla schüttelte den Kopf. »Nein«, entgegnete sie und sah zurück zu Conor, der die Augenbrauen hob.

»Orla«, zischte Apollo neben ihr. »Was tust du? Ich dachte, wir wären uns einig …«

»Wir werden dich freilassen, wenn du versprichst zu tun, worum wir dich bitten, bis wir Gran gefunden haben«, sagte Orla laut.

Apollo begriff, was sie damit bezweckte, und warf ihr einen anerkennenden Blick zu. »Gut formuliert«, flüsterte er.

Fast hätte sie gelächelt.

»Momentchen mal«, protestierte das Pooka. »So war das nicht besprochen. Ich sagte, ich würde euch zu jemandem bringen, der euch sagen kann, wo sie ist und wie ihr sie zurückholen könnt. Es war nie die Rede davon, dass ich euch jede idiotische Bitte erfülle, bis ihr sie wiederhabt! Das ist etwas völlig anderes. Dieser Vertrag würde über einen viel längeren Zeitraum laufen.«

»Das ist der Deal«, sagte Orla. »Oder du gewöhnst dich besser an dein Spaten-Kissen.«

Das Pooka grollte. »Okay«, knurrte es. »Aber ich habe auch

meine Bedingungen. Ihr wisst, wie es läuft, oder? Nach drei Nächten verlieren die sterblichen Opfer der Wilden Jagd den Verstand und dann beginnen ihre Herzen zu verkümmern, bis sie nach drei Monaten selbst Teil der Wilden Jagd sind. Sobald eure Omi den Verstand verloren hat, ist ein Rettungsversuch sinnlos. Ab diesem Moment ist sie hoffnungslos verloren. Danach könnt ihr – und ich mit euch – Monate darauf verschwenden, sie zu suchen, aber ihr würdet nur noch eine leere Hülle zurückbringen. Daher schlage ich Folgendes vor: Im Tausch gegen meine Freiheit helfe ich euch bei allem, worum ihr mich bittet, bis wir eure Gran gefunden haben oder sie den Verstand verloren hat. Egal was als Erstes geschieht. Abgemacht?«

Orla zögerte. Sie überlegte, ob der Vorschlag einen Haken hatte, musste aber widerstrebend zugeben, dass er vernünftig war. »Okay. Abgemacht.«

»Gut. Dann macht mich jetzt los.«

»Ich habe das Zauberwort mit ›v‹ nicht gehört.«

Voller Abscheu sah das Pooka ihr direkt in die Augen. Aber Orla schaffte es, weder zu blinzeln noch wegzusehen.

»Ich verspreche es. Jetzt öffnet die Ketten und vergesst nie, dass das eure Idee war. Das ist bei Weitem das schlimmste Versprechen, das ich je gegeben habe. Und ich habe einmal einem Leprechaun versprochen ihn zu heiraten. Ist nicht gut ausgegangen für ihn – und für euch wird es auch nicht gut ausgehen. Aber ihr habt es ja nicht anders gewollt. Denkt an meine Worte.«

16

Riesenjagd

Orla musste all ihren Mut zusammennehmen, um das Pooka von den Ketten zu befreien. Sie rechnete damit, dass es versuchen würde davonzurennen. Hastig trat sie zur Seite, aber das Pooka blieb, wo es war.

»Schau nicht so überrascht«, schnaubte es und putzte sich das Fell. »Ich hatte doch gesagt, dass ich nur nachts rauskann. Und außerdem habe ich versprochen euch zu helfen, oder etwa nicht? Wir gehen in den Verwunschenen Wald, sobald es dunkel wird. Und bringt noch mehr Schokoladenkekse mit.«

Orla folgte Apollo und Conor zurück in die Küche. Conor ließ sich sofort auf Grans Stuhl plumpsen und machte es sich maximal gemütlich. Orla kochte vor Wut.

»Möchtest du eine Tasse Tee, Conor?«, bot Apollo an. »Das ist ja wohl das Mindeste, was wir für dich tun können, nachdem du uns so sehr geholfen hast.«

Conors Augen leuchteten. »Oh, Tee! Das wäre nett.«

»So viel hat er nun auch wieder nicht geholfen«, widersprach

Orla. »Die Sache mit den Versprechen wäre uns auch allein wieder eingefallen.«

Apollo warf ihr einen vorwurfsvollen Blick zu. Dann setzte er das Teewasser auf und öffnete den Hängeschrank über dem Herd, in dem er eine Packung Ingwerkekse fand.

Orla setzte sich nicht zu den Jungs an den Tisch, die sich die Hände an ihren Teetassen wärmten und Ingwerkekse knabberten. Conor sah sich alles im Raum ganz genau an und machte immer wieder übertrieben laut *Mhmm* und *Aahh*, als hätte er noch nie zuvor Tee getrunken. Apollo zeigte ihm die Zeitungsausschnitte, während Orla etwas abseits am Herd lehnte und vier Kekse nacheinander verschlang. Es war schrecklich, einfach nur hier zu sitzen und Kekse zu futtern, während Gran wer weiß was für Qualen ertragen musste.

»Kommst du mit heute Abend?«, fragte Apollo.

»Auf gar keinen Fall!«, ging Orla schnell dazwischen.

»Hör auf, so unfreundlich zu sein, Orla. Conor weiß viel mehr über diese Dinge als wir. Und außerdem wohnt er hier und kennt sich in der Gegend aus. Es könnte sehr nützlich sein, ihn dabeizuhaben«, hielt Apollo dagegen.

Orla wollte nicht, dass Conor mit ihnen kam. Sie hatte ein ungutes Gefühl dabei, wie er alles anstarrte, und wollte sich lieber darauf konzentrieren, Gran zu finden. »Ich bin sicher, Conor hat Besseres zu tun.«

»Nein, habe ich nicht. Ich würde sehr gerne mitkommen«, entgegnete Conor. Er warf die Haare zurück und überprüfte sein Spiegelbild in der Tür der Mikrowelle.

Orla knirschte mit den Zähnen.

»Wir wären dir sehr dankbar«, beharrte Apollo. »Wir brauchen jede Hilfe, die wir bekommen können.« Er senkte den

Blick und starrte auf seine Tasse. Es war die rote, auf der *Beste Granny der Welt* stand. Sie hatten sie ihr vor vier Jahren zu Weihnachten geschenkt. »Ich hoffe, wir finden sie. Was sollen wir denn tun, wenn …« Er schluckte. Orla wurde das Herz schwer. Sie wusste, wie er sich fühlte.

»Wir werden sie zurückholen«, versicherte Conor und tätschelte ihm die Schulter.

Apollo lächelte ihm zu, während Orla finster vor sich hin starrte.

Als das Telefon klingelte, schreckte sie hoch.

Apollo rannte los und nahm den Hörer ab. »Dad!«, rief er laut. »Hallo? Hörst du uns?« Er stellte das Telefon auf Lautsprecher, obwohl Orla sich wünschte, er hätte es nicht getan. Sie wollte nicht, dass Conor mithörte. Warum ging er nicht aus dem Zimmer? Jeder normale Mensch würde das aus Höflichkeit tun.

Im Hintergrund war viel Lärm. »Hallo?« Dads Stimme klang gedämpft und sehr weit weg. »Apollo? Wie geht es euch?«

»Uns geht's gut. Es ist nur, dass …«

»Entschuldige, aber der Empfang ist furchtbar schlecht. Ich bin gerade am Strand …«

»Malcolm!«, hörten sie Penelope im Hintergrund schreien.

Dad fing an zu lachen. »Ihr erratet nie, was gerade passiert ist! Eine Welle hat sich die Reste unseres Picknicks geholt. Und meine Flip-Flops! Erwischst du sie, Charles?«

Orla verzog das Gesicht. Sie spürte Conors Blick und drehte sich schnell weg.

»Dad, hör mir zu«, sagte Apollo. »Gran ist verschwunden.«

»Deine Gran hat etwas erfunden? Was? Die Verbindung ist grottenschlecht … Ah, gut gemacht, Charles! William, hol mal die Handtücher!«

»Dad! Wir können Gran nicht finden, wir glauben, sie wurde …«

»Gran hat keinen Schinken? Das kann ich mir kaum …« In der Leitung knackte es und Dad schnappte nach Luft.

»Dad?«, rief Apollo ängstlich.

Es dauerte einen Moment, bis sie begriffen, dass er lachte.

»Tut mir leid. Penelope hat versucht mich ins Wasser zu schubsen. Pen … Lass das!« Die Verbindung wurde unterbrochen.

Apollo legte langsam auf.

Orla überlegte, was Conor jetzt wohl von ihrer Familie dachte, wurde dann aber sofort wütend auf sich selbst. Es war egal, was Conor dachte.

»Tja, das Gespräch ist wohl beendet …«, murmelte Apollo. Er betrachtete die Zeitungsausschnitte auf dem Küchentisch. »Glaubt ihr«, fragte er nach einer Weile, »es ist sicher, heute Nacht in den Wald zu gehen, wenn die Wilde Jagd unterwegs ist?«

Orla wusste, dass es auf gar keinen Fall sicher war. »Wir müssen versuchen nicht traurig zu sein. Die Wilde Jagd wird von Traurigkeit angezogen. Und wir müssen zusammenbleiben. Allein ist man eine leichte Beute. Aber …«, fügte sie noch hinzu, »… wir sind ja nicht allein, wir haben ja uns.« Eigentlich hatte sie damit nur das Offensichtliche unterstreichen wollen, aber Apollo stand auf und umarmte sie. Orla war so überrascht, dass sie für einen Moment nur stocksteif dastand, bevor sie ihn ebenfalls umarmte.

»Das ist wahr«, stimmte Conor ihr zu. »Die Wilde Jagd greift normalerweise keine Gruppen an. Außerdem ist der Wald Elfengebiet.«

Conor schien wirklich zu wissen, wovon er redete.

»Warum gehst du nicht nach Hause und holst deine Ausrüstung, Conor?«, schlug Apollo vor und checkte sein Handy. »Wir brauchen Taschenlampen und warme Kleidung. Die Sonne geht um zehn unter, also treffen wir uns kurz davor wieder hier. Einverstanden?«

»Okay, also … dann geh ich mal nach Hause und komme wieder.«

Bildete Orla sich das nur ein oder war Conor enttäuscht, dass sie ihn nach Hause schickten?

»Du sagst aber niemandem etwas, versprochen?«, bat Orla ihn.

»Großes Pooka-Ehrenwort«, versicherte er mit einem irritierend strahlenden Lächeln.

Apollo brachte Conor zur Tür, dann gingen er und Orla wortlos in den Fuchsbau. Keiner von beiden sprach es aus, aber dort fühlten sie sich Gran am nächsten. Nachdem Apollo es sich in einem abgewetzten Sessel gemütlich gemacht hatte, begann er in *Irische Volkssagen, Mythen und Legenden* zu lesen, während Orla im Schrank nach warmen Pullovern und Taschenlampen suchte. Danach durchforstete sie Grans Keksdosen nach Proviant, wobei sie tatsächlich frischen selbst gemachten Tiffin entdeckte. Das hob einerseits ihre Laune, verstärkte gleichzeitig aber auch ihre Sehnsucht nach Gran.

Als sie in die Küche kam, hatte Apollo bereits Brote geschmiert, die er in seinen Rucksack packte. Er hielt ein Taschenmesser hoch, das er wohl in einer von Grans Schubladen gefunden hatte.

»Wozu brauchst du das?«

»Selbstverteidigung.«

»Na gut. Immer noch besser als die Axt.« Orla täuschte Gelassenheit vor, aber ihr Herz raste. Würden sie sich verteidigen müssen? Und wenn ja, würde ein Taschenmesser genügen?

Als es dämmerte, tauchte Conor wieder auf. Er trug eine grüne Jacke und hatte eine Papiertüte dabei, in der sich zu ihrer großen Freude drei warme Portionen *Fish and Chips* befanden.

»Vor dem Laden war eine lange Schlange. Da dachte ich, das muss gut sein«, erklärte er.

Apollo lachte. Conor sah ihn neugierig an, als ob er nicht wüsste, was daran lustig war. Orla wollte ihm Geld für das Essen geben, aber er schüttelte den Kopf.

Apollo warf Orla einen vielsagenden Blick zu: *Siehst du! Wie ich gesagt habe. Er ist nett.* Widerwillig musste Orla sich eingestehen, dass das tatsächlich sehr großzügig von Conor war. Hungrig wickelten sie das Essen aus und in der Küche breitete sich ein köstlicher Duft nach knuspriger Panade und salzigen Pommes aus. Die warme Mahlzeit baute sie alle ein wenig auf. Apollo und Conor machten beim Essen sogar Witze und lachten.

Als es vor den Fenstern dunkel wurde, verstummte das Geplapper. Alle dachten an das, was vor ihnen lag, und Orla zweifelte immer mehr, ob es wirklich eine so gute Idee war, den Riesen zu besuchen. Würde er freundlich sein? Und was, wenn nicht?

Apollo sprang auf. »Ich muss pinkeln.«

»Schon wieder?!«

»Ich bin nervös!« Apollo sah zwischen ihr und Conor, der an einer Pommes lutschte wie an einem Lolli, hin und her. Orla hob die Augenbrauen. »Sei nett«, zischte Apollo.

Um sich nicht unterhalten zu müssen, solange Apollo auf dem Klo war, starrte Orla auf ihr Handy. Als sie wieder aufblickte, fiel es ihr fast aus der Hand. Am Küchentisch saß im Schneidersitz das Pooka und aß den Rest von Apollos Pommes.

»Gar nicht mal so übel«, meinte es schmatzend.

Orla sah zu Conor, der seine Pommes lutschte, als ob nichts wäre. Warum hatte er sie nicht gewarnt?

»Seid ihr fertig?«, fragte das Pooka ungeduldig.

Orla nickte. »Apollo kommt gleich.«

Es schnüffelte. »Hier stinkt's. Aber es ist nicht nur der übliche Mief von Menschen. Mein Näschen riecht auch einen Hauch Elfe. Hat sich einer von euch in Elfenstaub gewälzt?«

Orla dachte an den goldenen Glitter letzte Nacht. Hatte der Elfenstaub sie irgendwie verhext? Konnte sie sich deshalb nicht erinnern, wie sie nach Hause gekommen war? Ihre Gedächtnislücke bereitete ihr zunehmend Sorge, aber im Moment mussten sie sich mit noch größeren Rätseln befassen.

Riesigen Rätseln, um genau zu sein.

Das Pooka rümpfte angewidert die Nase. »Tut mir den Gefallen und reibt euch damit ein.« Es streckte ihnen die übrig gebliebenen Essig-Päckchen hin.

»Auf gar keinen Fall!«

»Na gut.« Das Pooka pfefferte den Essig auf den Tisch. »Aber dann achtet auf die Windrichtung und bleibt mir aus dem Riecher, sonst muss ich kotzen. Los, bringen wir's hinter uns.«

Obwohl Orlas Handy vollständig aufgeladen war, wollte sie richtige Taschenlampen dabeihaben, konnte in Grans Schrank aber nur zwei finden. Eine davon behielt sie, die andere gab sie widerwillig Conor, der entgegen Apollos Anweisungen, sich auszurüsten, nur *Fish and Chips* mitgebracht hatte.

Nervös verließen sie das Haus und machten sich auf den Weg in den Verwunschenen Wald. Das Pooka ging ihnen auf allen vieren voraus und hielt sich dabei im Schatten. In der Dunkelheit erinnerte es an einen Fuchs. Orla, Apollo und Conor hasteten ihm schweigend hinterher.

Sie erreichten den Waldrand.

»Muss der Riese unbedingt in diesem gruseligen Wald wohnen?«, murmelte Apollo. »Könnte er sich nicht in einem ausgeleuchteten Supermarkt verstecken? Oder in einer Eisdiele?«

Sie folgten dem Pooka in einen Waldweg. Orla richtete ihre Taschenlampe auf die verschlungenen Äste über ihnen und begutachtete sie argwöhnisch. Heute Abend machte ihr der Wald mehr Angst denn je …

Sie dachte an die schwarze Feder und schluckte.

Apollo hatte wohl ähnliche Gedanken. »Conor hat recht. Hier im Wald sind wir sicher. In Grans Geschichten wagt sich die Wilde Jagd nie auf Elfengebiet.«

»Und wenn das heute nicht mehr so ist?«, überlegte Orla laut.

Über ihnen schlugen Flügel und sie und Conor leuchteten die Bäume mit ihren Taschenlampen an, wobei die sich überkreuzenden Strahlen bizarre Schatten in die Luft warfen.

»Wahrscheinlich nur eine Eule«, murmelte Conor. Aber selbst er wirkte angespannt.

Sie rückten alle ein bisschen näher zusammen.

»Wehe, du bringst uns nicht zu dem Riesen und versuchst irgendwelche Tricks, Pooka«, zischte Orla.

»Niemals würde ich euch, meinen so großzügigen und hochgeschätzten Gastgebern, so etwas antun …«

Orla warf ihm einen finsteren Blick zu. Dem Pooka war alles zuzutrauen, Versprechen hin oder her.

»Warst du schon einmal bei Fionn?«, wollte Apollo wissen. Neben der verständlichen Nervosität in seiner Stimme war da auch eine gewisse Begeisterung. Apollo hatte die Geschichten über Fionn immer geliebt.

»Ein paarmal«, erreichte sie die Stimme des Pookas aus der Dunkelheit. »Da mein Geheimnis, das auch euch zu Ohren gekommen ist und das ihr schamlos ausnutzt, mittlerweile weithin bekannt ist, befinde ich mich leider häufiger, als mir lieb ist, in einer Zwangslage wie dieser. Und der Riese weiß in der Regel, wie ich meine Versprechen erfüllen kann.«

»Dann wird er uns helfen?«, fragte Orla hoffnungsvoll.

»Oh, helfen wird er ganz sicher …«, entgegnete das Pooka. Orla gefiel sein Ton nicht. Warum wurde sie das Gefühl nicht los, dass es sie absichtlich in Schwierigkeiten bringen wollte?

»Wir werden ihn doch nicht wecken?«, fragte Apollo nervös. »Ich meine mich zu erinnern, dass Riesen wochenlang schlafen und sehr wütend werden, wenn man sie weckt …«

»Oh, deshalb würde ich mir keine Sorgen machen«, meinte das Pooka.

Orla beruhigte das überhaupt nicht.

Sie gingen ungefähr zwanzig Minuten. Immer wieder blieb das Pooka stehen, schnüffelte und ging dann entweder in dieselbe Richtung weiter oder entschied sich für eine andere. Ständig mussten sie sich gegenseitig Zweige aus dem Weg halten oder stolperten über Wurzeln. Es war anstrengend, das Pooka im Dunkeln nicht aus den Augen zu verlieren. In Grans Schuppen hatte es ihnen zwar Angst eingejagt, irgendwie aber auch ein bisschen albern gewirkt, wie es dort im Schneidersitz zwischen den Geräten und Gartenstühlen saß. Nun hatte es überhaupt nichts Komisches mehr an sich.

Hier im Wald war das Pooka in seinem Element.

Was man von ihnen nicht behaupten konnte.

»Du bist doch hier der Einheimische, Conor. Hast du eine Ahnung, wo wir sind?«, flüsterte Orla.

»Ich bin mir nicht sicher«, antwortete Conor zu Orlas Überraschung, die nie gedacht hätte, dass er einmal zugeben würde etwas nicht zu wissen. »Ich bin diesen Weg noch nie gegangen. Aber wahrscheinlich ist das eher ein gutes Zeichen«, fügte er noch hinzu. »Es könnte bedeuten, dass das Pooka uns tatsächlich zu dem geheimen Versteck des Riesen bringt.«

Orla sah auf der Suche nach dem Mond zum Himmel, aber alles war schwarz. Als sie die Taschenlampe wieder nach vorne richtete, war der Schatten des Pookas verschwunden.

»Wo ist es?«, fragte sie nervös.

»Keine Ahnung«, entgegnete Apollo. »Ich habe es aus den Augen verloren.«

»Es kann uns nicht davonlaufen. Es hat ein Versprechen gegeben«, beruhigte sie Conor.

»Ach, kann es nicht?«, zischte Orla laut. »Und wo ist es dann?«

»Psst!«, flüsterte Apollo. »Hört ihr das?«

Über ihnen ertönte aus der Dunkelheit ein merkwürdiges Geräusch – ein dumpfes Rumpeln, als würde man einen Felsbrocken hin und her rollen. Es war regelmäßig und laut.

»Pooka?«, zischte Orla. »Das ist nicht lustig …«

»Hier bin ich!«, rief das Pooka spöttisch, als würden sie Verstecken spielen.

Sie gingen in die Richtung, aus der seine Stimme kam, und das Rumpeln wurde lauter. Orla und Conor leuchteten wild in alle Richtungen, aber die Lichtstrahlen schienen plötzlich schwächer zu sein.

»Dieses Geräusch … I-Ich glaube, das ist ein Schnarchen«, piepste Apollo.

Plötzlich hörte das Rumpeln auf.

Und stattdessen zitterte der Boden. Er zitterte wirklich. Wie bei einem Erdbeben.

»Der Riese …«, krächzte Apollo. »Ich glaube, wir haben ihn geweckt.«

»Du glaubst?«, japste Orla, die zu der dunklen Säule hinaufstarrte, die sich langsam von den anderen Schatten löste und größer und größer wurde, bis sie schließlich hoch über ihnen aufragte. Orla unterdrückte einen Schrei.

Ein Riese.

Ein echter, lebendiger Riese.

Den sie geweckt und verärgert hatten.

»Oh nein«, wimmerte Apollo. »Oh nein, oh nein, oh nein …«

»Lauft!«, brüllte Conor und verschwand blitzschnell im Gebüsch. Er war erstaunlich flink, was man von Orla und Apollo nicht gerade behaupten konnte. Sie wollten zurücklaufen, woher sie gekommen waren, aber das Unterholz versperrte ihnen den Weg. Orla hörte nicht nur, dass der Riese ihnen folgte, sie spürte es. Jeder seiner Schritte fühlte sich an, als würde die Welt auseinanderbrechen, und sie hatte Angst, er könnte sie zertreten. Wo war das Pooka? Wahrscheinlich längst über alle Berge. Bestimmt war das hier von Anfang an sein Plan gewesen.

Ihr habt es ja nicht anders gewollt. Denkt an meine Worte.

Sie hätten ihm niemals vertrauen dürfen, Versprechen hin oder her!

Plötzlich war auch Apollo nicht mehr neben ihr. Erschrocken sah Orla sich um. Er war hingefallen.

»Steh auf!«, schrie sie und rannte zu ihm zurück. »Schnell!«

Der Boden bebte immer heftiger. Dann beugte der Riese sich zu ihnen herunter und eine Hand, so groß wie der Deckel einer Mülltonne, griff nach dem schreienden Apollo.

»Apollo!«, kreischte Orla, als der Riese ihren Bruder hochhob und die andere Hand nach ihr ausstreckte.

Gigantische Finger legten sich um ihren Oberkörper, packten sie und hoben sie über die Baumkronen, wo sie freie Sicht auf den Mond hatte. Sie strampelte und wand sich, doch bevor sie wusste, wie ihr geschah, drückte der Riese sie zu Apollo und hielt sie beide in einer Hand wie eine Eiswaffel. Im Gegensatz zu den Pookas fraßen Riesen tatsächlich Menschen – und sie kamen seinem Gesicht immer näher. Apollo schrie. Orla hingegen war wie gelähmt und machte sich auf das Schlimmste gefasst.

17

Fionn McCool

Ein lautes Zischen war zu hören und es folgte eine Explosion aus warmem gelbem Licht. Der Riese hatte an einem Baumstamm ein enormes Streichholz entzündet und damit eine Laterne von der Größe eines Baumhauses angemacht.

Orla blinzelte gegen die plötzliche Helligkeit an und erkannte ein breites bärtiges Gesicht.

»Menschen!«, brüllte der Riese und es regnete heiße Spuckeklumpen. Das Grollen seiner tiefen Stimme klang, als käme es direkt aus dem Inneren der Erde.

»B-Bitte nicht fressen!«, wimmerte Apollo.

»Ich esse keine Menschen. Die bleiben mir immer zwischen den Zähnen hängen«, knurrte der Riese. »Aber ich habe kein Problem damit, sie zu töten.« Er drückte noch fester zu. Orla hatte das Gefühl, ihre Rippen könnten jeden Moment brechen.

»Warten Sie«, japste Apollo. »Bitte, Herr Fionn. I-Ich bin ein großer Fan von Ihnen.«

Orla konnte es nicht fassen. Selbst kurz vor dem sicheren Tod startete Apollo noch eine seiner Charmeoffensiven. Jedem gefallen zu wollen war wirklich ein ernstes Problem von ihm.

»Ist das so?«, dröhnte Fionn. Sein heißer Atem blies ihnen

die Haare aus dem Gesicht. Unter den buschigen Brauen schimmerten die Augen des Riesen in allen Regenbogenfarben – genau wie in Grans Geschichte.

»J-Ja. Ich weiß natürlich, dass Sie das bereits wissen. Sie wissen ja alles. Das ist so krass!«, plapperte Apollo einfach weiter. »I-Ich w-wünschte, ich wüsste nur halb so viel wie Sie, auch wenn es manchmal h-hart sein muss. Vor allem wenn man bedenkt, dass Sie dieses Wissen eigentlich gar nicht wollten. Verzeihen Sie mir, wenn ich das sage, aber ich fand es schon immer gemein von Ihrem Bruder, Ihnen vorzuwerfen, dass Sie von seinem Lachs gekostet haben. Sie haben es ja nicht absichtlich getan!«

»Natürlich nicht!«, brüllte Fionn.

Orla hielt es für keine gute Idee, den Riesen zu reizen. Was tat Apollo da?

»Ihr Bruder Ben war einfach uneinsichtig!«

»Genau!«

»Absolut«, quiekte Apollo. »Es m-muss schwer für Sie sein, ohne ihn. Gerade, w-wenn man s-so wie Sie alles weiß. Ihnen muss manchmal fürchterlich der Kopf schwirren.«

»Ach ja«, seufzte Fionn. »Manchmal quillt mein Schädel über von all den Dingen, die ich weiß, und ich kann nichts dagegen tun. Aber zum Glück habe ich meine Wolken.«

Überrascht stellte Orla fest, dass der Riese den Griff lockerte und sie wieder normal atmen konnte. Am liebsten hätte sie Apollo abgeklatscht, aber das wäre sicher nicht klug gewesen. Sein Talent, in jeder Situation die richtigen Worte zu finden, hatte sie wieder einmal gerettet. Und ausnahmsweise war Orla deswegen einmal nicht genervt.

»Wolken?«, fragte Apollo neugierig.

»Ja, Wolken! Die besten, die über Irland hinwegziehen, fange ich ein und stecke sie in Flaschen – hübsche, natürliche Wolken. Aus ihnen stelle ich die perfekte Mischung her, weich und flauschig, und hänge sie über mein Bett, wenn ich mich schlafen lege. Ihnen dabei zuzusehen, wie sie sich langsam auflösen, beruhigt meine Gedanken und ich gleite langsam hinüber in den Schlaf.«

Über die Schulter des Riesen hinweg entdeckte Orla zwischen den Bäumen ein gigantisches Holzhaus, durch dessen offene Tür sie einen Blick auf ein Bett, einen Ofen, einen Tisch und einen Stuhl erhaschte – alles in Riesengröße. Auf dem Tisch stand eine Reihe farbiger Glasflaschen. Jede von ihnen hatte ungefähr Orlas Größe, aber alle waren leer.

»Es muss schön sein, dem Ganzen entfliehen zu können«, sagte Apollo mitfühlend. »Ich stelle mir vor, dass es hin und wieder erdrückend ist, als Einziger alles zu wissen. Und auch einsam – weil man mit niemandem darüber reden kann.«

»Ja, manchmal schon.« Der Riese schniefte. »Trotzdem ist es einfacher, allein zu sein. Früher kamen ständig allerlei Fabelwesen, die alles Mögliche von mir wissen wollten. Deshalb halte ich meinen Wohnort jetzt geheim.« Seine Augen verengten sich zu Schlitzen und Orla schluckte.

»Wir werden niemandem verraten, wo Sie leben«, versicherte sie hastig. »Wir wissen noch nicht einmal, wo wir hier genau sind.«

»Ihr seid nicht allein gekommen, habe ich recht?«

Der Riese beugte sich nach unten und wühlte in den Büschen. Orla und Apollo wurden dabei kräftig herumgeschleudert. Ein erschrockenes Quieken war zu hören, dann ein Schrei und kurz darauf hielt der Riese das Pooka und Conor in der anderen Hand. Das Pooka hatte die langen Hasenohren angelegt und auch Conor sah ein wenig verängstigt aus. Sein überlegenes Grinsen war wie weggewischt und seine Frisur nicht mehr ganz so perfekt wie sonst.

»Was hast du dir dabei gedacht, Menschen hierherzubringen, Pooka?«, grollte der Riese.

»Sie brauchten deine Hilfe und haben mich gezwungen es ihnen zu versprechen. Aber das weißt du ja«, jammerte das Pooka. »Ich wollte nur alles richtig machen.«

»Du wolltest nur, dass wir umgebracht werden, das trifft es wohl eher!« Orla starrte das Pooka böse an. »Ich wusste gleich, dass man dir nicht trauen kann!«

»Ach, heul mir nicht die Ohren voll. Willst du mir jetzt etwa vorhalten, dass ich mein Versprechen eingelöst habe? Da siehst du, wie nervig die beiden sind, Fionn!«

»Den mit den blauen Haaren mag ich eigentlich ganz gern … Du hingegen hast mein Geheimnis verraten und die Menschen zu meinem Haus geführt.« Fionns Stimme grollte wie Donner und seine Augen blitzten gefährlich. Die Situation schien wieder aus dem Ruder zu laufen.

»Es tut uns furchtbar leid, dass wir Sie gestört haben«, versuchte Apollo die Wogen zu glätten, bevor der Riese sich noch mehr aufregte. Orla fiel auf, dass er das manchmal auch bei ihr tat. Nicht sehr schmeichelhaft für sie. »Wir hätten das niemals gewagt, würde es sich nicht um einen absoluten Notfall handeln«, fuhr Apollo fort. »Aber wir sind auf der Suche nach unserer Gran …«

»Er weiß, warum ihr hier seid«, unterbrach ihn das Pooka gereizt. »Meine Güte, ihr seid wirklich schwer von Begriff. Der Lachs der Weisheit, ihr erinnert euch? Fionn weiß alles. Was ihr zum Frühstück gegessen habt. Wie oft ihr Zahnseide benutzt – und zwar tatsächlich, nicht das, was ihr eurem Zahnarzt erzählt. Wann ihr euch zum letzten Mal gewaschen habt, was in eurem Fall definitiv viel zu lange her ist …«

»Und warum sollte eure Gran mich interessieren?«, unterbrach es der Riese. Eine gute Frage. In den Geschichten halfen Fabelwesen den Menschen nur dann, wenn sie Grund dazu hatten. Es war dumm zu glauben, der Riese würde ihnen aus reiner Freundlichkeit weiterhelfen.

Plötzlich verdrehte Fionn die Augen und rümpfte die Nase.

»HA…«, machte er. »HA… HA… HA…«

Etwas zu spät wurde Orla klar, was los war.

»HA… TSCHIII!« Grellgrüner Rotz schoss aus den riesigen Nasenlöchern und verfehlte sie nur um wenige Zentimeter.

»Igitt!«, schrien alle vier.

Fionn schniefte. »Ups! Ich bin allergisch gegen Elfenstaub. Dieser Wald ist voll davon.«

Zu ihrer großen Erleichterung setzte er sie auf den Boden, um ein riesiges gepunktetes Taschentuch herauszuziehen und sich die Nase zu putzen. Orla schwankte, als sie wieder auf ihren Füßen stand.

»Herr Fionn, es tut mir sehr leid, Sie mit unseren Fragen belästigen zu müssen«, sagte Apollo, der ebenfalls taumelte. »Aber wissen Sie zufällig … Ich meine, können Sie uns sagen, ob unsere Gran … Geht es ihr gut?«

Orla bemerkte, wie das Pooka versuchte sich durch die Büsche davonzumachen, aber der Riese stellte gelangweilt den Fuß auf seinen Schwanz. Es zappelte wie eine Maus in der Falle.

»Das kommt ganz darauf an, was ihr unter gut versteht«,

entgegnete der Riese schniefend. »Sie hat nicht den Verstand verloren … noch nicht …«

Das ungute Gefühl in Orlas Magengrube wurde schlimmer. Sie hatten nur noch zwei Nächte, um Gran zu retten. Nach heute Nacht sogar nur noch eine. »Können Sie uns sagen, wie wir sie zurückbekommen?«

Fionn faltete sein Taschentuch zusammen. »Natürlich kann ich das.«

Orla wartete und hoffte, dass der Riese noch mehr sagen würde, was er aber nicht tat. »Bitte«, flehte sie. »Ich weiß, Ihnen ist egal, was mit Gran geschieht. Aber uns ist es nicht egal. Sie ist uns sehr wichtig. Bitte sagen Sie uns, wie wir sie zurückbekommen, und dann verschwinden wir sofort wieder von hier.«

»Ach ja?«, schnaubte Fionn. »Wie wäre es denn damit, dass ihr euch jetzt gleich verkrümelt, und ich lasse euch dafür am Leben? Ich würde mal behaupten, das wäre äußerst großzügig von mir, nachdem ihr mich so unsanft geweckt habt! Ich werde eine neue Wolke brauchen, um wieder einschlafen zu können, und meine Vorräte sind ziemlich aufgebraucht im Moment. Wenn man es genau nimmt, ist das hier sogar meine letzte.«

Er zog eine Flasche aus der Tasche, entkorkte sie mit einem lauten Plopp und eine schimmernde weiße Wolke kroch aus dem Flaschenhals. Bevor sie sich jedoch ganz entfalten konnte, sprang das Pooka erstaunlich hoch in die Luft, zerfetzte sie mit seinen Krallen und die silbernen Nebelreste schwebten in alle Richtungen davon.

»Warum hast du das gemacht?«, brüllte Fionn wütend. »Das war eine perfekte Mischung aus Schäfchen- und Federwolke! Ich hatte sie mir extra aufgehoben.«

Orla duckte sich. Das Pooka hatte es endgültig geschafft.

Sie mussten so schnell wie möglich von hier verschwinden. Sie packte Apollos Hand und begann ihn wegzuziehen. Wenn sie Glück hatten, konnten sie entkommen, solange Fionn von dem Pooka abgelenkt war.

»Könnten wir mit der unnötigen Fragerei bitte aufhören, Fionn? Du weißt, warum ich es getan habe. Du weißt alles!«

Orla war sicher, dass Fionn das Pooka hier und jetzt plattmachen würde, aber aus irgendeinem unerfindlichen Grund schienen ihm dessen Worte den Wind aus den Segeln zu nehmen. Fionn ließ die Schultern hängen und sah sehnsüchtig den davontreibenden Wolkenfetzen hinterher. »Nur weil ich alles weiß, heißt das noch lange nicht, dass ich keine Fragen stellen darf wie jeder andere Riese auch«, murmelte er. »Es ist nicht meine Schuld, dass du schon wieder so blöd warst etwas zu versprechen. Das wird dich noch ins Grab bringen. Und mal ganz ehrlich, mir wäre das piepegal. Am liebsten würde ich dich selbst umbringen, dafür, dass du mir meine letzte Wolke zerfetzt hast.«

»Dann könnte ich dir nicht mehr helfen, neue zu fangen, und du weißt selbst, dass du an die besten ohne meine Hilfe nicht rankommst, Fionn. Aber da du ganz offensichtlich nicht bereit bist diese lästigen Menschen mit deinen Riesenhänden zu zerquetschen – was für alle sehr viel einfacher wäre –, brauche ich dein Wissen, um mein Problem selbst zu lösen. Und solange du schläfst, bist du keine große Hilfe«, sagte das Pooka. »Wenn du mir nicht hilfst, wirst du daher nicht nur allein auf Wolkenjagd gehen müssen, sondern ich werde auch allen Fabelwesen, einschließlich der Elfen, erzählen, wo du wohnst. Und dann wird hier ständig irgendjemand auftauchen und alles Mögliche von dir wissen wollen, auch dann, wenn du gerade ein Nickerchen machst. Glaubst du wirklich, du könntest das ertragen mit deiner Elfenstauballergie?«

»Das würdest du niemals wagen!«, dröhnte Fionn.

»Wollen wir wetten? Und solltest du auf die Idee kommen, in einen anderen Wald umzuziehen, werde ich ihnen eine Liste mit Tipps geben, wie sie dich finden. Es sei denn, du sagst den Kindern jetzt, was sie wissen müssen, um ihre Großmutter zurückzuholen … Oder du trampelst sie gleich tot. Für mich wäre beides okay.«

Orla bedachte das Pooka mit einem finsteren Blick, aber Fionn schüttelte zum Glück den Kopf.

»Ich werde sie nicht tottrampeln. Der Junge ist ein Fan von mir. Das wäre sehr unhöflich. Also gut, dann erzähle ich euch eben, was ihr wissen möchtet. Aber wenn ich das tue, hilfst du mir meine Vorräte aufzufüllen. Im Norden sind ein paar gute Wolken aufgezogen, die du mit mir fangen kannst.«

»Na gut«, grummelte das Pooka.

»Versprichst du es?«

»Ich verspreche es«, entgegnete es bitter. »Aber das ist das letzte Versprechen, das ich jemals irgendjemandem gebe. Sollte einer von euch versuchen mir noch eines abzuringen, kratze ich ihm die Augen aus. Ihr seid gewarnt.«

»Großartig. Dann sind wir im Geschäft.« Fionn wandte sich Orla und Apollo zu. Sein plötzlich freundliches Lächeln erinnerte Orla an die Elfen, die sich ebenfalls von einer Sekunde auf die andere von freundlichen in Furcht einflößende Wesen verwandelt hatten. Sie beschloss dem Riesen nicht zu trauen, auch wenn er sich gerade bereit erklärt hatte, ihnen zu helfen.

»Es wird nicht leicht werden und wie ihr wisst, bleibt euch nicht viel Zeit. Wenn ihr sie bis zum Ende der morgigen Nacht nicht zurückgeholt habt, wird sie den Verstand verlieren und dann irgendwann selbst Teil der Wilden Jagd werden.«

Orla schluckte. Aus dem Mund des Riesen klang alles irgendwie noch schlimmer.

»Die Wilde Jagd davon zu überzeugen, eure Gran freizugeben, bevor das passiert, ist eure einzige Chance.«

»Sie überzeugen? Und wie sollen wir das anstellen?«, fragte Orla entgeistert.

»Indem ihr ihnen im Tausch für ihre Freilassung etwas Wertvolles anbietet.«

»Ein Tauschgeschäft? Das ist lächerlich«, widersprach Orla. Dann fiel ihr ein, dass sie es mit einem ziemlich launischen Riesen zu tun hatte. »Damit will ich nur sagen«, lenkte sie schnell ein, »dass die Wilde Jagd laut den Geschichten nicht aus vernünftigen Wesen besteht, mit denen man verhandeln könnte.«

»Da hast du recht. Die meisten von ihnen haben kein Fitzelchen Verstand mehr übrig. Ihr Anführer, Balor, der die Wilde Jagd beherrscht, hingegen schon. Ihr werdet also mit ihm verhandeln müssen.«

»Und was können wir ihm zum Tausch anbieten?«, fragte Apollo nervös. »Wir haben nichts. Zumindest nichts, was er sich nicht einfach selbst holen könnte …«

»Jede Kreatur hat ihre Schwächen. Ihr Menschen lasst euch zu oft von euren Herzen leiten, anstatt euren Verstand zu gebrauchen. Die Pookas müssen ihre Versprechen halten, sonst sterben sie einen qualvollen Tod …«

»Oh, vielen herzlichen Dank, dass du mich daran erinnerst«, blökte das Pooka dazwischen.

»Und welche Schwäche hat Balor?«, wollte Apollo wissen.

»Er kann sich nur die Menschen holen, die angreifbar sind.

Das heißt, seine Beute muss nicht nur zutiefst traurig sein, sondern auch nachts ihre Fenster offen lassen oder allein draußen unterwegs sein. Deshalb wollte Balor, dass dieses Pooka hier das Fenster eurer Großmutter öffnet«, erklärte Fionn.

»Was? Du hast für die Wilde Jagd gearbeitet?« Apollo konnte es nicht fassen.

Orla war mindestens genauso entsetzt.

»Na toll«, murmelte das Pooka. »Nie willst du einem irgendetwas verraten, Fionn, aber mit dieser Information hältst du nicht hinterm Berg. Als ob das derzeitige Verhältnis mit meinen Vertragspartnern nicht schon angespannt genug wäre …«

Erschrocken erinnerte sich Orla an das Gespräch zwischen König Oberon und Gran.

›Sonst wird die Wilde Jagd auch Euch holen, Miss Elizabeth … Sie wittert Euren Kummer und Ihr wollt bestimmt nicht ihre Aufmerksamkeit erregen.‹

›Das habe ich bereits.‹

Orla fühlte sich, als hätte man ihr einen Eimer eiskaltes Wasser über den Kopf gekippt. Plötzlich wusste sie, weshalb ihr die orangefarbenen Augen des Pookas so bekannt vorkamen. Sie hatte sie an dem Abend, an dem sie angekommen waren, im Garten gesehen …

»Das warst du! Ich habe dich in den Büschen gesehen. Du wolltest die Fenster entriegeln und die Wilde Jagd reinlassen. Deshalb hast du dich bei Grans Haus herumgetrieben. Deshalb hat sie dich eingesperrt!« Orla war angewidert und wütend. Aber gleichzeitig schämte sie sich auch. Denn letztendlich war es nicht das Pooka, das Grans Fenster geöffnet hatte. Es war Orla gewesen. *Sie* hatte für die Wilde Jagd die Drecksarbeit erledigt.

»Na, herzlichen Dank, Fionn«, sagte das Pooka finster. »Ja, okay. Das war ich. Aber ich musste Balor versprechen ihm zu helfen. So wie dem Rest von euch stinkenden Kreaturen, wenn ich das nebenbei bemerken darf.«

»Wir hätten dich im Schuppen lassen sollen!«, fauchte Orla.

»Ich suche mir die Versprechen, die ich gebe, nicht aus. Das wisst ihr genau. Balor hat mich erwischt, genau wie ihr, als ich zufällig im Gebiet der Wilden Jagd unterwegs war ... Diese tödlichen Versprechen, die ich ständig geben muss, gehen mir gehörig auf die Ohren, das könnt ihr mir glauben.«

»Arbeitest du immer noch für Balor und die Wilde Jagd?«, wollte Conor wissen.

Orla blinzelte. Conor hatte so lange geschwiegen, dass sie ihn fast vergessen hatte.

»Nein! Das Versprechen war hinfällig, als die liebe Omi ihr Fenster selbst offen stehen ließ. Ich konnte mir die Mühe sparen.«

Orla schämte sich noch mehr und sah hinauf zu Fionn. Er wusste alles, also auch, dass sie das Fenster offen gelassen hatte. Würde er sie verraten?

Zum Glück mischte Apollo sich ein. »Also ... Balor will immer mehr Beute, aber nicht warten, bis er an sie rankommt. Wie könnte er das anstellen?«, überlegte er. »Es geht nicht nur darum, mehr Fenster zu öffnen, habe ich recht? Die Leute müssen auch sehr traurig sein. Dann möchte er vielleicht etwas, das die Leute traurig macht?«

»Ja, vielleicht«, sagte Fionn.

Es entstand eine lange Pause.

Für einen Moment sah es so aus, als wäre der Riese nicht bereit ihnen noch mehr zu sagen.

»Was will er? Bitte sagen Sie es uns, Herr Fionn«, bettelte Apollo.

Der Riese schniefte. »Du bist auf der richtigen Spur, Junge. Balor wünscht sich nichts sehnlicher als eine Waffe, mit der er die Traurigkeit wecken kann, die in den Herzen der Menschen schlummert. Er möchte mehr von ihnen in sein Heer locken und immer mächtiger werden.«

»Und was für eine Waffe kann das?«, fragte Apollo den Riesen ängstlich.

Was auch immer es war, Orla gefiel das alles ganz und gar nicht.

»Eine Waffe wie Dagdas Harfe.«

18

Das Problem mit dem Ende

Orla schien die Einzige zu sein, die keine Ahnung hatte, wovon Fionn sprach. Conors Augen weiteten sich, Apollo schnappte nach Luft und das Pooka legte die Ohren an.

»Och nee«, stöhnte es. »Gibt es nicht irgendetwas, an das man einfacher rankommt? Wie wäre es stattdessen mit einem hübschen Tambourin? So werde ich diese Quälgeister ja nie los! Bitte, Fionn, könntest du sie nicht einfach für mich zertreten?«

»Keine Sorge«, sagte Conor und klopfte Apollo aufmunternd auf den Rücken. »Wir holen uns Dagdas Harfe.«

»Ha!«, schnaubte das Pooka. »Deine unpassende Zuversicht würde mich sehr amüsieren, wenn ich nicht persönlich davon betroffen wäre.« Es stieß ein verzweifeltes Heulen aus und vergrub das Gesicht in den Pfoten.

»Wer ist Dagda?«, unterbrach Orla, die gar nichts mehr verstand. In dem Moment, in dem sie ihn aussprach, kam ihr der Name dann aber doch irgendwie bekannt vor.

»Eine alte irische Gottheit, habe ich recht, Herr Fionn?«, fragte Apollo.

»Ja, das ist richtig, Herr Apollo«, bestätigte der Riese.

»Dagda war der Anführer der Tuatha Dé Danann, eines uralten irischen Volkes, das übernatürliche Kräfte besaß«, fügte Apollo hinzu, als Orla ihn immer noch verständnislos anstarrte.

»Okay … Aber was hat die Harfe einer alten Gottheit mit Grans Befreiung zu tun?«

»Erinnerst du dich nicht an das Lied, das Mum und Gran immer gesungen haben?«

Orla schüttelte den Kopf. Viele dieser Lieder hatte sie absichtlich ganz weit hinten in ihrem Gedächtnis begraben.

Doch als Apollo anfing es zu singen, fiel auch ihr der Text wieder ein.

Ein großer Gott einst auf der Smaragdinsel wandelte,
vier heilige Schätze er sein Eigen nannte –
einen mächtigen Speer, der jede Schlacht gewinnt,
einen heiligen Stein, der stets die Wahrheit kennt,
einen gefüllten Kessel, der sich niemals leert,
und eine Harfe, die gebrochene Herzen kuriert.

Die plötzliche Erinnerung an Mum und Gran am Klavier drohte Orla den Boden unter den Füßen wegzuziehen.

»Nicht schlecht. Ein bisschen schräg, was den Gesang betrifft, aber so ist es«, bemerkte Fionn. »Warum erzählen Sie uns nicht die Geschichte von Dagdas Harfe, Herr Apollo? Ich mag gute Geschichten. Sie besänftigen meinen Verstand – genau wie die Wolken. Es ist schon eine Weile her, seit man mir eine erzählt hat.«

»Aber du kennst die Geschichte doch«, protestierte das Pooka.

»Sei still, du Ratte«, fuhr Fionn ihm über den Mund. »Bitte, Herr Apollo, wir hören.«

Nervös begann Apollo zu erzählen. »Laut den alten Sagen besaß der weise Gott Dagda viele wunderbare Schätze. Der liebste von allen war ihm jedoch seine Harfe. Ihre Musik konnte alle Kreaturen, ob Fabelwesen oder Menschen, zum Weinen oder Lachen bringen, doch nur wer ihrer würdig war, konnte den Saiten der Harfe eine Melodie entlocken.«

Er sah zu Fionn, der ihm ein Zeichen gab weiterzuerzählen.

»Vor langer, langer Zeit stahlen Dagdas Feinde diese Harfe«, fuhr Apollo fort, der langsam in Fahrt kam. Orla war beeindruckt, wie viel er sich gemerkt hatte. Er war ein ausgezeichneter Geschichtenerzähler. Conor hörte ebenfalls aufmerksam zu und selbst das Pooka war still geworden.

»Als Dagda den Raub entdeckte, verfolgte er die Spur der Diebe und fand eine Horde feindlicher Krieger in tiefem Schlaf, in ihrer Mitte die Harfe. Die beiden Soldaten, die Dagda begleiteten, überlegten, wie sie an den Kriegern vorbeikämen, doch Dagda musste seine Harfe nur rufen und sie kam zu ihm geflogen! Als seine Feinde erwachten und ihre Schwerter zogen, schlug Dagda die Saiten an und spielte das Lied des Frohsinns. Da mussten seine Feinde so sehr lachen, dass ihnen die Waffen aus den Händen fielen. Aber kaum war das Lied zu Ende, ergriffen sie sie schnell wieder …

Dagda schlug die Saiten noch einmal an. Dieses Mal spielte er das Lied des Kummers. Seine Feinde begannen bitterlich zu weinen und ließen ihre Waffen erneut fallen. Doch auch als diese Musik verklang, ergriffen sie sie schnell wieder, sodass Dagda die Saiten ein drittes Mal anschlagen musste.

Die Töne waren so leise, dass sie kaum zu hören waren. Es war das Lied des Schlafs, und nachdem sämtliche Feinde zu Boden gesunken und eingeschlafen waren, wandten Dagda und seine Begleiter sich zum Gehen und nahmen die Harfe mit. Was geschehen war, verbreitete sich wie ein Lauffeuer und die Harfe wurde nie wieder gestohlen«, endete Apollo.

»Sehr gut erzählt!«, rief Fionn und klatschte donnernd in die Hände.

Orla lächelte Apollo zu. Diese Unerschrockenheit war neu. Sie hatte ihren kleinen Bruder in vielen Dingen für unnütz gehalten – und ihm das auch direkt ins Gesicht gesagt. Aber war er das wirklich? Heute Nacht hatte er ihnen das Leben gerettet und auch den Riesen schien er für sich eingenommen zu haben, zumindest vorerst.

Damit waren ihre Probleme aber leider noch nicht gelöst. Wie um alles in der Welt sollten sie an diese magische Harfe kommen? Wenn das so einfach wäre, hätte Balor, der Anführer der Wilden Jagd, sie sich längst geholt.

Sie sah sich nach Conor um, der an einem Baum lehnte, als posierte er für ein Modemagazin. Als er ihren Blick bemerkte, zwinkerte er ihr zu. Offensichtlich war er wieder ganz der Alte, arrogant und von sich selbst überzeugt wie eh und je.

Orla sah ihn böse an und verdrehte die Augen.

»Nur dass das nicht das Ende der Geschichte war«, bemerkte Fionn. »Bis vor ein paar Tausend Jahren war es das tatsächlich, doch dann wurde die Harfe ein zweites Mal gestohlen. Das ist das Problem mit jedem Ende, dass es früher oder später eben nicht mehr das Ende ist.«

»Und wo ist die Harfe jetzt?«, fragte Orla ungeduldig. Die Uhr tickte.

»Konnte Dagda sie sich nicht wiederholen wie beim letzten Mal?«, wollte Apollo wissen.

»Ach, wisst ihr, Dagda weilt ja nicht länger unter uns. Die

alten Götter sind längst verschwunden. Seine Harfe sollte eigentlich für immer in ihrem Versteck bleiben, aber nicht nur die Wilde Jagd trachtet nach der Macht, die sie verleiht, alle Fabelwesen sehnen sich danach … Wie auch immer, irgendwann haben die Kobolde sie gefunden.«

»Dann ist sie jetzt bei den Kobolden?«, wollte Orla wissen.

Der Riese schnaubte, als wäre Orlas Frage ziemlich dämlich. »Nein, jetzt natürlich nicht mehr! Dort war sie nur ein paar Jahrhunderte, dann haben die Trolle sie gestohlen.«

»Das heißt, die Trolle haben sie.«

»Nein, natürlich nicht!«

»Aber wer denn dann?«, fragte Orla erschöpft.

»Die Merrows! Wer denn sonst?«, rief Fionn, als wäre das offensichtlich.

»Die Merrows?«, wiederholte Orla. An die konnte sie sich erinnern. Lebhaft sogar. Merrows waren nixenähnliche Wesen, halb Mensch, halb Fisch, nur dass sie sehr viel bösartiger und grausamer waren als Nixen. Orla erinnerte sich an Geschichten von Soldaten, die an der Küste Irlands patrouillierten. Die Merrows verwandelten sich in wunderschöne Mädchen und lockten die Soldaten ins Meer, wo sie ihnen die Glieder ausrissen und sie bis auf die Füße vollständig auffraßen. Orla bekam einen trockenen Hals. Wenn sie zunächst einmal die Merrows besiegen mussten, würden sie wahrscheinlich gar keine Chance mehr bekommen, der Wilden Jagd einen Tauschhandel vorzuschlagen.

Gran hatte ihnen oft von diesen Meerwesen erzählt, nachdem sie sich abends ins Bett gekuschelt hatten. Dad hatte dann immer geschimpft, sie solle ihnen keine Angst einjagen. Aber Gran sagte, sie und Apollo seien tapferer, als man ihnen zutraute. Orla spürte einen Stich im Herzen. Schon möglich, dass ihre Chancen sehr gering waren, aber sie mussten es zumindest versuchen.

»Okay«, sagte sie und nahm all ihren Mut zusammen. »Wenn die Merrows die Harfe haben, ist sie wahrscheinlich irgendwo unter Wasser.«

»Wow«, rief das Pooka sarkastisch. »Wie bist du denn darauf gekommen? Bist du sicher, dass du nicht doch schon in der Versunkenen Stadt warst?«

Orla sah es finster an. »Die Frage ist, wie wir in die Versunkene Stadt kommen. Wenn es möglich ist, die Harfe zu holen, warum hat die Wilde Jagd es dann nicht längst getan?«

»Weil sie unter Wasser nicht atmen kann«, bemerkte Conor besserwisserisch. »Nicht einmal Balor.«

»Ähm, nur um das klarzustellen, wir können das auch nicht«, entgegnete Orla. »Genauso wenig wie wir eine Armee von Merrows besiegen können, die darauf aus sind, uns zu töten!«

»Nun, dann müsst ihr eure Großmutter wohl der Wilden Jagd überlassen«, sagte Fionn. »Mit ein bisschen Glück kommt sie euch vielleicht sogar holen. Wenn ich ehrlich bin, erscheint mir das sogar das Wahrscheinlichste. Selbst ich kann eure Traurigkeit riechen. Die Wilde Jagd ist euch längst auf der Spur. Am besten, ihr wartet einfach ab, bis …«

Orla und Apollo sahen sich entsetzt an.

»Warum schickt Balor nicht einen Spion, der ihm die Harfe holt?«, fragte Apollo. »Eins von den entführten Opfern, das unter Wasser atmen kann, oder so.«

Fionn sah aus, als hätte er langsam genug von ihren dämlichen Fragen. »Balor hat keine Macht über Wesen, die unter Wasser atmen können – seine Beute sind Menschen, schon vergessen? Er kann niemanden in die Versunkene Stadt schicken. Einmal hat er versucht Coomara, ihre Königin, an die Oberfläche zu locken, um sie zu fangen und die Merrows zu erpressen. Das ist nicht gut für ihn ausgegangen.«

»Was ist passiert?«

»Er hat ein Auge verloren.«

Orla schüttelte den Kopf. Wenn der Anführer der Wilden Jagd sich die Harfe nicht holen konnte, wie sollten sie das dann schaffen?

»Wenn es euch nichts ausmacht, würde ich mich jetzt verabschieden«, erklärte Fionn. »Ich habe eure Geschichte und die Ablenkung sehr genossen. Es hat mich ein bisschen von meinen vielen Gedanken abgelenkt, aber jetzt muss ich nach Norden, Wolken fangen …«

»Die Informationen, die du ihnen gegeben hast, reichen nicht, Fionn«, unterbrach ihn das Pooka. »So werden wir bis in alle Ewigkeit im Meer nach dieser Harfe suchen. Es sei denn … Glaubst du, die Merrows werden sie töten?«

»Hör auf, ständig darauf zu spekulieren, dass wir getötet werden«, fauchte Orla.

»Nach morgen Nacht wird die Suche ohnehin sinnlos sein«, erklärte der Riese. »Sobald ihre Gran den Verstand verloren hat, ist es vorbei. So lange wirst du noch abwarten können, Pooka.«

»Ich war drei Tage in einem Schuppen eingesperrt! Ich will nicht warten!«

»Du warst schon immer furchtbar ungeduldig. Da solltest du wirklich mal dran arbeiten.«

Orla sank der Mut. War das tatsächlich schon alles, was der Riese ihnen verraten würde?

»Bitte, Herr Fionn«, sagte Apollo leise. »Ich weiß, dass Ihnen Ihr Bruder immer noch wichtig ist … trotz allem, was er getan hat. Sie vermissen ihn bestimmt sehr. Wir vermissen unsere Gran auch. Deshalb müssen wir sie zurückholen. Bitte sagen Sie uns, was wir tun müssen.«

Fionn runzelte die Stirn. Er schien sich Apollos Worte durch den Kopf gehen zu lassen. Schließlich seufzte er. »Im Tausch gegen ein Geschenk sorgen die Wassergeister dafür, dass ihr unter Wasser atmen könnt.«

»Ein Geschenk?«, wiederholte Orla. *Wassergeister!* Was denn noch alles? Langsam bekam sie Schwierigkeiten, sich all die Fabelwesen zu merken, die sie besänftigen oder besiegen mussten, um überhaupt nur eine Chance zu haben, mit der Wilden Jagd über Grans Freilassung zu verhandeln. Sie konnte sich nicht erinnern, dass Gran diese Wassergeister je erwähnt hatte. Und Apollos verdutztem Gesicht nach zu urteilen, wusste er auch nichts von ihnen. Was wiederum sehr dafür sprach, dass Gran sie tatsächlich nie erwähnt hatte.

Das Pooka legte schon wieder die Ohren an. »Das hat mir gerade noch gefehlt!«

Fionn lachte schallend. »Haha, ausgerechnet du musst zu den Wassergeistern!«

»Ich finde das kein bisschen witzig«, knurrte das Pooka.

Orla verstand auch nicht, was daran lustig sein sollte. »Was könnten wir diesen Wassergeistern – was auch immer sie sind – denn schenken? Und warum hat Balor das nicht versucht?«

»Weil Balors Herz ebenso schwarz und leer ist wie das der Wilden Jagd. Es schlägt, aber es liebt nicht. Ihr müsst den Wassergeistern etwas schenken, das ihr liebt. Etwas, das euch viel bedeutet, das von Herzen kommt«, sagte Fionn.

»Nur, damit ich das richtig verstanden habe …«, begann Orla langsam. »Unsere einzige Hoffnung, Gran zu retten, ist den Wassergeistern etwas zu schenken, das uns am Herzen liegt, damit sie uns helfen unter Wasser zu atmen und wir uns in die Versunkene Stadt schleichen können, um gegen grausame Merrows zu kämpfen und ihnen eine überaus wertvolle Zauberharfe zu stehlen, die wir dann dem Anführer der Wilden Jagd im Tausch gegen Grans Freilassung anbieten?«

»So könnte man es zusammenfassen.«

Orla verließ der Mut. Sie fühlte sich wie leer gepumpt. Die Zahl der Hindernisse, die sie überwinden mussten, war überwältigend – genau wie die der Möglichkeiten, getötet zu werden. »Das ist Wahnsinn«, murmelte sie.

»Kompletter Wahnsinn«, stimmt Apollo ihr zu. »Also machen wir es, oder?«

19

Die zertrümmerte Brücke

Orla nickte. Apollo drückte ihre Hand und sie schöpfte wieder ein kleines bisschen Mut.

»Wo finden wir die Wassergeister?«, wollte sie wissen.

»Am ehesten in der Nähe meiner zertrümmerten Brücke«, sagte Fionn. »Ihr Menschen nennt sie den Giant's Causeway.«

Der Giant's Causeway – der Damm des Riesen – war eine der berühmtesten Touristenattraktionen Nordirlands, die sie mit Mum schon zweimal besucht hatten. Beide Male hatte es stark geregnet. Orla erinnerte sich, wie sie beim letzten Besuch das durchweichte Informationsblatt in der Hand hielt und die grauen Gesteinsformationen bestaunte: 40 000 ineinander verkeilte Basaltsäulen.

»Ich liebe diesen Ort«, sagte Apollo. »Man kann immer noch erkennen, dass es einmal eine fantastische Brücke war.«

Dem Riesen schwoll die Brust vor Stolz.

Doch Orla überkam angesichts dieses neuen Hindernisses eine Welle der Hoffnungslosigkeit. »Das ist viele Kilometer weit weg!«

»Dann solltet ihr euch jetzt besser auf den Weg machen.« Der Riese grinste.

Selbst mit dem Taxi – was teuer war – würde es sehr lange brauchen, dorthin zu fahren. Die Zeit hatten sie nicht. Mit jeder Sekunde, die verstrich, wurde die Chance, Gran zu retten, kleiner. Orla sah nur eine einzige Möglichkeit, wie sie in so kurzer Zeit quer durch Irland kamen: Fionn musste sie tragen.

»Vielen Dank für Ihre Hilfe, Herr Fionn«, verabschiedete sich Apollo höflich. »Ich hoffe, Sie fangen noch ein paar Wolken, damit Sie bald wieder schlafen können. Komm, Orla. Wir finden schon einen Weg …« Er drehte sich zum Gehen.

Was hatte er vor? Er wusste genauso gut wie sie, dass sie ohne die Hilfe des Riesen aufgeschmissen waren.

Fionn überlegte kurz und schlug sich dann gegen die Stirn. »Wisst ihr was?«, rief er. »Heut ist euer Glückstag. Ich muss ohnehin in eure Richtung. Auf Wolkenjagd brauche ich die Unterstützung des Pookas, also können wir auch alle zusammen gehen. Aber nicht, dass ihr auf dumme Gedanken kommt. Ich dürft mit … aber nur unter der Bedingung, dass der Junge mir noch ein paar Geschichten erzählt, die meine Gedanken beruhigen.«

Orla starrte den Riesen ungläubig an. Hatte sie richtig gehört?

»Ist das Ihr Ernst, Herr Fionn?«, fragte Apollo aufgeregt. »Das wäre wirklich furchtbar nett von Ihnen!«

Fionn zog eine Grimasse. »Kein Problem. Aber sag nie wieder, ich wäre nett, sonst überlege ich es mir noch mal.« Als er in sein gigantisches Holzhaus stampfte, bebte der Boden. Er zog einen riesigen Koffer unter dem Bett hervor, in den er mit viel Geklirre die leeren Flaschen packte.

»Gehen wir«, rief er vergnügt. Er ließ die Verschlüsse des Koffers zuschnappen und stülpte sich eine enorme Wollmütze über den Kopf. Dann bückte er sich und hielt ihnen die Handfläche hin, damit sie aufsteigen konnten. Apollo sah verängstigt aus und Orla fiel wieder ein, dass er Höhenangst hatte. Nun war sie an der Reihe, seine Hand zu drücken.

Vorsichtig kletterten sie alle auf die Handfläche des Riesen.

»Gib auf mein Fell acht!«, rief das Pooka, als der Riese sie in die Luft hob und auf seine rechte Schulter klettern ließ. Das Pooka setzte sich direkt neben seinen Hals, dann folgten Conor, Apollo und schließlich Orla. Sie alle klammerten sich an Fionns Hemd, um nicht abzustürzen.

Als Orla nach unten sah, wurde ihr flau im Magen. Der Waldboden schien zu schwanken.

Apollo neben ihr wirkte extrem angespannt und Orla hoffte, dass er durchhielt. Auf dem Rummelplatz wäre er im Riesenrad einmal fast ohnmächtig geworden und hier oben waren sie noch ein gutes Stück höher.

Conor hingegen flippte fast aus. »Das ist der absolute Wahnsinn!« Musste er seine Begeisterung so deutlich zum Ausdruck bringen?

Fionn löschte seine Laterne und Orlas Augen brauchten einen Moment, bis sie sich wieder an die Dunkelheit gewöhnt hatten.

»Alle anschnallen, bitte!«, brüllte der Riese.

»Da sind keine Gurte«, schrie Apollo zurück und sah sich suchend um.

»Dann habe ich wohl vergessen welche anzubringen«, entgegnete Fionn lachend. »Hoffen wir mal, dass ihr nicht runterfallt …«

Orlas Hand rutschte ab, und bevor sie sich wieder richtig festhalten konnte, rannte Fionn los. »Warte!«, schrie sie, aber da war es schon zu spät.

Sie wurde von der Riesenschulter geschleudert und sauste dem harten Boden entgegen. Das Gewicht ihres Rucksacks zog sie nach unten und sie versuchte verzweifelt sich an irgendetwas festzuhalten. Sie erwischte einen Ast, der sich bog und ihren Sturz abbremste – bis er brach und sie von einem Ast auf den nächsten purzelte. Der Rucksack rutschte ihr von den Schultern und sie landete mit einem heftigen Rumms auf dem Boden.

Hustend lag sie auf dem Rücken und überprüfte vorsichtig, ob sie sich etwas gebrochen oder wichtige Organe verletzt hatte. Es sah nicht danach aus, was schon mal gut war. Dass Fionn und die anderen nirgends mehr zu sehen waren, war hingegen nicht ganz so gut.

Orla war allein.

Kein Grund, in Panik zu geraten, sagte sie sich, obwohl die Härchen in ihrem Nacken kribbelten. Apollo würde den Riesen davon überzeugen, zurückzukommen und sie zu holen. Mühsam stand Orla auf und holte ihren Rucksack. Überrascht stellte sie fest, dass der Reißverschluss noch zu und nichts herausgefallen war, und nahm ihn wieder auf den Rücken. Sie versuchte sich zu beruhigen. Sie musste nur die Nerven behalten und …

Was war das für ein Geräusch?

Orla erstarrte.

Ein ledernes Flappen. Flügelschläge.

War das eine Eule? Ihr lief es eiskalt den Rücken hinunter.

»Fionn?«, rief sie ängstlich in die Dunkelheit. »Apollo?«

Die Flügelschläge wurden lauter. Es waren jetzt mehr und Orla wurde plötzlich sehr kalt. Sie sah nach oben. Über ihr hing eine große schwarze Wolke, die sie am Nachthimmel eigentlich gar nicht hätte sehen dürfen. Aber die Wolke war so abgrundtief finster, dass die umgebende Dunkelheit viel heller erschien.

Angst kroch durch Orlas Glieder, während ihr die Zeilen des alten Volkslieds durch den Kopf schossen.

Die Wilde Jagd reitet in den Schatten der Nacht,
hat immer schon Furcht und Verzweiflung gebracht.
... eine Wolke, pechschwarz und brutal ...

Sie war da.

Die Wilde Jagd.

Die Wolke zerfiel in kreischende schwarze Vögel, die über ihr kreisten.

Als sie näher kamen, wurde aus dem Kreischen ein Wehklagen und Schluchzen – gequälte Schreie verzweifelter Menschen. Orla wollte sich die Ohren zuhalten und das Geräusch ausblenden, aber sie war vor Angst wie gelähmt.

Hilf mir! Hilf mir ...

Orla zuckte zusammen. Es war wie in ihren Albträumen, in denen Mum Orla anflehte sie zu retten und sie nichts tun konnte.

Hilf mir! Hilf mir ...

Eine der Stimmen erkannte Orla. Ihr blieb fast das Herz stehen. Dieses Mal war es nicht Mum. Und es war auch kein Traum.

»Gran!«, schrie sie.

Hilf mir! Hilf mir ...

»Gran, wo bist du?«

Sie kniff die Augen zusammen und blickte zum Himmel, sah aber nichts als schwarze Vögel, die sich im Näherkommen in knochige Pferde mit Fledermausflügeln und leeren weißen Augen verwandelten. Ihre donnernden Hufe erzeugten einen Luftzug, als würde ein gewaltiger Sturm am Himmel toben. Die Pferde galoppierten direkt auf Orla zu. Sie wollte weglaufen, aber sie kamen von allen Seiten und versperrten ihr den Weg.

Sie war umzingelt.

Hilfe! Bitte, kann mir irgendjemand helfen …

Die Stimme zerrte an Orlas Herz.

»Gran, wo bist du? Bitte, lasst sie gehen!«

Die Pferde landeten auf dem Boden und nahmen jetzt menschliche Gestalten an, die Orla hämisch verlachten. Wie auf den Bildern in Grans Buch waren sie mager und ausgezehrt. Die ledernen Flügel waren auf den Rücken gefaltet und sahen aus wie zerfetzte Umhänge. Ihre leeren Augen leuchteten in der Dunkelheit.

Orla spürte, wie sich diese Leere auch in ihr ausbreitete, konnte aber nichts dagegen tun. Die Wilde Jagd hatte ihre Trauer entdeckt und zerrte sie an die Oberfläche. Eine quälende Hoffnungslosigkeit überkam sie. Orla versuchte dagegen anzukämpfen, wollte stark sein für Gran, aber vergeblich. Es waren so viele und sie war ganz allein.

»Bitte, tut ihr nichts«, stöhnte sie schwach.

»Aber nein«, antwortete eine kalte Stimme. »Du verstehst das nicht. Ich nehme ihr den Schmerz. Lass mich dir auch deinen Schmerz nehmen.«

Orla drehte sich nach dem Sprecher um, der im Gegensatz zu den anderen Gestalten keine Lumpen trug, sondern ein schönes Gewand. Er hatte nur ein einzelnes weißes Auge, das andere wurde von einer Narbe verschlossen. Balor.

»Warum wehrst du dich? Das musst du nicht«, wisperte die Gestalt. »Ich erfülle dir nur deinen größten Wunsch: dass Trauer und Kummer dich nicht länger quälen. Lass mich dir helfen. Ich erlöse dich von all deinem Schmerz.«

Es war fast eine Erleichterung, das zu hören. Balors Worte zogen Orla magisch an. Er hatte recht. Warum sträubte sie sich? Wo sie doch ohnehin keine Chance hatten. Wofür kämpfte sie überhaupt? Selbst wenn sie Gran nicht für immer an die Wilde Jagd verlieren sollten, irgendwann würde sie sterben, genau wie Mum. Warum versuchte Orla so verzweifelt das Unvermeidliche aufzuhalten? Was sie auch tat, sie würde wieder Menschen verlieren, die sie liebte, und diesen quälenden Kummer wieder und wieder erleben. Wäre es nicht leichter, einfach aufzugeben?

»Komm zu mir, lass mich dir den Schmerz nehmen.«

Sie ging einen Schritt auf ihn zu.

Plötzlich fing die Erde an zu beben, Äste krachten, und Fionn brach durch die Bäume.

»Orla!«, brüllte Apollo.

Kreischend stoben die Kreaturen der Wilden Jagd auseinander und Balor verwandelte sich wieder in ein schwarzes Pferd, das durch die Luft davongaloppierte. Die Schreie und das Kreischen verstummten.

Schlagartig schreckte Orla aus ihrer Benommenheit auf. »Warte«, schrie sie Balor hinterher. »Gib uns unsere Gran zurück!«

Eine riesige Hand schloss sich um ihren Körper. Fionn hob sie auf seine Schulter, aber mit so viel Schwung, dass sie darüber hinwegsegelte. Für den Bruchteil einer Sekunde war sie wieder im freien Fall, dann packte jemand ihre Hand und hielt sie fest.

Orla sah nach oben. Es war Conor. »Ich hab dich«, sagte er und warf die Haare zurück.

»Danke«, keuchte Orla erleichtert und lächelte ihm zum ersten Mal zu.

»Oh, Gott sei Dank.« Neben Conor tauchte Apollos Gesicht auf. Obwohl er weiß wie ein Gespenst war, beugte er sich ebenfalls zu ihr hinunter und packte sie am Arm. Gemeinsam zogen die beiden Orla nach oben.

»Ich kann nicht glauben, dass die Wilde Jagd im Elfengebiet unterwegs war!«, rief Conor fassungslos. »Wenn sie sich hierherwagt, wird sie tatsächlich stärker.«

»Alles in Ordnung?«, fragte Apollo.

»Ich …«, krächzte Orla. Sie wusste nicht, was sie antworten sollte. Tränen rannen ihr über die Wangen. Sie zitterte unkontrolliert und ihre Finger tasteten nach den Ohrringen. Apollo, der sie beobachtete, schien ernsthaft besorgt.

»Mir geht's gut«, versuchte sie ihn zu beruhigen, obwohl es ihr ganz und gar nicht gut ging. Sie hatte nur einen Bruchteil dessen erlebt, was Gran gerade durchmachte, und es war furchtbar.

Sie mussten sie retten.

20

Der Damm des Riesen

Orla krallte die Finger so fest in das Hemd des Riesen, dass ihre Knöchel weiß wurden. Sie wollte auf keinen Fall noch einmal herunterfallen. Die kalte Nachtluft wehte ihr die Haare aus dem Gesicht und ihre Zähne klapperten.

Erst als sie Balor und die Wilde Jagd weit hinter sich gelassen hatten, ließ der Schreck, der ihr in den Knochen saß, langsam nach und ihr Herzschlag kehrte zu einem normalen Rhythmus zurück. Jetzt wurde ihr auch bewusst, was gerade eigentlich passierte: Sie ritten auf einem Riesen! Einem echten Riesen.

Sie konnte kaum glauben, wie hoch oben sie waren. Die Sterne schienen hier größer, heller und noch rätselhafter zu sein. Lag das daran, dass sie ihnen näher waren? Oder eher daran, dass Orla die Existenz von Magie in der Welt nun nicht länger leugnen konnte?

Immer wieder kauerten Orla, Apollo, Conor und das Pooka sich eng zusammen, wenn sie in nasse, eiskalte Wolkenfetzen gerieten. Das Pooka beschwerte sich bitterlich über den Zustand seines Fells und brüllte Fionn Beleidigungen ins Ohr, die der Riese zu ignorieren schien. Jedes Mal, wenn das Pooka sich beklagte, durchquerte er danach aber absichtlich noch mehr Wolken. Gelegentlich wurden sie auch von einer besonders großen verschluckt, sodass Orla außer einem dichten grauen Nebel nichts mehr erkennen konnte, als wären sie in einen Schneesturm geraten. Der Riese war offenbar sehr wählerisch, womit er seine Flaschen füllte, denn Wolken gab es hier eigentlich genug.

Apollo neben ihr hielt die Augen die meiste Zeit geschlossen und stöhnte leise vor sich hin.

Unter ihnen waren die funkelnden Lichter einer Stadt auszumachen und Orla sah hinab auf die winzigen Spielzeughäuschen. In jedem von ihnen lebten Menschen, die ihre eigenen Hoffnungen, Träume, Sorgen und Ängste hatten.

»Hey, Blauhaariger, du wolltest mir doch Geschichten erzählen«, brummte der Riese.

»Ja, und das mache ich auch … später«, stöhnte Apollo. »Im Moment ist mir so schlecht, dass ich an nichts anderes denken kann.«

»Wenn mein Fell auch nur ein kleines bisschen von deinem Mageninhalt abbekommt, war's das für dich«, warnte ihn das Pooka. »Ich schwöre dir, ich werde …«

»Ja, ja. Deine Todesdrohung ist angekommen«, unterbrach Orla schnell.

Conor hingegen ging es blendend. »Juhu!«, schrie er. Er warf die Hände über den Kopf und grinste zu Orla herüber. Vor ein paar Stunden hätte seine Angeberei sie noch ziemlich genervt, aber jetzt lächelte sie schüchtern zurück, dankbar, dass er sie davor bewahrt hatte, ein zweites Mal abzustürzen.

»Bescheuerte Gören!«, brummte das Pooka finster. »Wir verschwenden hier nur unsere Zeit!« Orla versuchte, nicht auf es zu achten.

Der Riese sprang über einen großen Hügel und Orla fuhr es ordentlich in den Magen. Es war wie eine halsbrecherische Achterbahnfahrt. Selbst Conor musste sich festhalten und Apollo neben ihr stöhnte noch lauter.

»Alles okay?«, fragte sie.

»Du meinst, abgesehen davon, dass mein Magen sich anfühlt, als steckte er in einer schleudernden Waschmaschine?«

Orla lächelte. »Ja, abgesehen davon ... Kann ich irgendetwas für dich tun?«

»Du könntest mich ablenken. Damit ich vergesse, dass wir zig Meter hoch auf der Schulter eines Riesen sitzen.«

»Okay ... und womit soll ich dich ablenken?«

»Mum hat immer gesungen, wenn ich Angst hatte.«

Orla erstarrte. »Ich singe nicht mehr.«

»Ich weiß«, seufzte Apollo. »Dann erzähl mir was.«

»Und was?«

»Keine Ahnung. Irgendwas ... Was gerade passiert ist. Wie war es, als sie dich angegriffen haben?«

Orla zitterte. »Es war furchtbar. Nicht nur die Wilde Jagd, auch diese Schreie ... Menschliche Stimmen, die weinten und um Hilfe schrien. Es hat mich unendlich traurig gemacht. Und ich ... ich musste an Mum denken.« Die Worte purzelten einfach aus ihr heraus. »Und natürlich auch an Gran, als ich ihre Stimme hörte.«

»Du hast Gran gehört?«

Sie nickte. »Es war grauenhaft ... Aber davor musste ich an Mum denken. Ich träume oft von ihr. Sie bittet mich um Hilfe, aber ich ... ich kann sie nicht retten, obwohl ich es so sehr möchte.« Orla schluckte. Das hatte sie noch nie jemandem erzählt.

Apollo schwieg.

»Ich träume auch von Mum«, murmelte er schließlich. »Andauernd. Sie fehlt mir so sehr. Manchmal ist es so schlimm, dass ich nicht weiß, ob ich jemals wieder ich selbst sein werde.«

»Das wusste ich nicht. Du wirkst immer, als wäre alles okay.«

»Nur weil man nicht gleich sieht, dass ich traurig bin, heißt das noch lange nicht, dass ich es nicht bin.« In seiner Stimme lag eine Bitterkeit, die Orla nicht kannte.

Sie wusste nicht, was sie darauf antworten soll, und drückte seine Hand. »Was machen wir hier nur?«, fragte sie sich laut. »Das ist alles kompletter Wahnsinn.«

Apollo zitterte. »Trotzdem müssen wir versuchen Gran zu retten. Auch wenn wir nur eine klitzekleine Chance haben.«

»Auf jeden Fall.«

Fionn näherte sich der Küste.

»Dort ist Seagull Rock, der Möwenfels«, rief Conor. »Und dort der Strand von Runkerry.«

Der Riese wechselte abrupt die Richtung und wurde langsamer. Apollo stöhnte.

»Wir sind da!«, verkündete Conor aufgeregt.

Orla sah sich um. Ja, dort war er: der Damm des Riesen. Sie erkannte die sechseckigen Basaltsäulen, an die sie sich noch von ihrem letzten Besuch erinnerte. Die Säulen, die sich ineinanderfügten wie Puzzleteile, boten einen faszinierenden Anblick. Manche waren schmal und hoch wie Türme, andere klein und dick. In der Nacht und ohne die üblichen Busladungen voll Touristen erschien Orla der Ort noch majestätischer und magischer.

Der Ozean dahinter war stürmisch. Im blassen Mondlicht krachten die weißen Kronen der Wellen tosend gegen die Felsen. Als Orla Meersalz auf der Zunge schmeckte, tauchten vor ihrem inneren Auge Bilder von ihrem letzten Besuch hier auf. Es war an einem von Mums schlechten Tagen gewesen. Dad bekam sie kaum aus dem Auto und als er es endlich geschafft hatte, war sie so schwach, dass sie nicht weit laufen konnte. Orla tastete nach ihren Halbmondohrringen und schob die Erinnerung schnell beiseite. Daran zu denken, wie hilflos Mum damals war, erschienen ihr wie Verrat und es zerriss ihr das Herz. Mum war immer so stark und voller Leben, bevor sie krank wurde, und so wollte Orla sie in Erinnerung behalten.

Fionn setzte sie auf dem Damm ab. Orla stolperte und schwankte, als würden sie nach einer langen Schifffahrt wieder Land betreten, während der Riese einen flachen Gegenstand aus der Tasche zog und ihn auseinanderfaltete wie ein Origami. Es war eine Laterne, die er mit einem seiner Riesenstreichhölzer anzündete.

Plötzlich war es so hell, dass sie sich geblendet anblinzelten. Apollo war noch immer ein bisschen grün im Gesicht. Trotzdem entschied er, dass sie nach dem Angriff der Wilden Jagd erst einmal etwas zu essen brauchten, bevor sie es mit den Wassergeistern aufnahmen. Er packte seine Marmeladenbrote aus, die ziemlich zerquetscht waren, aber sehr lecker.

»Köstlich!«, rief Conor. »Wo hast du kochen gelernt, Apollo?«

Orla sah ihn schräg von der Seite an. War das ein Scherz? »Als ob du noch nie ein Marmeladenbrot gegessen hast … Moment mal. Du hast doch nicht etwa tatsächlich noch nie eins gegessen?«

Connor schüttelte den Kopf.

Orla sah ihn groß an. »Wo bist du denn aufgewachsen? In einer Höhle?«

Conors marmeladenverschmierter Mund zog sich in die Breite. »So etwas in der Art.«

Orla fragte sich, ob seine Familie vielleicht zu vornehm war für Marmeladenbrote. So wie er sich benahm, war das durchaus möglich.

»Mögt ihr auch?« Zu Orlas Erstaunen bot Apollo dem Pooka und dem Riesen auch ein Brot an. »Für Sie ist es wahrscheinlich nur ein Häppchen, Herr Fionn …«

Wortlos schnappte sich das Pooka eines der Marmeladenbrote. Der Riese hingegen schien sehr gerührt und breitete ihnen zum Dank auf einem flachen Stein eines seiner gepunkteten Taschentücher als Picknickdecke aus. Orla begutachtete es skeptisch.

»Keine Sorge«, sagte Fionn. »Es ist sauber. Ganz ohne Popel.«

Der Wind blies so stark, dass sie sich auf die Ecken setzen mussten, damit das Tuch nicht davonwehte. Orla kaute ihr Brot und konzentrierte sich darauf, ihre Haare nicht mitzuessen, die es ihr immer wieder in den Mund blies.

Das Pooka hatte sich einen Platz möglichst weit weg vom Wasser gesucht. Es war nicht zu übersehen, dass es ihm hier ganz und gar nicht gefiel. Orla erinnerte sich an seine Reaktion, als Fionn die Wassergeister erwähnte. Das Pooka hatte ganz offensichtlich Angst, was ihre angespannten Nerven nicht gerade beruhigte. Auch Fionn erschien ihr unruhig. Mit einem ungewöhnlich traurigen Gesicht starrte er aufs Meer hinaus.

Orla stupste Apollo an und deutete nervös auf den Riesen.

»Ist alles … in Ordnung mit Ihnen?«, fragte Apollo Fionn. »Möchten Sie, dass ich Ihnen eine Geschichte erzähle?«

»Es ist dieser Ort«, seufzte Fionn. »Er macht mich jedes Mal traurig. Ich dachte, das wäre vorbei, dachte, dass genügend Zeit vergangen wäre …« Eine dicke Träne kullerte ihm über die Wange und platschte auf einen Felsbrocken. Orla hatte noch nie von einem weinenden Riesen gehört. Der Anblick erschreckte sie. An Apollos Stelle hätte sie sofort aufgehört Fragen zu stellen.

Aber der war nicht zu bremsen. »Denken Sie an Ihren Bruder?«

Der Riese nickte und schniefte sehr laut. Mit einem lauten Platschen tropfte etwas aus seiner Nase.

»Igitt!«, schrie das Pooka und sprang auf.

Orla sah, wie sich ein zweiter Tropfen unter der Riesennase bildete. »Schnell! Gebt ihm sein Taschentuch.«

Hastig erhoben sich Conor, Apollo und Orla und reichten Fionn das gepunktete Tuch nach oben. Für sie hatte es die Größe eines Fallschirms, aber sobald der Riese es in der Hand hielt, sah es wieder aus wie ein ganz normales Taschentuch.

Er schnäuzte sich. »Ich weiß auch nicht, warum mich das so aufwühlt. Es ist lange her …«

»Sicher liegt es daran, dass Sie ihn noch immer vermissen«, sagte Apollo leise.

Der Riese schniefte noch einmal. »Ja, das stimmt. Ich vermisse ihn sehr.«

»Ich dachte, Sie wären es gewesen, der die Brücke zertrümmert hat«, bemerkte Orla verwirrt und begriff im selben Moment, dass sie mal wieder das Falsche gesagt hatte.

Fionn stieß ein zorniges Heulen aus. »Was kann ich denn dafür, dass Benny so uneinsichtig ist? Ich habe die Brücke nur kaputt geschlagen, weil ich wütend auf ihn war!« Er stampfte mit dem Fuß auf, sodass der Boden wackelte und sie sich aneinander festhalten mussten, um nicht von ihrem Stein zu fallen. Das Pooka sprang auf Orlas Rücken und krallte sich an ihr fest.

»Au!«, schrie sie und schubste es wieder runter.

»Für mich war das viel schlimmer als für dich, das kannst du mir glauben«, zischte das Pooka. »Außerdem regt er sich nur deinetwegen so auf!«

Orla warf dem Riesen einen ängstlichen Blick zu, aber seine Wut legte sich schon wieder. Er hörte auf zu stampfen und ließ die Schultern hängen.

»Ich wünschte, ich hätte es nicht getan. Ben vermisst mich, das weiß ich. Ich wollte ihm eine Nachricht schicken, dass er mir auch fehlt. Aber mein Bruder hat den Ruf, ein noch größerer Griesgram zu sein als ich. Die Elfen haben Angst vor ihm und weigern sich ihm eine Botschaft zu überbringen, diese undankbaren kleinen Schmeißfliegen. Ohne Bens Hilfe kann ich die Brücke nicht wieder aufbauen – es würde viel zu lange dauern. Das gelingt nur, wenn wir zusammenarbeiten.«

»Warum schwimmst du nicht hinüber?«, schlug Apollo vor.

Orla boxte ihn in die Seite. Sie befürchtete, der Vorschlag würde den Riesen wieder wütend machen. Aber der zog nur ein finsteres Gesicht.

»Ich kann nicht schwimmen. Diese Brücke in Stücke zu hauen war der größte Fehler meines Lebens. Ich dachte, ich schneide ihm den Weg ab, aber letztendlich habe ich mir selbst den Weg abgeschnitten. Und jetzt bin ich ganz allein, obwohl ich es überhaupt nicht sein will.«

Trotz allem tat Orla der Riese leid. Sie hatte sich nach Mums Tod auch zurückgezogen und andere nicht mehr an sich herangelassen – Dad, Apollo, Ellen, ihre anderen Schulfreunde, selbst Gran nicht. Auch sie hatte Brücken zerschlagen, mehr, als sie sich vorstellen mochte. Ob sie die je wieder würde aufbauen können, falls sie das hier überlebten?

»Ach je, ich darf gar nicht daran denken«, jammerte der Riese. »Jetzt quält mich wieder eine endlose Flut von Gedanken …«

»Soll ich eine Geschichte erzählen?«, bot Apollo an.

Fionn schüttelte den Kopf. »Lassen wir das mit dem Geschichtenerzählen für heute. Jetzt helfen nur noch ein paar gute Wolken. Aber um die zu fangen, brauche ich das Pooka. Zögern wir die Sache also nicht länger hinaus. Es wird Zeit, dass ihr den Wassergeistern eure Geschenke bringt.«

21

Ein gewagter Sprung

Wir gehen also bis zum Rand der Felsen«, wiederholte Orla Fionns Anweisungen. »Und dann? Tauchen die Wassergeister einfach so auf?«

»Ob sie einfach so auftauchen?« Fionn brach in lautes Gelächter aus, als hätte Orla einen grandiosen Witz erzählt. »Natürlich nicht. Ihr müsst singen.«

»Singen?«, fragte Orla entgeistert. Ihr wurde eng um die Brust. »Davon hattest du nichts gesagt.«

»Geister ruft man, indem man singt«, bemerkte Conor. Als Orla und Apollo ihn daraufhin verständnislos anstarrten, fügte er schnell hinzu: »Ich dachte, das weiß jeder … oder etwa nicht?«

»Wie man ein Marmeladenbrot schmiert, *das* weiß jeder«, murmelte Orla und schüttelte den Kopf. »Also noch mal. Wir singen … und was machen wir dann?«

»Soll ich euch auch noch die Hand halten?«, brüllte Fionn, der schon wieder wütend wurde. »Ich habe euch doch schon alles gesagt. Ihr gebt ihnen eure Geschenke. Und vergesst nicht, dass sie euch etwas bedeuten müssen. Sonst kann ich für nichts garantieren.« Er sah Orla direkt in die Augen.

Orla trat nervös von einem Fuß auf den anderen. Sie hätte

sich unterwegs überlegen sollen, was sie den Geistern schenken könnte. Aber ihr waren zu viele andere Dinge durch den Kopf gegangen. Sie wühlte in ihrem Rucksack. Aber das Einzige, was infrage kam, war der Tiffin, der zwar superlecker und eine Erinnerung an Gran war, aber vielleicht doch nicht wertvoll genug … Ansonsten waren da nur ein zweiter Pulli, eine Taschenlampe und … Moment! Ganz unten bemerkte Orla ein silbernes Glitzern. Es war das Armband, das Dad und Penelope ihr zu Weihnachten geschenkt hatten. Sie hatte es in diesen Rucksack gesteckt und komplett vergessen. Sicher hatte es ein Vermögen gekostet. Das müsste gehen.

»Na dann … ertrinkt mal nicht«, bemerkte Fionn leichthin und ging zu einer nahe gelegenen Klippe, wobei er mit jedem Schritt ungefähr einen halben Kilometer zurücklegte. Als er sich setzte, knackte es laut und in der Felswand unter ihm bildeten sich neue Risse. Kurz überlegte Orla, wie viele der Felsstürze im Gebirge und an Steilküsten wohl von Riesen ausgelöst wurden, schob den Gedanken aber schnell wieder beiseite. Sie musste sich jetzt konzentrieren.

»Ich geh dann mal besser zu ihm«, sagte das Pooka und wollte sich ebenfalls aus dem Staub machen.

»Vergiss es, Pooka! Du kommst mit uns«, befahl Orla. Allein die Tatsache, dass das Pooka gehen wollte, war Grund genug, darauf zu bestehen, dass es blieb. Außerdem war es sicher besser, ein Auge darauf zu haben, dass es sich nicht wieder etwas Neues ausdachte, wie es ihrem Tod ein wenig nachhelfen konnte.

Das Pooka starrte ängstlich hinaus aufs schwarze Meer. »Davon steht nichts in meinem Vertrag … Die Wassergeister und ich, wir kennen uns, müsst ihr wissen. Ein altes Versprechen.

Lange Rede, kurzer Sinn: Sie sind nicht gerade gut auf mich zu sprechen.«

Orla waren die alten Geschichten des Pookas herzlich gleichgültig. »Du hast versprochen uns keine Bitte abzuschlagen, bis wir Gran gefunden haben. Und ich bitte dich mit uns zu kommen.«

»Findest du nicht, dass das ein bisschen gemein ist, Orla?«, fragte Apollo. »Ich glaube, es fürchtet sich.«

»Es fürchtet sich? Und ich habe mich gefürchtet, als es versucht hat den Riesen dazu zu überreden, uns zu zerquetschen! Das Pooka kommt mit. Keine Diskussion«, sagte sie fest. »Haben alle ihre Geschenke?«

Apollo und Conor nickten. Apollo war ein bisschen blass um die Nase, aber entschlossen, während Conor wie immer aussah, als wollte er gleich über einen Laufsteg stolzieren.

Gemeinsam machten sie sich auf den Weg über die glitschigen Felsen. Das Pooka schlurfte ihnen grummelnd hinterher, aber Orla ignorierte es. Sie zerbrach sich den Kopf, ob sie nicht doch Geschichten oder Lieder über die Wassergeister kannte. Aber es fiel ihr nichts ein. Wie sie wohl aussahen? Vom Meer her wehte ein kalter, salziger Wind, der auf Wangen und Lippen brannte. Sie kamen an den Rand der Basaltsäulen.

Als Orla ans Singen dachte, begann das nervöse Kribbeln von Neuem. Eigentlich sang sie gern und vermisste es. Musik war immer ein wichtiger Teil ihres Lebens gewesen … Aber nachdem Mum gestorben war, hatte auch die Musik für Orla ihre Bedeutung verloren. Sie hatte Angst zu singen, Angst vor dem, was es in ihr auslösen könnte.

»Ich glaube, wir sollten auf den Felsen dort springen!«, rief Conor und zeigte aufs Meer.

Direkt vor der Küste ragte ein flacher Felsbrocken aus dem Wasser. Er sah aus, als wäre er viel zu weit weg, um draufzuspringen, und wirkte außerdem gefährlich rutschig. Davor ragten etwas tiefer noch mehr Felsen aus dem Wasser. Sie waren aber so schroff, dass sie einem den Schädel spalten würden, wenn man drauffiel.

»Das ist nicht dein Ernst.« Apollo schnappte nach Luft.

»Oh, das ist ganz leicht«, sagte Conor. »Seht her!«

Bevor sie ihn aufhalten konnten, sprang er hinüber auf den Felsen. Er landete elegant und winkte ihnen es ihm nachzumachen. Orla schüttelte ungläubig den Kopf.

Von diesem Selbstbewusstsein hätten sie und Apollo auch ein bisschen gebrauchen können. Orla sah bange hinunter zu den Wellen, die gegen den Felsen brandeten. Ihr Magen war mindestens so aufgewühlt wie das Meer. Wie musste es da erst Apollo ergehen?

Und auch das Pooka hielt sich lieber im Hintergrund.

»Ich kann das nicht«, murmelte Apollo.

»Apollo, in den letzten vierundzwanzig Stunden hast du es mit einem Pooka aufgenommen und einen Riesen überzeugt uns zu helfen. Du kannst alles.«

»Es mit mir aufzunehmen war ja wohl keine Kunst, wenn ich das bemerken darf«, unterbrach das Pooka. »Ich war angekettet und damit erpressbar. Ich würde das nicht als fairen Kampf bezeichnen …«

»Ich weiß, dass du das kannst, Apollo«, fuhr Orla unbeirrt fort. »Weil … Weil du einer der mutigsten Menschen bist, die ich kenne.«

»Denkst du das wirklich? Oder sagst du das nur, damit ich mich besser fühle?«

»Wann habe ich je irgendetwas gesagt, nur damit du dich besser fühlst?«

»Da hast du auch wieder recht.«

»Na ja, manchmal stellst du dich schon ein bisschen doof an«, neckte ihn Orla, um ihn aufzumuntern. »Aber das bist du nicht«, fügte sie schnell hinzu, als sie sah, wie Apollos Schultern nach unten sackten. »Ganz im Gegenteil. Du warst viel tapferer als ich, an dem Tag, an dem …« Sie hielt inne, weil sie einen dicken Kloß im Hals hatte.

Aber sie wusste, dass Apollo wusste, wovon sie sprach.

An jenem Morgen in ihrem alten Haus hatten sie sich ihre schwarzen Kleider angezogen und Apollo war nach unten gegangen, während Orla einfach zurück ins Bett gekrochen war und sich geweigert hatte aufzustehen.

»Was ist? Kommt ihr beiden jetzt?«, rief Conor.

»Okay«, sagte Orla. »Ich springe zuerst und du direkt nach mir. Ich fange dich auf, ja?«

Apollo flüsterte etwas, das der Wind mit sich forttrug.

»Was?«

»Ich kann dich nicht auch noch verlieren, Olo.«

Der Kloß in ihrem Hals wurde noch dicker. Er hatte sie seit Jahren nicht mehr so genannt. Sie schluckte. »Das wirst du nicht, Polo.«

»Versprochen?«

»Großes Pooka-Ehrenwort. Genügt das?«

»Ja, das genügt.« Es klang, als würde er lächeln.

»Tut mir leid euch stören zu müssen, aber was haltet ihr zwei davon, wenn ich euch ein bisschen Privatsphäre gönne?«, schlug das Pooka vor. »Bei eurem gefühlsduseligen Gesabbel kommt ihr sicher auch ohne mich zurecht …«

»Warum springst du dann nicht als Erstes, Pooka?«, schlug Orla vor.

Es quiekte. »Ihr versteht das nicht. Wenn die mich erkennen, bin ich tot. Wie soll ich euch dann noch helfen? Es ist wirklich nur in eurem Interesse, wenn ich hier sitzen bleibe und …«

»Na dann hoffe und bete, dass sie dich nicht erkennen«, knurrte Orla.

Das Pooka seufzte. »Sobald das hier vorbei ist, schneide ich dir die Zunge raus und verfüttere sie an die Trolle.«

Orla verdrehte die Augen. »Ich kann's kaum erwarten. Guten Sprung, Pooka! Und nicht danebenspringen. Es sei denn, du bist ein guter Schwimmer.«

»Ich springe nie daneben«, knurrte das Pooka. Es machte einen Satz und landete mit der Leichtigkeit eines Balletttänzers neben Conor.

Orla drückte noch einmal Apollos Hand. Dann ließ sie ihn los, nahm die Schultern zurück und sprang. Nach einem kurzen Moment in der Luft landete sie sicher auf der anderen Seite, wo Conor sie am Arm festhielt, damit sie nicht stürzte.

»Danke«, murmelte sie. Dann drehte sie sich zu Apollo um, der zitternd am Ufer stand. »Alles klar, Polo?«

Apollo zögerte, aber nur kurz. Mit einem lauten Schrei setzte er zum Sprung an und segelte mit rudernden Armen über den Spalt. Bei der Landung knallte er so heftig gegen Orla, dass beide zu Boden gingen.

»Uff!«, ächzte sie.

Apollo stand schnell auf und rückte seinen Rucksack zurecht. »Ich hab's geschafft!«, rief er erleichtert. Dann erst bemerkte er, dass Orla immer noch am Boden lag. »Ups, das wollte ich nicht.«

»Ich glaube, du hast mir einen Lungenflügel zerquetscht.«

»Nur einen? Dann ist es ja noch mal gut gegangen.« Grinsend half er ihr auf.

»Bravo, ihr beiden! Und was singen wir jetzt?«, fragte Conor. Er strahlte über das ganze Gesicht, als hätte er einen Riesenspaß. Wahrscheinlich hatte er den auch, schließlich ging es ja nicht um seine Großmutter. Orla musste sich wieder ins Gedächtnis rufen, dass er ihr das Leben gerettet hatte, sonst hätte sie ihn wahrscheinlich ins Meer geschubst.

Apollo sah unsicher zu Orla. »Wie wäre es mit etwas Einfachem wie … Happy Birthday? Das kennt jeder.«

Das Pooka schnaubte abfällig. »Happy Birthday?!«

»Was hast du gegen Happy Birthday? Das ist mein Lieblingslied«, entgegnete Apollo beleidigt.

»Nur, weil es danach immer Kuchen gibt«, bemerkte Orla.

»Genau!«

»Vielleicht ist es doch keine so schlechte Wahl«, lenkte das Pooka ein. »Und wenn es nicht funktioniert, brechen wir diese bescheuerte Mission einfach ab …«

»Ich glaube nicht, dass es damit klappt. Es muss etwas Persönliches sein«, warf Conor ein. »Wie die Geschenke, die wir ihnen geben. Sonst kommen die Wassergeister nicht.«

Orla warf ihm einen misstrauischen Seitenblick zu. Woher wusste Conor so viel über diese Dinge? Wüssten Apollo und sie das auch, wenn sie in Grans Dorf aufgewachsen wären? Womöglich war Conor schon früher Fabelwesen begegnet und hatte es nur nicht erwähnt. Beim Anblick des Pookas war er völlig ungerührt geblieben. Orla beschloss ihn bei Gelegenheit danach zu fragen, aber im Moment war wirklich nicht der richtige Zeitpunkt dafür.

»Es gibt da ein Lied, mit dem wir es versuchen könnten«, murmelte Apollo. »Das Lied über das Meer, das Mum immer gesungen hat. Erinnerst du dich, Orla?«

Sie biss sich auf die Lippe und nickte. »Ich glaube schon.« Am liebsten hätte sie Apollo gebeten allein zu singen. Aber sie hatte ihn in den letzten zwei Jahren schon mit genug schwierigen Dingen alleingelassen. Wenn sie für Grans Rettung singen musste, dann sang sie.

Orla wandte sich dem Meer zu und atmete die salzige Seeluft ein. Unter ihr schlugen die dunklen Wellen gegen den Fels.

»Das ist irgendwie seltsam«, sagte Apollo.

»Ich weiß«, stimmte Orla ihm zu. »Aber momentan ist einfach alles seltsam ... Auf drei. Eins, zwei, drei.«

Sie begannen zu singen.

Einst lebte eine schöne Maid,
die sich gar herzlich danach sehnte,
frei zu sein wie der frische Wind
und zu wissen, wohin sie gehörte.

Orlas Stimme war ein wenig eingerostet, aber schon bald füllte ihr das Lied Lungen und Herz und brachte ihren ganzen Körper zum Klingen. Es war schön, wieder zu singen. Als würde sie zu sich selbst zurückkehren. Sie schloss die Augen und verlor sich in der Melodie.

Nie fühlte die Maid sich freier
als in den Fluten der wogenden See,
und von dort flüsterten ihr die Geister:
Komm zu uns, wir erhören dein Fleh'n.

Orla sang die Melodie, Apollo die zweite Stimme und kurz vor der nächsten Strophe kam auch noch eine dunklere, karamellweiche Stimme dazu. Orla öffnete ein Auge. Conor schien den Text des alten Volkslieds auch zu kennen.

Doch wisse, die Freiheit, sie hat ihren Preis,
wir fordern eine wertvolle Gabe.
Sie gab vieles vergeblich, die holde Maid,
bis sie schließlich mit dem Leben bezahlte.

Erinnerungen an Mum brachen über sie herein. Wie sie in ihrer alten Küche gesungen hatten. Wie Mum mit einem Lächeln im Gesicht getanzt hatte, während auf dem Herd das Essen anbrannte. Orla wurde leiser. Deshalb sang sie nicht mehr. Die Erinnerungen lauerten direkt unter der Oberfläche und warteten nur darauf, dass die Musik sie hervorholte.

Apollo schnappte nach Luft. »Schaut!«

Orla verstummte und griff nach seinem Arm.

Das Wasser vor dem Felsen war nicht mehr dunkel und leer. Unzählige kleine Lichter glitzerten und funkelten darin, als wären die Sterne vom Himmel ins Meer gefallen, und formierten sich zu leuchtenden Umrissen, die unter der Oberfläche auf sie zukamen.

Die Wassergeister!

22

Die Wassergeister

Ihre langsame Art, sich zu nähern, erinnerte Orla an die Wölfe, die sie in Naturdokus gesehen hatte, die sich an ihre Beute heranschlichen und sie umzingelten. Es waren viele – zu viele, um sie zu zählen – und schon bald hatten sie sich um den gesamten Felsen verteilt.

Das Pooka knurrte leise.

Die Wassergeister verharrten unter der Oberfläche. Es waren elfenähnliche Wesen, nur dass sie anstelle von Flügeln Schwimmhäute zwischen den Fingern und Zehen hatten und ihre Haut in derselben Farbe glitzerte wie das Meer.

Nun war wohl der Moment, ihnen die Geschenke zu übergeben. Nur wie? Fionn hatte ihnen dazu keine Anweisungen erteilt. Vielleicht wusste es Conor? Aber der sah nicht so aus und auch Apollo war absolut still. Ausnahmsweise einmal schien selbst er nicht zu wissen, was er sagen sollte. Also war Orla an der Reihe, ihren Mut zu beweisen.

Sie räusperte sich. »Ähm … Hallo«, begann sie nervös, unsicher, wie sie diese Wesen ansprechen sollte. War es angebracht, sich zu verbeugen? »Wir sind gekommen, um euch um eure Hilfe zu bitten … Wir müssen für kurze Zeit unter Wasser atmen können und haben Geschenke mitgebracht, die wir euch im Tausch gegen diesen Gefallen geben würden … we-wenn ihr wollt.«

Die Geister antworteten mit merkwürdig gespenstischen Lauten. Es klang, als würde jemand in eine leere Flasche blasen.

»War das jetzt ein Nein oder ein Ja?«, flüsterte Orla. Die Geister streckten ihre glitzernden Hände Richtung Oberfläche, bereit ihre Geschenke entgegenzunehmen. Also war es wohl ein Ja.

Orla schluckte. Was würde passieren, wenn die Wassergeister ihre Geschenke nicht akzeptierten? Ihr war nicht entgangen, dass einige ihnen den Rückweg an Land versperrten.

»Ich zuerst«, sagte Conor. Er beugte sich zum Wasser und ließ etwas Gelbes hineinfallen. Bevor Orla erkennen konnte, was es war, schnappte eines der Wesen danach, drückte es sich an die Brust und der gelbe Gegenstand verschwand in ihm.

Der Geist gab einen Klicklaut von sich, der klang, als würden unter Wasser Kiesel gegeneinanderschlagen.

»Hat es funktioniert?«, flüsterte Orla.

Im selben Moment schrie Apollo: »Vorsicht, Conor!«

Wie ein Seehund erhob sich der Geist, der sich das Geschenk geholt hatte, aus dem Wasser und reckte die Faust in Richtung Conor. Orla stockte der Atem. Doch dann öffnete er die Hand und darin lag eine schimmernde Perle.

Damit konnte man sicher unter Wasser atmen! Fionn hatte ihnen zwar nicht erklärt, wie, aber Orla hoffte, dass sie es schon noch herausfinden würden. Zumindest der Teil ihres Plans schien zu funktionieren.

»Danke«, sagte Conor und nahm die Perle.

Der Geist schloss die Faust und tauchte wieder unter.

Die anderen Wassergeister schnalzten mit den Zungen und schaukelten hin und her.

Bestärkt durch Conors Erfolg wühlte Orla in ihrem Rucksack nach dem Armband. Während sie noch suchte, trat Apollo zitternd an die Felskante und zog ein Kuscheltier aus seinem Rucksack.

Hase.

Orla schnappte nach Luft. Apollo würde doch nicht Hase da reinwerfen! Er liebte dieses Kuscheltier, seit sie denken konnte. »Polo, du kannst doch nicht …«

»Du hast selbst gesagt, ich wäre zu alt für Hase.«

»Ich wollte dich doch nur ärgern! Du liebst dieses Ding.«

»Genau deshalb muss ich ihn hergeben. Für Gran«, sagte er entschlossen. Er drückte sich Hase noch ein letztes Mal an die Brust und vergrub das Gesicht in seinem abgewetzten Fell. Dann warf er ihn schweren Herzens ins Meer. Sofort holte ihn sich ein Geist, presste ihn sich an den wässrigen Körper und Hase war verschwunden.

Apollo unterdrückte ein leises Schluchzen, das Orla fast das Herz brach. Er würde Hase ganz furchtbar vermissen. Sie wollte ihm den Arm um die Schulter legen, aber der Geist, der sich Hase geholt hatte, war bereits aus dem Wasser aufgetaucht und machte Klicklaute. Er hielt auch Apollo eine schimmernde Perle hin.

Apollo wischte sich die Augen trocken und beugte sich zu ihm hinunter, um die Perle vorsichtig zu nehmen. »Danke«, murmelte er.

Wieder schaukelten die anderen Wassergeister hin und her.

Zweimal hatte es schon geklappt.

Jetzt fehlte nur noch Orla.

Sie rückte ihren Rucksack gerade und umklammerte das Armband. Bis eben hatte sie noch das Gefühl, es sei ein gutes Geschenk. Aber nun war sie sich da nicht mehr so sicher. Nachdem Apollo Hase hergegeben hat, erschien ihr das Armband bedeutungslos. Aber es war alles, was sie bei sich hatte.

Sie biss sich auf die Lippe und ließ es fallen. Die silbernen Kettenglieder glitzerten in der Luft, dann tauchte es ins Wasser.

Ein Geist schnappte es sich und Orla hielt den Atem an.

Sie wartete drauf, dass er es in sich aufnahm.

Aber das tat er nicht.

Stattdessen flog das Armband wieder aus dem Wasser. Orla konnte gerade noch ausweichen, sonst hätte sie es voll ins Auge bekommen.

Die Wassergeister stießen ein bösartiges Heulen aus.

»Da, jetzt hast du es geschafft!«, schrie das Pooka entsetzt.

Dieses Mal kam nicht nur ein Wassergeist näher, sondern alle. Die Wellen, die gegen den Felsen schlugen, wurden gefährlich hoch. Orla gefiel das ganz und gar nicht.

»Ich glaube, sie sind nicht zufrieden«, schrie Conor.

»Wie kommst du denn darauf?«, entgegnete sie sarkastisch. Dann brüllte sie: »Weg von der Kante, Apollo!«

Das Pooka kauerte sich zwischen ihre Beine. »Das ist das Ende … Ich werde sterben!«, jammerte es. »Und das ausgerechnet mit einer Bande stinkender Menschen. Das habe ich nicht verdient!«

»Vorsicht, Orla!«, brüllte Apollo.

Die Geister begannen am Felsen hochzuklettern und nach Orlas Beinen zu grapschen. Sie sprang zurück und versuchte ihren glitschigen Händen auszuweichen. Was würde geschehen, wenn sie sie erwischten? Würde sie verschwinden wie die Geschenke? Oder würden die Wassergeister sie mit sich in die Tiefe ziehen?

Sie interessierten sich nur für Orla, und Apollo und Conor stellten sich von zwei Seiten vor sie, um sie zu schützen. Aber die Geister kamen von überall. Was, wenn sie aus Versehen Apollo oder Conor erwischten? Und dann fiel Orla auch noch über das Pooka, das ihr zwischen die Beine geraten war.

»Bitte, hört auf«, schrie sie panisch.

Der Geist, der ihr am nächsten war, hielt die Hand auf.

Aber Orla hatte nichts, was sie ihm geben könnte. Aus reiner Gewohnheit fasste sie sich an die Ohrläppchen und spürte die kalten, runden Kanten ihrer Ohrringe. Sie hatte doch etwas, das sie ihnen geben konnte, auch wenn sie das nicht wollte.

Aber genau darum ging es wohl.

Sie hatte keine Wahl.

»Wartet!«, schrie sie. »Ich habe noch ein anderes Geschenk für euch.«

Die Geister hörten abrupt auf zu heulen und hielten inne. Es herrschte eine gespenstische Stille. Nur noch Conors und Apollos Keuchen war zu hören.

Mit wehem Herzen und zitternden Fingern öffnete sie die Verschlüsse der Ohrringe. Die Spitzen der Monde piksten ihr in die Haut und kurz dachte sie, sie würde es nicht schaffen, sie herzugeben.

Aber Apollo hatte es gekonnt, dann konnte sie es auch.

Sie trat vor den Geist und legte ihm die Ohrringe in die offene Hand. Der Geist schloss die Finger darum und presste sie sich an die Brust, genau an der Stelle, wo sein Herz wäre. Orlas eigenes Herz hingegen setzte aus. Sie spürte, wie Apollo und Conor mit ihr den Atem anhielten. Es schien eine Ewigkeit zu dauern.

Dann waren wieder die Klicklaute zu hören und Orla stieß erleichtert die Luft aus. Der Geist streckte ihr die Hand hin, in der anstelle der Ohrringe eine schimmernde Perle lag. Orla nahm sie vorsichtig entgegen. Als sie sie in der Hand hielt, kühl und glatt, jubelte sie innerlich. Sie hatten es geschafft!

Doch das Hochgefühl hielt nicht lange an.

Die Geister gingen nicht wieder weg.

Warum zogen sie sich nicht zurück? Sie hatte ihnen ihr Geschenk doch gegeben. Was wollten sie denn noch? Aber die Blicke der Geister waren nicht mehr auf Orla gerichtet. Jetzt hatten sie das Pooka im Visier. Und sie fingen wieder an zu heulen. Die orangefarbenen Augen des Pookas wurden riesengroß. Verängstigt drückte es seinen haarigen Körper noch flacher auf den Felsen und versuchte hinter Orlas Beinen zu verschwinden.

»Was? Ich? Ich brauche keine Perle. Danke. Ich bin nur ein unschuldiges kleines Pooka, das diesen netten Menschen aus reiner Güte ein bisschen …«

Die Geister kamen von allen Seiten näher. Das Pooka wollte hinter Apollos Beine ausweichen, aber sie schnitten ihm den Weg ab.

»Nein! Haut ab, ihr widerlichen Schleimklumpen!«, kreischte das Pooka panisch.

Die Geister stimmten ihr scheußliches Heulen an und streckten die Hände nach ihm aus. Das Pooka schlug nach ihnen, aber seine Krallen gingen einfach durch die Wassergeister hindurch. Sie schlangen ihre wässrigen Arme um seinen Körper und versprühten dabei eiskaltes Wasser. Orla, Apollo und Conor wurden klatschnass. Das Pooka jammerte und kreischte, als es über den Felsen in Richtung der dunklen, aufgewühlten See gezogen wurde.

»Nein!«, schrie Apollo. Er warf sich auf den Boden, beugte sich über die Felskante und hielt das Pooka an einem Bein fest. »Ich hab dich!«, schrie er. »Halte durch!«

»Apollo, was tust du?« Orla schnappte sich Apollo, bevor er ebenfalls in die Tiefe gezogen wurde, und auch Conor eilte ihnen zu Hilfe.

»Wir können es doch nicht sterben lassen!«, brüllte Apollo.

»Das Pooka würde uns mit Freuden sterben sehen!«, bemerkte Orla.

»Stimmt genau, insbesondere nach dieser Tortur hier«, keifte das Pooka, bevor es wieder zu schreien anfing, weil die Geister es weiter nach unten zogen.

Apollo rutschte über die Kante.

»Vielleicht solltest du in Zukunft die Finger von den Schokoladenkeksen lassen, Pooka«, beschwerte sich Conor, der vor Anstrengung ächzte.

»Haha«, fauchte das Pooka. »Wenn ihr mich hier sterben lasst, werde ich …« In diesem Moment fiel selbst dem Pooka keine passende Drohung mehr ein.

Orla und Conor zogen noch kräftiger, aber es war vergeblich. Sie rutschten alle gemeinsam immer weiter Richtung Wasser.

»Du musst loslassen, Apollo!«, schrie Conor. »Sonst fallen wir alle rein.«

Von unten war ein entsetztes Quietschen zu hören.

»Ich lass dich nicht los, Pooka. Keine Sorge. Ich hab dich«, rief Apollo ihm zu und zog mit all seiner Kraft.

Das Heulen der Geister wurde so laut, dass Orla eine Gänsehaut bekam. Am liebsten hätte sie sich die Ohren zugehalten, aber dazu hätte sie Apollo loslassen müssen.

»Hier, fangt!«, rief Conor und ein lautes Platschen war zu hören. Er hatte irgendetwas ins Wasser geworfen, das die Geister für einen Moment ablenkte. Mehr brauchte es nicht.

Das Bein des Pookas rutschte dem Wassergeist aus der Hand und Orla und Conor konnten es mit Apollo nach oben ziehen. Irgendjemand, vielleicht Orla selbst, schrie: »Los! Springt!«

Gemeinsam sprangen sie über den Spalt zurück an Land und rannten ohne einen Blick zurück über die glitschigen Säulen davon – so weit weg von den Wassergeistern wie möglich.

23

Die Banshee

Was hast du ins Wasser geworfen?«, wollte Orla später von Conor wissen, als sie wieder auf der Schulter des Riesen saßen.

»Oh, mir hat die Rinde von meinem Marmeladenbrot nicht geschmeckt, deshalb habe ich sie in die Tasche gesteckt. Ich dachte, vielleicht ist sie noch zu irgendetwas nütze.«

Orla schüttelte den Kopf. »Du bist echt 'ne Nummer, Conor.«

»Danke!«, sagte er ohne eine Spur von Ironie.

»Und wohin geht unsere Reise jetzt?«, fragte sie weiter. »Ich weiß, wir sind auf dem Weg zu den Merrows. Aber wo genau finden wir sie?«

»Tír fo Thuinn, im Land unter den Wellen«, erklärte Conor. Orla sah ihn fragend an. »Das ist im Süden, in der Nähe von Kerry«, fügte er hinzu.

Als Orla erfahren hatte, dass es zu den Merrows noch ein ziemlich weiter Weg war, entmutigte sie das zunächst. Doch dann hatte der Riese zu ihrer Überraschung angeboten sie hinzubringen. »Ihr habt bei den Wassergeistern so lange gebraucht, dass es die guten Wolken alle nach Süden geblasen hat«, erklärte er. »Ich muss also ohnehin in eure Richtung.«

»Wie genau hilft Ihnen das Pooka beim Wolkenfangen, Herr Fionn?«, fragte Apollo neugierig.

»Mit seinen feinen, spitzen Krallen kann es die Wolken vom Himmel trennen. Sie hängen dort an hauchdünnen Fäden. Für mich ist das ein ziemliches Gefummel, und wenn die Fäden an der falschen Stelle reißen, ist die ganze Wolke ruiniert. Es ist viel einfacher, wenn das Pooka das für mich macht.«

Orla kam aus dem Staunen nicht mehr heraus. Die Welt wurde immer verrückter.

Auf der Schulter des Riesen war es noch ungemütlicher als beim letzten Mal. Ihre Kleider waren feucht und der kalte Wind drang ihnen bis auf die Knochen.

Trotzdem hatte Orla zum ersten Mal seit Langem wieder Hoffnung. Es war ihnen gelungen, die Perlen von den Wassergeistern zu bekommen, wodurch sie ihrem Ziel einen großen Schritt näher waren. Vielleicht konnten sie Gran tatsächlich retten! Orla fasste sich an die Ohrläppchen, die sich ohne Mums Ohrringe nackt anfühlten. Sie fehlten ihr, aber gleichzeitig fühlte sie sich ihrem Bruder so nah wie seit Jahren nicht mehr. Es war, als hätten sie eine unsichtbare Wand zwischen sich eingerissen.

Und dann das Singen. Als sie daran zurückdachte, spürte sie wieder das Kribbeln im Bauch. Sie hatte dieses Gefühl so sehr vermisst.

Auf dem Weg erzählte Apollo Fionn Geschichten. Orla hätte erwartet, dass dem Riesen alte Legenden und Sagen gefielen, doch er wollte ganz normale Geschichten von Menschen hören – so wie die Elfen im Wald von Gran. Also erzählte Apollo ihm, wie Dad Mum kennengelernt hatte.

»Sie waren bei einem Karaoke-Abend und Dad war fasziniert davon, wie schön Mum sang. Er fand sie so nett und interessant, dass er beschloss, ihr das nächste Lied zu widmen und sie dann zu fragen, ob sie mit ihm ausgehen wollte. Aber als er auf der Bühne stand, war er so nervös, dass er aus Versehen über ein Kabel stolperte, stürzte und dabei auch noch den Stecker der Lautsprecher zog. Plötzlich war es totenstill!«

»Ist nicht wahr.« Der Riese lachte schallend.

»Doch. Mum half ihm auf. Er hatte sich total in den Kabeln verheddert, aber das war der Moment, in dem sie sich in ihn verliebte.«

»Lächerlich«, knurrte das Pooka.

»Romantisch«, widersprach der Riese, dem die Geschichte ganz offensichtlich gefiel.

Orla musste zu ihrer eigenen Überraschung lächeln. Sie hätte gedacht, dass es ihr unangenehm wäre, wenn Apollo Geschichten von Mum erzählte, aber es war schön. Ihr gefiel, dass über sie gesprochen wurde, und es erinnerte sie daran, wie verliebt Mum und Dad gewesen waren. Wenn sie ihn heute mit Penelope sah, hatte sie manchmal das Gefühl, er hätte Mum nie geliebt. Aber das stimmte nicht und tief in ihrem Inneren wusste sie das auch. Er würde sie immer lieben.

Apollo erzählte weiter, wie Mum sie jedes Jahr an Weihnachten mitgenommen hatte, um im Altenheim um die Ecke zu singen. »Sie und Orla waren richtig gut. Aber Dad und ich gaben auch unser Bestes … Ich kann echt gut Triangel spielen. Mum fragte die Bewohner nach ihren Lieblingsliedern. Musik wäre heilsam, sagte sie immer, dass die Menschen dadurch zu sich selbst finden würden. Und das stimmte! Das Pflegepersonal war jedes Mal erstaunt, wie gut die Alten, die teilweise ihr Gedächtnis verloren hatten, die Texte mitsingen konnten.«

»Wirklich?« Fionn klang beeindruckt.

Orlas Lächeln verblasste. Auch wenn sie es immer behauptet hatte, Mum konnte die Musik nicht heilen.

Sie kamen jetzt an Burgruinen vorbei, die sich in der Ferne gegen den Himmel abzeichneten, an Bergen und Wäldern, Flüssen und Seen. Lange Zeit gingen sie immer an der Küste entlang, dann begaben sie sich ins Landesinnere, fernab von den Städten. Von hier oben konnte man sehen, wie schön und abwechslungsreich die irische Insel war – eine Landschaft geprägt von Gegensätzen, Wasser und Fels, Ruhe und Bewegung, schroffem Gestein und weichen Hügeln, lautem Heulen und sanftem Geflüster. Wie Delfine, die neben einem Boot in der Gischt spielen, galoppierte eine Herde wilder Pferde um die Beine des Riesen und selbst Apollo beugte sich ein kleines Stück nach vorn, um sie besser sehen zu können. Kühe muhten ihnen mürrisch hinterher. Schafherden stoben blökend auseinander.

Während die Tiere den Riesen sofort wahrnahmen, schien das bei Menschen nicht der Fall zu sein. Von den vereinzelten Leuten, die Orla in einem Auto vorbeifahren oder eine dunkle Straße entlanggehen sah, blickte niemand nach oben. Es war, als wäre der Riese schlicht zu groß für ihren Verstand.

Neben dem Rauschen des Windes drangen noch zahlreiche andere Geräusche in ihr Ohr: das Brummen von Flugzeugmotoren oder das Fiepsen von Fledermäusen und irgendwann auch das Gezwitscher eines Vogels, der mit seiner beeindruckenden Bandbreite an Pfiffen, Trillern und Glucksläuten die Nacht erfüllte.

»Was ist das?«, fragte Apollo.

»Klingt wie eine Nachtigall«, antwortete Conor. »Die sind hier sehr selten.«

Für Orla war es das schönste Geräusch, das sie je gehört hatte. Plötzlich erinnerte sie sich, wie sie einmal in Mums Zimmer kam, als diese schon krank war. Sie hatte eine sehr schlechte Nacht hinter sich, trotzdem saß sie mit geschlossenen Augen lächelnd im Bett und lauschte aufmerksam. Orla war verwirrt, da keine Musik lief, bis Mum die Augen öffnete und bemerkte, wie wundervoll die Vögel sangen. Orla hatte den Vogelgesang bis dahin nicht gehört und fragte sich, warum er ihr nicht aufgefallen war. Er war wunderschön.

»Die Welt ist voller Magie«, hatte Mum gesagt. »Man muss nur Augen und Ohren offen halten.«

Daran musste Orla denken, als sie dem zauberhaften Gesang des Vogels lauschte. Doch dann übertönte ein anderes Geräusch das Trällern, das alles andere als zauberhaft war.

Ein grässlich hohes Jammern und Klagen.

Orlas Muskeln verspannten sich. War die Wilde Jagd zurück? Aber es war kein Flügelschlagen oder Kreischen zu hören.

»Eine Banshee«, sagte Conor und zeigte nach unten.

Beschienen vom Mondlicht schwebte dort eine geisterhafte Frau knapp über dem Boden. Sie hatte langes silbergraues Haar und trug einen zerschlissenen grauen Umhang. Als sie den Riesen bemerkte, hielt sie inne und sah zu ihnen hoch. Ihre Augen waren schwarz, ihre Wangen hohl und ihr offener Mund bildete ein großes O.

Orla wich instinktiv zurück. Sie wollte, dass Fionn weiterging, bevor diese hässliche Frau näher kam. Doch zu ihrem Erstaunen nahm der Riese die Wollmütze ab und nickte ihr höflich zu, woraufhin die Frau weiter in Richtung der Lichter eines Dorfes schwebte.

»Sie ist auf dem Weg ins nächste Dorf!«, rief Orla. »Sollten wir sie nicht aufhalten?« Sie wusste, dass Banshees irgendwie in Zusammenhang mit dem Tod standen, konnte sich aber nicht erinnern, wie.

»Eine Banshee kann man nicht aufhalten«, erklärte Conor. »Die Todesfeen sind nicht böse, sie töten nicht. Sie kündigen den Tod nur an.«

»Trotzdem gibt man ihnen oft die Schuld«, schnaubte Fionn. »Die Leute suchen immer einen Schuldigen, wenn jemand stirbt.«

»Ein furchtbarer Job«, stimmte das Pooka zu. »Nie freut sich jemand, dich zu sehen.«

»Du kennst das wahrscheinlich nur zu gut«, murmelte Orla. Dann wurde ihr klar, was Conor da eben gesagt hatte, und es versetzte ihr einen Stich. »Heißt das, in dem Dorf dort drüben wird jemand sterben?«

»So ist es«, antwortete Fionn. »Aber das ist bei euch Menschen ja nichts Besonderes. Andauernd stirbt jemand! Du glaubst gar nicht, wie viele sterbende Menschen ich gerade in meinem Kopf habe. Ich weiß auch nicht, warum ihr daraus immer so ein Drama macht. Ihr lebt euer Leben, als wüsstet ihr nicht, was jedem von euch bevorsteht! Wie auch immer, es passiert ständig. Aber die Welt dreht sich weiter … Und wir sollten auch zusehen, dass wir weiterkommen! Aber davor …«

Fionn bückte sich hinunter zu einem Fleck leuchtend blauer Blumen. »Frühlingsenzian. Sehr nützlich. Pooka, wärst du so nett?«

Das Pooka brummte, sprang aber zu Boden und landete elegant neben den Blumen, von denen es mit seinen Krallen ein paar Blüten abschnitt.

»Du kannst sie vorerst in deinen Beutel stecken«, sagte Fionn.

Orla musste lachen. »Du hast einen Beutel?« Sie konnte zwar nicht sagen, warum, aber dass das Pooka einen Beutel hatte wie ein Känguru, fand sie sehr komisch.

»Augen zu!«, zischte das Pooka. »Es gehört sich nicht, den Beutel eines Pookas anzustarren. Das ist mein Ernst. Ich werde mich nicht rühren, bis ihr sie zumacht.«

Alle schlossen die Augen und eine Sekunde später war das Pooka wieder auf Fionns Schulter gesprungen und die Reise ging weiter.

24

Schwimmunterricht

Orla rieb sich die müden Augen und sah hinunter auf den feinen Sandstrand, der im Mondlicht silbern leuchtete. Dahinter lag in eine Richtung ein großer Wald, in die andere erstreckten sich Felder und Weiden, durchzogen von einem Gitter aus bröckelnden Steinmauern. In der Ferne ragten zerklüftete Berggipfel auf und bildeten vor einem Himmel, der sich bereits bedenklich rot verfärbte, eine beeindruckende Kulisse. Der Morgen dämmerte. Orlas besorgter Blick wanderte hinaus auf das schattige Meer. Irgendwo dort draußen, tief unter den schwarzen Wellen, waren die Merrows und die Zauberharfe, ihre vielleicht einzige Chance, Gran zu retten …

Der Riese setzte sie in den Sand und sah hinüber zu den Bergen. »Wir gehen besser und suchen ein paar Wolken, bevor die Sonne aufgeht, Pooka.«

»Was?«, protestierte Orla. »Sie haben uns noch nicht gesagt, wie wir die Merrows finden können.«

»Sie jetzt zu suchen würde euch nichts bringen«, erklärte Fionn. »Bis Tagesanbruch bleibt nicht genügend Zeit. Merrows schlafen nachts. Tagsüber sind sie wach. Und glaubt mir, dann wollt ihr ihnen auf keinen Fall begegnen.«

»Und was sollen wir solange machen? Den ganzen Tag am Strand herumsitzen und warten, während die Wilde Jagd unsere Gran quält?«

Die Wilde Jagd hatte Gran jetzt schon seit fast zwei Nächten in ihren Fängen. Ob sie wohl noch die Alte war, wenn sie sie fanden?

»Keiner sagt, dass ihr hier herumsitzen müsst«, meinte Fionn. »Aber das bleibt euch überlassen.«

»Und was ist mit Conor?«, wollte Apollo wissen.

Alle drehten sich zu Conor um, der ein bisschen überrascht aussah. »Mit mir? Ihr wisst, dass ich jede Art von Aufmerksamkeit liebe, aber was soll mit mir sein?«

»Ja, was ist eigentlich mit Conor?«, fragte jetzt auch der Riese. Ein Lächeln zuckte um seine Mundwinkel und seine regenbogenfarbenen Augen funkelten, als wäre das ein großartiger Witz.

Orla runzelte die Stirn. Sie verstand nicht, was daran witzig sein sollte.

»Er war so nett, uns zu helfen, ohne zu wissen, wie lange das alles dauern würde«, erklärte Apollo. »Nach zwei Nächten wundert sich seine Familie doch sicher, wo er steckt!«

»Ich glaube, die hat noch nicht einmal bemerkt, dass er weg ist«, entgegnete Fionn amüsiert.

»Er hat recht«, beeilte sich Conor zu sagen. »Es ist alles in Ordnung.« Er zeigte sein gewinnendes Lächeln. Aber als sein Blick zu Fionn huschte, glaubte Orla für einen Moment noch etwas anderes in seinen Augen zu erkennen. Was war das? Trauer? Angst?

»Können Sie uns nicht einfach sagen, was wir tun müssen, bevor Sie gehen?«, bettelte sie.

»Nein. Wenn ich das tue, werdet ihr wahrscheinlich euer Glück versuchen, bevor es Nacht wird. Und das wäre gar nicht klug.«

Orla sah zu dem Pooka. Sie wartete auf eine bissige Bemerkung darüber, wie froh es wäre, wenn die Merrows sie zum Frühstück verspeisten, aber das Pooka schwieg. Tatsächlich hatte es sie schon sehr lange nicht mehr beleidigt. Seit Apollo es vor den Wassergeistern gerettet hatte, war es erstaunlich kleinlaut geworden. Vielleicht stand es noch unter Schock, aber der Friede würde wahrscheinlich nicht lange anhalten.

»Was sollen wir denn den ganzen Tag machen?«, fragte sie verzweifelt. »Wir haben noch nicht einmal Geld, um uns etwas zu essen zu kaufen.«

»Doch, habt ihr. Apollo hat etwas in seinen Rucksack gesteckt.«

Fast hätte Orla gefragt, woher Fionn das wusste, konnte sich aber gerade noch zurückhalten. »Und wenn er nicht zurückkommt, Polo?«, flüsterte Orla Apollo zu.

Apollo starrte gedankenverloren aufs Meer. Falls er Orlas Frage gehört hatte, ließ er es sich nicht anmerken. »Wie kommt es eigentlich, dass Sie nicht schwimmen können, Herr Fionn?«

»Du wagst es, mich das zu fragen?«, brüllte der Riese.

Orla warf Apollo einen warnenden Blick zu. Der Riese war bekanntlich sehr empfindlich, was die Tatsache anging, dass er nicht zu seinem Bruder nach Schottland schwimmen konnte. Warum musste Apollo das ausgerechnet jetzt erwähnen? Es war immer noch möglich, dass er dem Pooka den Gefallen tat und sie zertrat wie Ameisen.

Apollo schien Fionns Zorn nicht zu beeindrucken. »Sie müssen doch wissen, wie man schwimmt? Sie wissen doch alles.«

Fionn seufzte. Wieder verpuffte sein Zorn genauso schnell, wie er gekommen war. »Was nützt einem die Theorie ohne Praxis … Selbstverständlich weiß ich, wie man schwimmt, aber das ist nicht dasselbe, wie es zu tun, oder?«

»Ich bin ein ziemlich guter Schwimmer. In der Schule habe ich schon jede Menge Medaillen geholt«, prahlte Apollo. Orla warf ihrem Bruder einen verwunderten Blick zu. Färbte Conor schon auf ihn ab? Normalerweise war Apollo kein Angeber. »Ich könnte es Ihnen beibringen.«

Fionns Gesicht hellte sich auf. »Wirklich? Jetzt sofort?«

»Ich denke schon. Es sei denn, Sie müssen jetzt los …«

»Ein bisschen Zeit haben wir noch, bevor die Sonne aufgeht. Das Pooka und ich können auch morgen Nacht noch Wolken fangen. Warum also nicht!«

»Moment mal!«, beschwerte sich das Pooka. »Wie oft muss ich euch Idioten denn noch erklären, dass mein Fell keine Sonne verträgt. Du weißt, dass ich mich in dieser Gegend nicht auskenne, Fionn. Du musst mich in eine sichere Höhle bringen. Jetzt gleich. Bevor ich mir einen Sonnenbrand hole.«

»Keine Bange, das werde ich. Aber das hat noch ein bisschen Zeit«, beschwichtigte Fionn.

Orla starrte Apollo an. Was tat er da? Er sollte den Riesen dazu bringen, ihnen zu sagen, wie sie an die Harfe kamen. Nicht ihm das Brustschwimmen beibringen! Versuchte er schon wieder zu jedem nett zu sein? Warum konnte er das nicht einfach mal sein lassen?

»Dafür müssen Sie uns aber versprechen heute Abend zurückzukommen und uns mit den Merrows zu helfen«, fügte Apollo wie beiläufig hinzu.

Ah, das war also sein Plan! Orla fühlte sich schlecht, weil sie an Apollo gezweifelt hatte. Das war sehr clever von ihm. Aber würde es funktionieren? Orla hielt den Atem an.

»Ha, da scheint jemand begriffen zu haben, wie die Dinge in der magischen Welt laufen. In Ordnung, junger Mensch, abgemacht«, willigte Fionn ein. »Bring mir das Schwimmen bei!«

Fionn watete hinaus ins Meer, während Apollo am Ufer auf und ab rannte und Anweisungen brüllte.

»Bewegen Sie die Beine wie ein Frosch. Ja, genau so – aber nicht zu kräftig. Wir wollen hier keinen Tsunami verursachen ... Jetzt die Arme. Schön langsam. Ja, genau so! Sehr gut! Ausgezeichnet.«

Das Pooka schlurfte schnaubend davon und rollte sich unter einem Stein zusammen. Dort grummelte es böse vor sich hin und beobachtete nervös den heller werdenden Himmel.

Orla setzte sich in den kalten Sand und dachte an Gran, die noch einen weiteren Tag in den Klauen der Wilden Jagd verbringen musste. Instinktiv fasste sie sich an die nackten Ohrläppchen, und als ihr bewusst wurde, dass Mums Ohrringe nun für immer weg waren, wurde ihr flau. Würde Gran auch bald für immer weg sein?

Conor setzte sich neben sie.

Sie beobachteten den Riesen, der im Wasser gewaltige Wellen schlug, und den winzigen Apollo am Ufer. Orla war sich sicher, dass dies eine der seltsamsten Szenen war, die sie je sehen würde: ihr kleiner Bruder, der einem Riesen das Schwimmen beibrachte. Trotzdem konnte sie die Augen kaum noch offen halten. Ein kühler Wind blies über den Strand und sie zitterte.

»Ist dir kalt?«, fragte Conor. »Komm, wir machen es uns ein bisschen gemütlicher.«

Er ging zum Koffer des Riesen und wühlte darin herum, bis

er eines der enormen Taschentücher fand, das er zwischen zwei Bäumen am Ufer zu einem improvisierten Zelt aufspannte. Es funktionierte erstaunlich gut. Sie benutzten Fionns Wollmütze als Unterlage und Conor fand noch drei Socken, die ihnen als Schlafsäcke dienten.

»Bist du sicher, dass ihn das nicht stört?«, fragte Orla, als Conor immer mehr Sachen aus dem überdimensionalen Koffer zog.

»Und wenn schon?«

Orla grinste. Geschützt vor dem Wind war es sehr gemütlich in ihrem improvisierten Zelt.

»Was hast du ins Meer geworfen?«, wollte Conor plötzlich wissen, als läge ihm die Frage schon seit Stunden auf der Zunge.

»Die Mondohrringe meiner Mum«, sagte sie leise. Vielleicht lag es daran, dass sie müde war oder besorgt oder traurig oder vielleicht von allem ein bisschen – aber als sie einmal angefangen hatte, konnte sie nicht wieder aufhören zu reden. »An ihren ›schlechten Tagen‹, wenn es ihr gar nicht gut ging, trug sie die silbernen Halbmondohrringe. An den ›besseren Tagen‹, wenn sie etwas Kraft hatte, goldene Sonnenblumen. Wir wussten dann immer, wann wir sie lieber in Ruhe ließen und wann wir sie überreden konnten einen Spaziergang zu machen oder Eis essen zu gehen oder etwas in der Art ...«

»Deine Mum ist gestorben«, sagte Conor.

Orla nickte.

»Warum trägst du die Ohrringe für schlechte Tage und nicht die für die guten?«

Das hatte Orla sich auch schon gefragt. »Ich denke, es ist meine Art auszudrücken, wie schlimm das alles für mich ist.«

Sie zögerte, aber Conor schien sich nicht unwohl zu fühlen oder das Thema wechseln zu wollen. Er hörte einfach nur zu.

Vielleicht war es das, was sie dazu verleitete, Conor mehr zu erzählen als sonst irgendjemandem.

»Das muss sehr schwer für dich gewesen sein«, sagte Conor, als sie zu Ende erzählt hatte. »Und ist es sicher immer noch.«

Sein Mitgefühl trieb ihr die Tränen in die Augen. Orla nickte und biss sich auf die Lippen. »Ja … Tut mir leid.« Sie wischte sich die Augen trocken und vergrub die Zehen im Sand.

»Warum entschuldigst du dich?« Conor schien verwirrt. »Du hast deine Geschichte mit mir geteilt. Ich fühle mich geehrt. Ist es nicht das, was uns Menschen ausmacht – zu teilen und füreinander da zu sein?« Er stupste sie sanft mit der Schulter.

Trotz allem musste Orla lächeln. Die Leere in ihrem Inneren war ein bisschen kleiner geworden.

Ein würgendes Geräusch hinter ihnen unterbrach sie.

Orla schreckte hoch. »Oh, dich hatte ich ganz vergessen!«

»Offensichtlich«, bemerkte das Pooka trocken. »Sosehr ich eure kleine Therapiesitzung auch genieße, könntet ihr das Gesülze bitte auf ein Minimum beschränken? Mir fällt es auch so schon schwer genug, hier zu sein.«

Orlas Wangen brannten. »Wie ich sehe, hast du wieder zu deiner alten Form gefunden«, brummte sie.

Plötzlich bebte die Erde und der Riese kam aus dem Wasser zurück an den Strand.

»Das war fantastisch!«, polterte er. »Hast du mich gesehen, Pooka?«

»Wir sehen gerade viel zu viel von dir!«, kreischte das Pooka entsetzt, als der Riese seine nassen Unterhosen herunterzog, um seine Hose wieder anzuziehen.

Auch Apollo, der die Rückseite des Riesen zu Gesicht bekam, stieß einen entgeisterten Schrei aus. »Oh nein, ich erblinde!«

Orla und Conor, die sich gerade noch rechtzeitig weggedreht hatten, sahen einander an und kicherten. Trotz allem, was ihnen noch bevorstand, und trotz der Angst, die Orla plagte, tat es gut zu lachen.

»Ups!«, stammelte der Riese. »Ich dachte, es wäre noch so dunkel, dass man mich nicht sieht … Ach herrje!« Er sah hinauf zum Himmel, der eine hellrosa Farbe angenommen hatte. Der blasse Mond war fast vollständig verschwunden und in der Ferne tauchte über den Bergen die Sonne auf.

»Wir machen uns jetzt besser auf den Weg, Pooka.«

»Mir musst du das nicht sagen! Du bist derjenige, der kostbare Dunkelheit vergeudet hat, weil er wie ein Wahnsinniger im Wasser herumplanschen musste.«

»Das hat so viel Spaß gemacht, dass ich die Sonne ganz vergessen habe. Danke, Apollo. Glaubst du, ich schaffe es bis nach Schottland?«

»Na klar«, entgegnete Apollo. »Sie müssen sich nur trauen.«

Fionn grinste. »Okay, dann suchen wir dir mal eine Höhle, Pooka. Wenn wir Glück haben, fangen wir unterwegs vielleicht noch ein oder zwei Wolken.«

»Als ob ich nicht schon genug getan hätte …«, brummte das Pooka. »Wie oft muss ich es denn noch sagen: Dieses edle Fell verträgt kein Tageslicht!«

»Ist ja schon gut. Wir fangen die Wolken morgen. Bis später, ihr Menschen!« Fionn nahm das mürrische Pooka in die Hand und rannte los. Mit nur wenigen Schritten ließ er die Felder hinter sich und sprang über die Berge, während die Sonne die

Welt vergoldete und der Tag seinen Farbkasten auspackte und die letzten Spuren der Nacht übermalte.

Wie sollten sie es hier nur den ganzen Tag aushalten, während Gran leiden musste? Aber was blieb ihnen anderes übrig?

Plötzlich war ein so lautes Knurren zu hören, dass Orla zusammenzuckte. Zuerst dachte sie, das Pooka wäre zurück. Dann begriff sie es. »War das dein Magen, Apollo?«

Apollo nickte. »Ich verhungere gleich. Denkst du, wir können hier irgendwo neuen Proviant kaufen?« Er zog einen zerknitterten Geldschein aus seinem Rucksack.

»Ich gehe und hol uns was«, bot Conor an. Er schnappte sich den Schein und lief über den Strand in Richtung der Landzunge.

»Wo willst du hin?«, schrie Orla ihm verwirrt hinterher.

»Weiß nicht so genau«, rief Conor und winkte. »Aber ich bin bald zurück!«

Orla schüttelte lächelnd den Kopf.

Apollo gähnte, was auch Orla zum Gähnen brachte. Sie krabbelten in das Taschentuchzelt, das wirklich erstaunlich gemütlich war, und krochen in ihre Sockenschlafsäcke, während draußen die Sonne aufging.

»Ich hätte nie gedacht, dass ich einmal müder als hungrig sein werde«, murmelte Apollo. »Aber vielleicht sollten wir unsere Augen ein klein wenig ausruhen …«

»Mhm«, antwortete Orla und kuschelte sich in ihre Riesensocke. Sie dachte, dass sie mit all den Sorgen, die ihr durch den Kopf schwirrten, sicher nicht würde schlafen können. Aber sobald sie die Augen schloss, spürte sie, wie erschöpft sie war, und schlummerte ein.

25

Ein Tag am Strand

Orla erwachte mit dem Duft nach gebratenem Speck in der Nase. Blinzelnd öffnete sie die Augen und sah hinauf zu der gepunkteten Decke ihres Taschentuchzelts.

Apollo lag nicht mehr neben ihr.

»Polo?«, murmelte sie verschlafen. Dann schlug sie die Ecke des Taschentuchs zurück und blinzelte ins grelle Licht. Es war ein sonniger Sommertag, der erste, seit sie hier in Irland waren. Am strahlend blauen Himmel waren nur wenige Wolken zu entdecken und das glitzernde Meer war so ruhig, dass es Orla gelang, ihre Angst vor den Merrows für den Moment beiseitezuschieben. Sie würden ihnen noch früh genug begegnen. Orla strampelte sich aus ihrem Sockenschlafsack und trat hinaus in die kühle Luft.

Ein Stück den Strand hinunter entdeckte sie Apollo und Conor, die nebeneinander im Sand saßen. Conor musste bei den Pfadfindern oder so gewesen sein. Es war ihm gelungen, ein Feuer anzuzünden und aus gestapeltem Treibholz und einem flachen Stein einen einfachen Herd zu basteln, auf dem Speck und Eier brutzelten. Orla war beeindruckt.

Trotzdem zögerte sie zu ihnen zu gehen. Es war ihr peinlich, wie offen sie mit Conor geredet hatte. Aber als er aufsah und sie entdeckte, schenkte er ihr ein strahlendes Lächeln.

»Ach, schön! Du bist wach!«, rief er. »Wie hast du geschlafen?«

»Anscheinend ziemlich gut«, entgegnete sie und strich ihre verstrubbelten Haare glatt, während sie zu den beiden hinüberging.

»Hunger?«

»Und wie! Wo hast du all die Sachen her?«

»Ein wahrer Gentleman verrät seine Geheimnisse nicht«, antwortete Conor schmunzelnd.

Apollo hüstelte und deutete mit einer Kopfbewegung auf eine Supermarkttüte im Sand.

Sie aßen direkt von dem heißen Stein und benutzten Stöckchen, um sich nicht die Finger zu verbrennen. Die Eier waren zäh und schwer zu kauen, das Brot nicht getoastet und der Speck verbrannt. Trotzdem war es das beste Frühstück, das sie je gegessen hatte. Apollo reichte ihr eine große Flasche Wasser, aus der sie gierig trank. Ihr war gar nicht bewusst gewesen, wie hungrig und durstig sie war.

»Das macht Spaß, oder?«, rief Conor. »Campen mit Freunden am Strand! Es ist so unglaublich langweilig und normal.« Er strahlte.

Orla tauschte einen Blick mit Apollo und schüttelte den Kopf. »Wenn du meinst.«

Hier war überhaupt nichts »normal«! Orla kreiste ihre steifen Schultern und sah zu, wie Apollo ein paar Specksandwiches im Zelt verstaute. Wahrscheinlich für das Pooka und den Riesen, falls sie zurückkamen. Sie bewunderte ihn dafür, dass er immer auch an die anderen dachte, selbst an die, die durchaus in der Lage waren, sich selbst ein Frühstück zu jagen.

»Wie spät ist es?«, wollte sie wissen und sah hinauf zur Sonne, die schon hoch am Himmel stand.

»Halb eins.«

»Machst du Witze? Ich dachte, das wäre unser Frühstück.«

»Über Frühstück macht man keine Witze«, entgegnete Apollo mit ernster Miene.

»Wann bist du aufgewacht?«, wollte Orla wissen. Sie musste sehr tief geschlafen haben, was sie ein wenig beunruhigte.

»Kurz vor dir«, besänftigte sie Apollo.

»Ihr habt euren Schlaf gebraucht«, fügte Conor hinzu.

»Und was ist mit dir? Warst du nicht müde?«

Conor zuckte die Achseln.

Als Orla aufs Meer hinaussah, kamen ihre Sorgen zurück.

Conor beruhigte sie. »Du musst keine Angst haben, Orla. Weißt du nicht mehr, was Fionn gesagt hat? Die Merrows werden schlafen. Deshalb warten wir, bis es Nacht wird. Dass wir in der Versunkenen Stadt waren, werden sie erst merken, wenn wir längst wieder weg sind.«

»Und wenn sie uns doch entdecken?«, fragte Orla. Ganz so einfach würde es sicher nicht werden, die Harfe zu stehlen.

»Das werden sie nicht«, sagte Conor zuversichtlich.

Orla lächelte ihm zaghaft zu. Es war gut, jemanden dabeizuhaben, der im Gegensatz zu ihr zumindest so tat, als würde er daran glauben, dass sie es schafften.

Nach dem Frühstück jagten Apollo und Conor über den Strand und spielten Fangen. Als sie müde wurden, ließen sie sich rechts und links neben Orla in den Sand plumpsen und zu dritt beobachteten sie die am Horizont kreisenden Möwen und die Krebse, die aus den Wasserlöchern im Fels heraus- und wieder hineinkrabbelten.

Dann überredete Conor sie schwimmen zu gehen. Sie ließen ihre Kleider am Strand, rannten in Unterhosen und Unterhemden ins Wasser und warfen sich lachend in die Wellen.

Ein paar wenige Familien kamen an den Strand und zu Apollos großer Freude tauchte auch noch ein Eiswagen auf. Sie hatten gerade noch genug Kleingeld, um für jeden eine Kugel zu kaufen. Conor aß sein Eis so schnell, dass er Gehirnfrost bekam und stöhnend über den Strand rannte. Dabei hielt er sich den Kopf, als würde der gleich abfallen, was sie alle zum Lachen brachte.

»Anscheinend kennt man da, wo du herkommst, auch kein Eis«, neckte ihn Apollo. Wieder mussten alle lachen.

Es war so schön am Strand, dass Orla sich für einen winzigen Moment fast – aber nur fast – einbildete, sie wäre hier, um ihre Ferien zu genießen. Und nicht, um einem Schwarm mordlüsterner Merrows eine Harfe zu stehlen.

Der Nachmittag wurde zum Abend, die Familien gingen nach Hause und schon bald waren sie wieder zu dritt. Die untergehende Sonne färbte den Himmel rosa, dann rot und warf immer längere Schatten auf den Strand.

Je dunkler es wurde, umso stiller wurden sie. Der Zauber des Tages verblasste und der Knoten in Orlas Magen kehrte zurück, zusammen mit dem Gefühl, dass ihnen die Zeit davonlief.

Sie beschlossen ihre Rucksäcke am Strand zu lassen und Apollo steckte sein Taschenmesser ein. Als Orla das sah, lief ihr ein Schauder über den Rücken. Was für Waffen die Merrows wohl hatten?

Gerade als sie darüber nachdachte, tauchte das Pooka auf.

»Wie war es in deiner Höhle?«, fragte Apollo höflich.

»Rattenverseucht. Dunkel. Muffig … Also tausendmal besser als mit euch hier am Strand.«

Orla verdrehte die Augen. »Wo ist Fionn?«, fragte sie besorgt.

»Woher soll ich das denn wissen?«, knurrte das Pooka.

»Was?« Orla blieb der Mund offen stehen. »Kommt er nicht zurück, um uns zu helfen?«

»Jetzt tu nicht so überrascht! Ich bin auch nur zurückgekommen, weil mein Versprechen mich dazu zwingt, und nicht wegen der angenehmen Gesellschaft. Das kannst du mir glauben.«

Apollo war enttäuscht. »Aber er hat uns sein Wort gegeben. Ich dachte, er sei unser Freund …«

»Euer Freund?« Das Pooka lachte hysterisch. »Du hast geglaubt, ein Riese könnte euer Freund sein? Also, der Witz ist echt gut!«

»Halt die Klappe, Pooka!« Orla sah es finster an. Niemand durfte gemein zu ihrem Bruder sein außer ihr.

»Und was machen wir jetzt?«, fragte Apollo.

Orla sah zu Conor. Sie brauchten dringend jemanden, der zumindest glaubte zu wissen, was zu tun war.

»Tja, dann suchen wir die Versunkene Stadt eben auf eigene Faust«, erklärte Conor entschlossen. »Allzu schwer kann es nicht sein. Fionn hat uns wahrscheinlich an diesen Strand gebracht, weil hier der richtige Ausgangspunkt ist. Wir schwimmen ein Stückchen raus, bis das Wasser die Perlen aktiviert, dann tauchen wir ab und machen einen kleinen Stadtrundgang. Ob es in der Versunkenen Stadt wohl Postkarten zu kaufen gibt?«

Orla lächelte nicht. Ihr war schlecht. *Merrows fraßen Menschen.* Sie durften sich auf gar keinen Fall erwischen lassen … Wieder fragte sie sich, woher Conor so viel über diese Dinge wusste. Fionns harte Worte kamen ihr wieder in den Sinn: *Ich glaube, seine Familie hat nicht einmal bemerkt, dass er weg ist.*

Aber nun war nicht die Zeit, Fragen zu stellen. Es war Zeit zu handeln. Gran war jetzt die dritte Nacht bei der Wilden Jagd. Wenn sie die Harfe heute nicht bekamen, würden sie sie für immer verlieren.

»Du gehst voraus, Pooka«, befahl sie. Das Pooka starrte entsetzt ins Wasser.

Apollo schüttelte den Kopf. »Wir können es nicht zwingen mitzukommen! Das wäre gemein. Es hat nicht einmal eine Perle, um unter Wasser zu atmen.«

»Na und?«

»Olo!«, rief Apollo entrüstet.

Orla seufzte. »Also gut. Du kannst am Strand warten. Aber noch ein fieser Kommentar von dir und ich ändere meine Meinung.«

Das Pooka sah sie böse an, sagte aber nichts.

»Hast du Hunger?« Apollo bot ihm das Specksandwich an, das er aufgehoben hatte.

Das Pooka betrachtete es misstrauisch. »Ist es vergiftet?«

»Ich fürchte, das musst du selbst herausfinden«, fauchte Orla, bevor Apollo antworten konnte. »Kommt. Wir haben schon genug Zeit vergeudet. Conor hat recht. Wir schwimmen jetzt raus und hoffen einfach, dass die Perlen funktionieren. Danach finden wir die Versunkene Stadt und die Harfe. Hoffentlich.«

»Das ist eine ganze Menge ›hoffentlich‹«, bemerkte Apollo.

Orla seufzte. »Ja, ich weiß. Aber im Moment ist Hoffnung das Einzige, was uns bleibt.«

Sie starrten hinaus aufs schwarze Meer, das nun gar nicht mehr einladend aussah.

»Wartet!«, rief das Pooka. »Eigentlich wollte ich euch die hier gar nicht geben – zumindest nicht, ohne euch etwas Demütigendes dafür tun zu lassen –, aber ich fürchte, wegen der Sache mit den Wassergeistern schulde ich euch was. Auch wenn im Grunde ihr es wart, die mich überhaupt erst in diese Situation gebracht habt … Und fangt bloß nicht an euch daran zu gewöhnen, aber …« Es drehte sich kurz um, griff in sein Bauchfell und streckte Apollo dann die offene Pfote hin. Dunkelblaue Blumen leuchteten im Mondlicht.

»Der Frühlingsenzian!«, rief Apollo.

»Steckt euch die Blüten in die Ohren und nehmt sie nicht wieder heraus. Keine Sorge, euer eigenes Gelaber werdet ihr trotzdem gut genug hören.«

»Warum sollen wir uns die Ohren verstopfen?«, fragte Orla verwirrt.

»Ich fürchte, *das* müsst *ihr* selbst herausfinden«, äffte das Pooka sie nach. Dann schnappte es sich das Specksandwich und lief schnell den Strand hinauf.

26

Die Versunkene Stadt

Orla traute dem Pooka kein bisschen und zögerte sich die Blüten oder sonst irgendetwas, das es empfahl, in die Ohren zu stecken. Aber Conor bestand darauf.

»Frühlingsenzian ist ein ganz besonderes Gewächs«, sagte er. »Ich bin sicher, es hat seinen Grund, dass Fionn die Blüten gepflückt hat.«

»Hätte er sich die Mühe gemacht zurückzukommen, hätte er es uns selbst erklären können«, gab Orla zurück. Fionn war genauso wenig zu trauen wie dem Pooka.

»Versuchen wir es«, meinte Apollo. »Was können ein paar Blumen schon anrichten?«

»Wenn das Pooka damit zu tun hat, würde ich behaupten, jede Menge«, grummelte Orla, willigte dann aber doch ein.

»Kannst du mich noch hören?«, fragte Apollo, nachdem sie sich den Enzian in die Ohren gesteckt hatten.

Orla nickte. Obwohl sie spürte, wie die Blüten ihre Ohren verschlossen, konnte sie Apollo problemlos verstehen. Aber wofür genau waren die Blüten gut? So wie sie das Pooka kannte, konnte es alles sein, von einem schrägen Scherz bis hin zu etwas, das sie umbringen konnte.

Vorsichtig wateten sie ins dunkle Wasser. Es war sehr viel kälter als tagsüber. Orlas Zehen wurden sofort taub. Apollo, der trotz seines enormen Appetits nur Haut und Knochen war, sah noch verfrorener aus. Als ihnen das Wasser bis zur Hüfte reichte, öffnete Orla unter Wasser die Faust und betrachtete die Perle. Sie schimmerte schwach im Mondlicht.

»E-E-Es f-funktioniert nicht«, bemerkte sie mit klappernden Zähnen.

»V-V-Vielleicht m-m-müssen wir w-w-weiter raus?«, schlug Apollo vor.

»Ja, wahrscheinlich«, stimmte Conor ihm zu.

Orla starrte auf das finstere Meer. Sie stellte sich vor, wie sie qualvoll ertranken, brutal gefoltert und gefressen wurden … wie Königin Coomara ihren Opfern bei lebendigem Leib die Füße abschnitt …

Es war durchaus möglich, dass sie das hier nicht überlebten. Mehr als nur möglich. Tatsächlich erschien es ihr sogar nahezu unmöglich, unbemerkt in eine Stadt voller Merrows zu gelangen – auch wenn diese schliefen – und diese mit der Harfe lebend wieder zu verlassen. Die einzige Hilfe, die sie hatten, waren Perlen, Blüten und das, woran sie sich aus den Volkssagen erinnerten.

Alles in ihr sträubte sich noch weiter hinauszuschwimmen. Am liebsten wäre sie zurück zum Strand gelaufen. Aber dann würden sie Gran aufgeben und das konnten sie nicht.

Sie schwammen weiter, bis sie mit den Füßen nicht mehr an den Boden kamen. Die Kleider zogen Orla nach unten. Das Wasser wurde noch kälter und die Finsternis absolut. Alle Sinneswahrnehmungen wurden schärfer. Das Platschen ihrer Arme und Beine, die sich durchs Wasser bewegten, erschien Orla unglaublich laut, genau wie das von Apollo und Conor. Konnten die Merrows sie hören, falls sie noch wach waren?

»Die Perlen!«, rief Apollo.

Orla öffnete unter Wasser die Faust, in der geisterhaft weiß ihre Perle leuchtete. »Es funktioniert! Und was machen wir jetzt?«

»Wir tauchen, würde ich sagen!«, rief Conor. »Alle bereit?«

Orla sah zu Apollo, der ihr nervös zunickte. »Okay«, sagte sie. »Auf drei. Eins … zwei … drei …«

Sie tauchten ab. Orla versuchte die Augen offen zu halten, aber das Salzwasser brannte so schlimm, dass sie mit geschlossenen Augen weiterschwamm. Ihre nassen Kleider behinderten sie und nach ein paar Schwimmzügen in die Tiefe spürte sie einen starken Druck auf den Lungen. Ihr Überlebensinstinkt setzte ein und sie schoss zurück an die Oberfläche, um nach Luft zu schnappen.

Nur wenige Sekunden später tauchten auch Conor und Apollo wieder auf.

»Wie sollen wir je in die Versunkene Stadt kommen, wenn wir noch nicht einmal eine Minute die Luft anhalten können? Bis zum Meeresgrund ist es unglaublich tief.«

»Du hast recht, das ist nicht ganz optimal«, gab Conor zu und untersuchte die Perle. »Dabei war ich mir absolut sicher, dass wir damit unter Wasser atmen können …«

Wieder wunderte sich Orla über Conors blindes Vertrauen. Wie konnte er sich so sicher sein, dass in dieser seltsamen, übernatürlichen Welt irgendetwas funktionierte?

»Moment!«, rief Apollo aufgeregt. »Erinnerst du dich an das Lied von dem Mädchen, das ein Fisch sein wollte?«

Etwas regte sich in Orlas Gedächtnis. Ja, sie erinnerte sich tatsächlich, wie Mum und Gran dieses Lied gesungen hatten.

Es war einst ein junges Mädchen,
wollte sein wie ein Fisch, klein und fein.
Es schluckte eine schimmernde Perle
und der wässrige Wunsch wurde sein …

»Du glaubst, wir müssen sie schlucken? Wirklich?«, fragte sie. »Was, wenn das nur ein dummes altes Lied ist?«

»Hat sich irgendeines der anderen Lieder bisher als dumm herausgestellt?«

»Gutes Argument.«

»Versuchen wir es.« Conor steckte sich die Perle in den Mund. Im Dunkeln konnte man sie durch seine Wange leuchten sehen, woraufhin Apollo sich seine ebenfalls in die Backentasche schob.

Zögernd öffnete Orla den Mund und legte sich ihre Perle vorsichtig auf die Zunge. Zuerst fühlte sie sich hart an, doch dann löste sie sich auf wie Zuckerwatte. Sie schmeckte nach gar nichts und schien auch nichts zu bewirken – bis Orla schluckte. Plötzlich spürte sie Druck auf den Lungen. Es war, als bekäme sie keine Luft, nur dass es dieses Mal über Wasser passierte.

Panisch versuchte sie zu atmen, konnte es aber nicht. Dann bemerkte sie Conor, der wild mit den Armen fuchtelte und nach unten zeigte. Orla kniff die Augen zusammen und tauchte den Kopf unter Wasser. Nervös atmete sie ein. Sie erwartete Wasser in die Lungen zu bekommen, aber stattdessen ließ der Druck nach.

Plötzlich war ihr auch warm und sie konnte sich in ihren

Kleidern problemlos bewegen. Als sie die Augen öffnete, sah sie klar und deutlich, obwohl sie unter Wasser war. Nicht einmal das Salz brannte mehr, stellte sie fasziniert fest.

Ganz in ihrer Nähe schwebten Apollo und Conor.

Apollo sah sich begeistert um. »Wow!«

Orla konnte ihn problemlos hören. Das störende Blubbern, wie wenn man im Schwimmbad unter Wasser ein Lied singt und der andere muss den Titel erraten, war weg.

»Seht mal! Alle Wege führen in die Versunkene Stadt«, rief Conor triumphierend.

Er zeigte auf mehrere Reihen schimmernder Lichter, die wie die Katzenaugen an den Leitplanken einer Autobahn nach unten führten.

In die Tiefe.

»Bereit?«, fragte Apollo.

Orla versuchte ihre Angst nicht zu zeigen und nickte. Sie musste für sie beide stark sein. Conor begann den leuchtenden Pfad entlang in die Tiefe zu schwimmen und Apollo paddelte hinterher. Orla schlug kräftig mit den Beinen und folgte als Letzte.

Fast schwerelos glitten sie durchs Wasser. Orla fühlte sich wie ein Fisch oder als hätte sie Schwimmflossen an den Füßen.

Je tiefer sie kamen, umso dunkler wurde es. Orla sah zurück zur glitzernden Oberfläche. Sie war schon sehr weit weg, mindestens eine Riesenlänge, wenn nicht doppelt so weit. Eine neue Angst machte sich in ihr breit. Was, wenn die Perlen aufhörten zu wirken, während sie hier unten waren?

Aber es nun gab es kein Zurück mehr.

Immer tiefer und tiefer ging es, den kleinen Lichtern folgend, bis da plötzlich keine mehr waren und sie in die schwärzeste Dunkelheit getaucht wurden, die Orla je erlebt hatte. Es war, als würden sie ins Leere schwimmen.

Etwas packte Orla am Bein. Es fühlte sich an wie Oktopustentakel und fast hätte sie laut geschrien. Aber es war nur Seetang.

»Sind noch alle da?«, flüsterte Conor.

»Ja«, antworteten Apollo und Orla gleichzeitig.

»Gut. Wir müssten jetzt ganz in der Nähe sein.«

Plötzlich wurden sie von einem grellen Licht geblendet. Orla hielt sich schützend die Hand vor die Augen und spähte durch ihre Finger. Sie konnte kaum glauben, was sie sah.

Die Versunkene Stadt war ein Urwald aus unzähligen Gebäuden, zwischen denen Seegras so hoch wie Bäume wuchs. Die Fenster bestanden aus farbenfrohen Steinmosaiken, die wie bunte Glasfenster wirkten. Plötzlich erschien Orla ihr Plan wie der komplette Wahnsinn. Hier lebten Hunderte, wenn nicht gar Tausende Merrows. Falls nur einer von ihnen wach war …

Orlas Herz klopfte so laut, dass sie befürchtete, die Merrows könnten es hören. Fasziniert und ängstlich zugleich starrte sie auf die Häuser und die mit Wandgemälden bedeckten Mauern, die Kämpfe zwischen Merrows und Haien, Walen und riesigen Tintenfischen, aber auch anderen hässlichen Ungeheuern mit mehreren Köpfen und seltsamen Körpern zeigten. Die Darstellungen der Merrows selbst mit ihren spitzen, scharfen Zähnen waren jedoch mindestens genauso Furcht einflößend. Da waren Szenen, in denen die nixenähnlichen Wesen Fischerboote in die Tiefe zogen und die Besatzung zerfetzten.

War das das Schicksal, das ihnen blühte, falls die Sache schiefging?

»Ah!«, kreischte Apollo.

Panisch wirbelte Orla herum. Vor ihnen stand ein riesiger Merrow, halb so groß wie Fionn, mit einem Fischschwanz, wilden grünen Haaren, schuppiger Haut, scharfen, spitzen Zähnen und einem mörderischen Gesichtsausdruck. Er hielt einen erhobenen Speer in der Hand. Orla ruderte sofort zurück, bis ihr auffiel, dass der Merrow sich nicht bewegte. »Es ist nur eine Statue!«, seufzte sie erleichtert.

»Klar. Wusste ich doch …«, behauptete Apollo, der immer noch blass um die Nase war.

»Muss dir nicht peinlich sein. Mich hat sie auch erschreckt«, sagte Orla. Sie hoffte, dass niemand Apollos Schrei gehört hatte. Aber alles blieb ruhig und es tauchten keine echten Merrows auf.

»Was meint ihr, wo die Harfe ist?« Orla wollte sie so schnell wie möglich finden und aus dieser gespenstischen Unterwasserstadt wieder verschwinden.

»Ich wette, sie ist im Palast von Königin Coomara«, sagte Conor zuversichtlich. »Und der befindet sich laut den Geschichten in der Mitte der Stadt.«

»Ausgerechnet. Warum kann er nicht irgendwo am Stadtrand liegen?«

Apollo wirkte extrem nervös. »Kennst du die Legende, Conor? Angeblich hat sie es auf menschliche Füße abgesehen, die sie manchmal von Haien abbeißen lässt oder auch eigenhändig mit einer gezackten Muschelschale absägt …«

»Na, dann wecken wir sie wohl besser nicht auf«, meinte Conor. Orla konnte sich noch immer nicht entscheiden, ob seine unerschütterliche Zuversicht bewundernswert oder der helle Wahnsinn war.

Sie sah hinab auf die Stadt und ihre eigene Zuversicht

schwand beträchtlich. Bisher hatten sie Glück gehabt. Aber irgendwann war es damit sicher vorbei … Sie suchte Apollos Blick und diesmal war er es, der ihre Hand nahm und sie sachte drückte.

»Für Gran«, flüsterte er.

Orla nickte. »Für Gran.«

Sie war sehr stolz auf ihren tapferen kleinen Bruder. Schnell schloss sie ihn in die Arme und zog ihn an sich. Sie wollte ihm so vieles sagen, brachte aber keinen Ton heraus.

»Apollo, es tut mir leid … Es tut mir leid, dass ich eine so miese große Schwester war und alles an dir ausgelassen habe.«

»Ist schon okay.«

»Nein, ist es nicht. Ich hätte netter zu dir sein müssen. Ich hätte dir sagen müssen, dass ich … dass ich …«

»Ist okay, ehrlich«, beruhigte er sie. »Ich weiß, was du sagen willst. Ich liebe dich auch.«

Orla brachte kein Wort mehr heraus und drückte ihn noch ein wenig fester. Ihr tapferer, freundlicher, kluger kleiner Bruder. Er war immer für sie da, selbst dann noch, wenn sie ihn von sich stieß.

»Und mich liebt sowieso jeder. Muss man mir nicht sagen! Ich bin so liebenswert, dass man gar nicht anders kann«, sagte Conor und zwinkerte ihr über Apollos Schulter zu.

Obwohl die Situation so ernst war, mussten Orla und Apollo lachen. Dann wandten sie sich der Stadt zu, bereit ihrem Schicksal entgegenzutreten.

27

Die Merrows

Als sie näher an die Gebäude heranschwammen und durch die Türen spähten, sahen sie das erste Mal echte Merrows. Mit geschlossenen Augen lagen sie in riesigen Muscheln wie in Betten. Das einzige Zeichen, dass sie lebten, waren die Luftblasen, die aus ihren Mündern und Nasen aufstiegen, sowie das Heben und Senken ihrer muskulösen Brustkörbe. Sie waren zwar sehr viel kleiner als die Statue, mit ihren Schuppen und den langen gespaltenen Schwänzen aber dennoch grauenerregend. Selbst im Schlaf konnten einem ihre menschenähnlichen Oberkörper und die gespenstisch bewegungslosen Gesichter, um die grellgrüne Haare schwebten, ordentlich Angst einjagen.

Es war seltsam, wie tief sie alle schliefen. Nicht ein Merrow regte sich, als Orla, Conor und Apollo an ihnen vorüberschwammen. Als wären sie alle verhext …

Orla war froh, dass das so war, denn in jedem Haus schliefen mindestens zwei, in manchen bis zu sechs Merrows. Wenn nur einer aufwachte, hätten sie keine Chance zu entkommen. Die Kraft, die in ihren Schwänzen steckte, war nicht zu übersehen und die meisten hatten spitze Speere griffbereit neben ihren

Betten. Auch wenn sie vielleicht keine Besucher erwarteten, waren sie ganz offensichtlich ein kriegerisches Volk.

Orla biss die Zähne zusammen und folgte Apollo und Conor durch die Stadt. Ihre Nerven waren bis aufs Äußerste angespannt.

Was sollten sie tun, wenn sie den Palast gefunden hatten? Einfach so hineinschwimmen und die Harfe mitnehmen? Ganz so leicht würde es sicher nicht werden.

Plötzlich ragte ein komplett aus Muscheln errichteter Bau vor ihnen auf. Der Palast. Sie waren da. Zwei fächerförmige Sandsteinplatten führten zu seinem dunklen Eingangstor, das offen stand wie ein weit aufgerissener Mund.

»Warum sind nirgendwo Wachen?«, flüsterte Apollo.

»Die Merrows rechnen nicht damit, dass irgendjemand so mutig ist, sich in ihre Stadt zu wagen«, sagte Conor.

»So mutig oder so dumm?«, murmelte Orla.

Sie schwammen in die gewölbte Eingangshalle des Palasts. Es war ein runder Raum, dessen Wände mit Muscheln, Knochen und Zähnen verziert waren. Viele der Knochen und Zähne sahen erschreckend menschlich aus, andere waren riesig und mussten von Monstern stammen, denen Orla lieber nicht begegnen wollte. Und ... wow, ihr Geruchssinn funktionierte unter Wasser genauso gut wie an Land! Leider war der Gestank nach verrottendem Seetang grauenhaft. Aber es war nicht nur der Seetang, von dem dieser üble Geruch ausging ...

In der Mitte der Halle stand eine merkwürdige Skulptur. Erst als sie näher kamen, erkannten sie, woraus sie bestand.

»Füße«, bemerkte Apollo mit dünner Stimme.

Orla wurde schlecht. Die menschlichen Füße waren kreuz und quer gestapelt und ineinander verkeilt. Ein paar waren nur weiße Knochen, andere hatten noch Haut und Muskeln an sich. Zum Teil waren sogar noch Tätowierung zu erkennen oder es hingen Fußkettchen um die Gelenke. Unzählige winzige Fische mit scharfen Zähnen knabberten an dem widerlichen Kunstwerk. Der Sandboden darunter war schwarzrot vor Blut.

»Igitt!«, rief Apollo. »Los, lasst uns die Harfe suchen und dann schnell von hier verschwinden, bevor unsere Füße auch auf diesem Haufen landen!«

Orla riss sich vom Anblick der grotesken Skulptur los und entdeckte drei Gänge, die von der Halle abgingen. Sie spitzte die Ohren, aber der Palast schien verlassen und still, genau wie der Rest der Versunkenen Stadt.

Zu still.

Orla versuchte ihre wachsende Panik zu ignorieren. Aber das änderte nichts an der Tatsache, dass sie noch nicht einmal wussten, ob die Harfe überhaupt im Palast war. Es gab drei Gänge und wer weiß wie viele Räume am Ende jedes Ganges. Lange zu suchen war riskant, denn sie hatten keine Ahnung, wann die Wirkung der Perlen nachließ. Und je länger sie hierblieben, umso größer war die Wahrscheinlichkeit, dass sie erwischt wurden.

»Wir müssen uns trennen«, flüsterte sie. »Dann sind wir schneller. Apollo, du nimmst den linken Gang. Ich nehme den in der Mitte. Und du, Conor, nimmst den rechten.«

»Ich finde, wir sollten zusammenbleiben«, protestierte Apollo.

»Wir haben nicht genug Zeit. Du hast gerade selbst gesagt, dass wir die Harfe so schnell wie möglich finden müssen.«

Widerwillig erklärte Apollo sich einverstanden. Er und

Conor schwammen nach rechts und links, Orla nahm den mittleren Gang. Es war immer noch schrecklich still und sie spürte einen unangenehmen Druck hinter den Augen. Von diesem Gang gingen keine Türen ab. Nachdem sie eine ganze Weile geschwommen war, endete er schließlich in einem großen Raum, in dessen Mitte eine riesige Muschel stand. Sie sah aus wie die, in denen die anderen Merrows schliefen, nur dass diese Muschel vergoldet und mit schwammigem rosa Seegras gefüllt war. Das musste das Bett von Königin Coomara sein.

Und es war leer.

Die Königin war wach.

Sie musste die anderen warnen!

So schnell sie konnte, schwamm Orla zurück in die Eingangshalle und von dort den Gang entlang, den Apollo genommen hatte. Am Ende des Gangs war ein grässliches Knirschen zu hören. Was war das?

Zitternd spähte sie um die Ecke. In der Mitte des Raums kauerte unter einem riesigen toten Krebs Apollo, starr vor Schreck und mit weit aufgerissenen Augen. Der Krebs stand da wie ein Tisch, über den sich eine große Merrow beugte und irgendetwas verschlang. Sie hatte Orla den Rücken zugewandt, aber in ihrer wallenden grünen Mähne erkannte Orla eine Krone aus Krebsscheren.

Königin Coomara.

Es gab einen zweiten Gang, der nach rechts führte. Apollo musste sich unter dem Krebstisch versteckt haben, als er Königin Coomara kommen hörte und bemerkte, dass er in der Falle saß.

In den Ohren der Merrowkönigin steckten blaue Blüten. Orla runzelte die Stirn.

Königin Coomara warf etwas auf den Boden, das über den Sand kullerte. Es war ein menschlicher Finger. Apollo starrte ihn an und wurde grün im Gesicht.

Orla gab ihm ein Zeichen, zu ihr zu schwimmen, aber Apollo schüttelte entsetzt den Kopf. Orla winkte wie wild. Wenn er nicht unter dem Tisch hervorkam, war es nur eine Frage der Zeit, bis die Königin ihn entdeckte.

Apollo löste sich aus seiner Versteinerung und begann langsam zu Orla herüberzuschwimmen …

Die Königin schien mit ihrem Festmahl beschäftigt zu sein, doch dann hielt sie plötzlich inne. Die beiden erstarrten. Aber Coomara rülpste nur einmal laut und mampfte dann ungerührt weiter.

So schnell sie konnten, schwammen Orla und Apollo zurück Richtung Eingangshalle.

»Ich hab ja gleich gesagt, dass wir uns nicht trennen sollen!«, zischte Apollo. »Hast du gesehen, dass die Königin auch Enzianblüten in den Ohren hat?«

Orla nickte. »Wofür hat sie die? Wofür haben wir sie?«

»Keine Ahnung. Aber ich denke, wir sollten sie auf jeden Fall drinlassen.«

»Ich auch«, stimmte sie zu. »Und von hier verschwinden.«

Zum Glück wartete Conor bereits in der Halle.

»Wir müssen hier weg!«, flüsterte Orla aufgeregt. »Die Königin ist wach.«

Conor runzelte die Stirn. »Hm, das ist nicht so gut!«

»Gelinde gesagt!«

»Aber ich habe ihre Schatzkammer gefunden. Sicher ist die Harfe dort. Kommt!«

Noch bevor Orla etwas sagen konnte, schwamm Conor zurück in den rechten Gang. Orla und Apollo nahmen ihr letztes Restchen Mut zusammen und folgten ihm. *Für Gran*, dachte Orla.

Am anderen Ende des Gangs befand sich ein mit goldenen Münzen verzierter Torbogen. Wahrscheinlich hatten die Merrows die vielen Schiffe, die sie versenkt hatten, auch geplündert.

Der hohe Raum hinter dem Torbogen war fast ebenso groß wie die Eingangshalle und angefüllt mit alten, wertvoll aussehenden Gegenständen, die auf Tischen ausgebreitet waren. Orla schöpfte wieder Hoffnung. Conor hatte recht. Wenn die Harfe irgendwo in der Stadt war, dann hier.

Orla wollte gerade durch den Torbogen schwimmen, als sie zwei Wachen bemerkte, die dahinter an der Wand lehnten. Wie die anderen Merrows schliefen sie, hatten aber Speere neben sich. Orla versuchte sich die scharfen, blutverschmierten Spitzen nicht allzu genau anzusehen. Wozu die schlafenden Wachen? Und warum war Königin Coomara die Einzige in der gesamten Versunkenen Stadt, die nicht schlief?

Bitte, bitte wacht jetzt nicht auf.

Im Vorbeischwimmen stieß Apollo aus Versehen gegen Orla, sodass sie eine der Wachen anrempelte.

Orla erstarrte. Sie rechnete mit dem Schlimmsten.

Aber die Wache rührte sich nicht und schlief einfach weiter.

Orla kroch ein Schauder über den Rücken. Waren die Merrows tatsächlich verhext? Von Königin Coomara? Und wenn ja, wie und wann würden sie wieder aufwachen? Orla hoffte sehr, dass sie das nicht mehr live miterleben würden.

Die rosa schimmernden Wände der Schatzkammer waren in einem hübschen wellenartigen Muster mit Perlmuttmuscheln besetzt und im Gegensatz zum Rest des Palasts war der Boden hier nicht aus Sand, sondern aus Stein.

Orla, Apollo und Conor schwammen die Reihen der ausgestellten Schätze entlang. Es gab jede Menge erstaunlicher Kostbarkeiten – eine Perle, so groß wie ein menschlicher Kopf, eine mit Diamanten besetzte Harpune, ein Netz, das aussah, als wäre es aus reinem Gold gesponnen, und eine Sammlung silberner Schwerter –, aber eine Harfe war nicht darunter.

Vor einem großen, verrosteten Kessel blieb Apollo stehen.

»Wow«, flüsterte er. »Ich glaube, das ist der *coire ansic.*«

»Der was?«

»Der Kessel, der niemals leer wird. Auch einer von Dagdas Schätzen. Aus dem Lied, erinnerst du dich?«

»Königin Coomara versteckt diese Schätze, damit nur sie allein etwas davon hat«, brummte Conor. »Dabei könnte sie mit dem Kessel ihre gesamte Merrowarmee ernähren, anstatt sie hungern zu lassen. Sie glaubt, hungrig würden sie mehr Menschen fangen.«

Orla sah ihn überrascht an. Warum hatte er ihnen nicht gesagt, was er über die Merrows wusste? Es wäre beruhigend gewesen zu wissen, dass zumindest einer von ihnen eine Vorstellung hatte, in was sie da hineinschwammen.

»Boah!« Apollo zeigte auf ein anderes Ausstellungsstück, das in etwa die Größe eines Golfballs hatte. Es war weiß, aber blutverschmiert und in der Mitte durchbohrt.

»Was ist das?«, fragte Orla und ging näher heran.

»Ich glaube, das ist Balors fehlendes Auge!« Conor blieb der Mund offen stehen.

Orla wich zurück. »Iiih, wie eklig!«

»Falls wir die Harfe nicht finden, können wir das eventuell gegen eure Großmutter eintauschen?«, schlug Conor vor. »Vielleicht hätte er es gerne zurück? Also, ich an seiner Stelle hätte es gehütet wie meinen Augapfel …« Er kicherte.

Apollo sah ihn finster an. »Ich glaube nicht, dass er uns dafür Gran zurückgibt. Balor scheint ganz gut ohne das Auge zurechtzukommen.«

»Du hast recht. Tut mir leid. Ich wollte nur die Stimmung ein wenig aufhellen.«

Sie gingen weiter durch den Raum, aber als sie am anderen Ende anlangten, hatten sie die Harfe noch nicht gefunden. Orlas Hoffnung schwand. Was, wenn Königin Coomara sie ständig bei sich hatte?

»Wir müssen zurück«, sagte sie. »Ich glaube nicht, dass sie hier ist, und die Perlen könnten bald aufhören zu wirken …«

»Und was ist hinter dem Vorhang?« Apollo deutete auf einen abgetrennten Bereich, den Orla noch gar nicht bemerkt hatte.

Sie zogen den Samtvorhang beiseite und tatsächlich. Dahinter stand in einem glitzernden Schaukasten eine Harfe!

Orla hätte fast gejuchzt vor Freude. Es musste die Harfe sein, die sie suchten. Sie war so groß wie ein kleiner Schild und der kunstvoll geschnitzte Eichenrahmen war mit unzähligen Edelsteinen besetzt. Ein Blick genügte, um zu erkennen, wie mächtig dieses Instrument war.

»Gott sei Dank«, murmelte Orla erleichtert, die kaum fassen konnte, dass sie die Harfe tatsächlich gefunden hatten. Sie hätte erwartet, dass die anderen ihre Begeisterung teilten, aber von Conor kam nur ein lautes Stöhnen.

»Was ist? Ist das nicht die richtige Harfe?«, fragte Orla, obwohl sie eigentlich felsenfest davon überzeugt war.

»Oh doch, das ist sie«, sagte Conor finster.

Und dann sah Orla, warum er gestöhnt hatte. Die Saiten der Harfe bewegten sich. Zuerst dachte sie, es wäre die Strömung, die die Saiten zum Schwingen brachte, doch dann erkannte sie das komplexe Muster, nach dem sie sich bewegten – immer nur eine Saite, als würden unsichtbare Finger sie anschlagen.

Die Harfe spielte.

Aber warum konnten sie die Musik nicht hören? Sie griff sich an die Ohren, aber anstelle von Mums Ohrringen waren dort – die Blüten! Die Enzianblüten schützten sie vor der Zaubermelodie der Harfe …

Und dann ganz plötzlich begriff sie es. Die Harfe spielte das Lied des Schlafs. *Deshalb* wachten die Merrows nicht auf.

28

Es ist nie so leicht, wie es scheint

Zu dritt starrten sie verzweifelt auf die Harfe.

»Was machen wir denn jetzt?«, rief Orla frustriert.

Würde Königin Coomara es merken, wenn sie die Harfe wegnahmen? Würde sie aufhören zu spielen und die komplette Merrowarmee aufwachen? Nach allem, was sie auf sich genommen hatten, um hierherzukommen, konnten sie Gran jetzt doch nicht kampflos der Wilden Jagd überlassen. Ohne die Harfe konnten sie unmöglich wieder gehen.

Orla ging näher an das Instrument heran, um es sich genauer anzusehen. Gab es eine Möglichkeit, die Harfe mitzunehmen, ohne die Saiten zu berühren? Der glitzernde Kasten, in dem die Harfe stand, hatte keine Glasscheiben. Es war nur ein mit Diamanten besetzter Rahmen. Orla könnte einfach die Hände ausstrecken und sie sich nehmen … Aber dann wäre vermutlich in null Komma nichts die gesamte Versunkene Stadt hinter ihnen her. Sie mussten das gut durchdenken. Sie mussten …

»Apollo!«, kreischte Orla. »Was tust du denn da?«

Bevor irgendetwas besprochen oder entschieden hätte werden können, griff Apollo einfach nach der Harfe und nahm sie heraus.

»Ich bin mutig«, sagte er.

Orlas Herz pochte gegen ihre Rippen, trotzdem war sie beeindruckt von der Waghalsigkeit ihres Bruders. Zu ihrer großen Erleichterung bewegten sich die Saiten weiter.

Für einen kurzen Moment sah es so aus, als wäre alles in Ordnung.

Doch dann passierten drei Dinge auf einmal.

Erstens hoben sich die diamantbesetzten Stäbe des Kastens aus ihrer Verankerung und wurden zu Speeren, die in alle vier Ecken des Raumes flogen. Einer verfehlte Apollo nur um wenige Zentimeter. Als er auswich, ließ er die Harfe fallen, die Conor jedoch geschickt auffing.

Zweitens öffneten sich Löcher in den Wänden der Schatzkammer, aus denen Krebse krochen – keine kleinen, freundlichen Schalentiere wie die, die sie am Strand beobachtet hatten, sondern monströse Kreaturen mit rasiermesserscharfen Scheren.

Und drittens – und das war das Schlimmste – tat sich unter dem Harfenkasten der Boden auf und es entstand ein riesiger Wasserstrudel. Den Kasten und den Samtvorhang zog er bereits in die Tiefe.

Orla, Apollo und Conor, der noch immer die Harfe umklammerte, versuchten verzweifelt wegzuschwimmen. Nur unter größter Anstrengung gelang es den dreien, dem Sog zu entkommen und sich in Sicherheit zu bringen.

»Sie war mit Fallen gesichert!«, schrie Conor.

»Ach, wie kommst du denn darauf?«, schrie Orla über das Tosen des Wirbels hinweg, der brodelte und schäumte wie Badewasser, das in einem riesigen Abfluss verschwand. Offensichtlich zerstörte Königin Coomara ihre Schätze lieber, als dass sie sie sich stehlen ließ. Orlas Blick huschte zu der Harfe in Conors Hand. Wie durch ein Wunder spielte sie immer noch. Bedeutete das, die Merrows wachten auch bei diesem Lärm nicht auf? Sie betete, dass es so war. Königin Coomara schlief jedoch nicht und hatte sie mittlerweile mit Sicherheit gehört.

»Ah!«, kreischte Orla und duckte sich, als ein Krebs ihr ins Gesicht sprang und mit den Scheren nach ihr schlug. »Nichts wie raus hier!«

»Ausgezeichnete Idee!« Conor drückte sich die Harfe an die Brust und schwamm, was das Zeug hielt. Orla und Apollo, die ohne die Harfe schneller waren, schwammen voraus in Richtung Ausgang der Schatzkammer. Kurz vor dem Torbogen drehte Orla sich um und bemerkte, dass Conor nicht mehr hinter ihnen war.

»Komm schon!«, drängte sie ihn.

Aber die Krebse verstellten Conor den Weg. Verzweifelt umklammerte er die Harfe und ruderte zurück, um ihren Scheren auszuweichen. Dabei kam er aber dem Strudel gefährlich nahe.

Orla sah sich um. Es musste doch irgendetwas geben, womit sie Conor helfen konnte. Ihr Blick fiel auf die Silberschwerter und sie zog eines aus seiner Scheide. Es war erstaunlich leicht.

»Nimm dir auch eins, Apollo!«, schrie sie.

»Gute Idee!« Apollo schnappte sich ein Schwert. Mit ihren Waffen fuchtelnd schwammen sie zurück zu Conor und pfefferten die Krebse aus dem Weg.

»Guter Schlag, Apollo!«, schrie Orla.

Sie drängten die Krebse hinter Conors Rücken in die Enge, bis der Strudel sie einsog.

Schnell machten die drei sich wieder auf den Weg zum Ausgang. Dieses Mal schwamm Apollo voraus, während Orla bei Conor blieb.

»Danke«, sagte Conor. »Aber nur damit das klar ist, ich hatte alles unter Kontrolle.«

»Sicher, hat man gesehen«, entgegnete Orla.

»Tiere mit Scheren sind einfach nicht so mein Ding, okay?«

Orla wollte gerade antworten, als sie plötzlich zurückgezogen wurde. Das Schwert glitt ihr aus der Hand, taumelte in den Strudel und verschwand. Der Sog wurde stärker. Auch andere Gegenstände in der Schatzkammer schossen in den Strudel. Orla schaffte es gerade noch, der Harpune auszuweichen, die sie um ein Haar aufgespießt hätte.

Conor, der blitzschnell reagierte, klammerte sich mit einer Hand an die Kante des Tischs, auf dem der Kessel stand, und hielt mit der anderen die Harfe fest. Er brüllte Orla zu, dasselbe zu tun, die es gerade so schaffte, bevor der Sog noch stärker wurde.

Sie hoffte, dass Apollo auch etwas gefunden hatte, an dem er sich festhalten konnte.

»Vorsicht, Conor!«, schrie sie. Der Kessel begann gefährlich zu wackeln und in ihre Richtung zu kippen …

Dann hörte der Sog plötzlich auf. Der Kessel landete mit einem lauten Plong wieder auf dem Tisch und Orla und Conor wurden nach vorn gespült. Dann war alles still.

Der Strudel war verschwunden. An seiner Stelle klaffte ein großes Loch und über den Steinboden und die Wände zogen sich breite Risse.

War es vorbei?

»Apollo?«, rief sie und ließ den Blick durch die zerstörte Schatzkammer schweifen. »Wo bist du? Ist alles in Ordnung?«

»Mehr oder weniger. Ich bin hier!« Apollos missmutige Antwort kam von irgendwo ganz in ihrer Nähe. »Ich stecke fest!«

Er hatte sich in dem goldenen Netz verheddert. Zumindest war er so nicht in den Sog geraten.

»Halt still. Wir kommen und helfen dir.«

Orla wollte gerade losschwimmen, als sie bemerkte, dass Conor entgeistert die Harfe anstarrte. »Orla, die Saiten … Sie werden langsamer.«

Er hatte recht. Die Saiten bewegten sich kaum noch. »Glaubst du, sie hört auf zu spielen?«, fragte sie ängstlich.

Als Conor ihr panisches Gesicht sah, sagte er schnell beruhigend: »Ach wo. Zumindest nicht ganz … Oh, warte … Doch … Sie hat aufgehört.«

»Was?«

Obwohl sie die Musik auch vorher nicht gehört hatten, konnte Orla die Stille jetzt geradezu spüren.

Dann hallte Apollos Schrei durchs Wasser. Ruckartig drehte Orla den Kopf und sah Speere aufblitzen. Die am Eingang postierten Wachen waren aufgewacht und schwammen auf Apollo zu, der noch immer hilflos im Netz hing. Sein Schwert war weit und breit nirgends zu sehen. Mit kraftvollen Schwanzschlägen und wutverzerrten Gesichtern stürzten die Merrows mit erhobenen Speeren auf ihn zu.

»Hilfe!«

Orla dachte keine Sekunde nach. Bevor die Wachen Apollo bekämen, würden sie es zuerst mit ihr aufnehmen müssen. Sie schwamm los, aber dann holte die Vernunft sie doch noch ein. Sie würde Apollo niemals befreien können, bevor die Wachen bei ihm waren, genauso wenig wie sie zwei Merrows besiegen konnte. Als sie sich Hilfe suchend nach Conor umdrehte, fiel ihr Blick auf den Kessel. Ihr kam eine Idee. Es war total verrückt, aber vielleicht funktionierte es … Orla machte kehrt.

»Olo, wo willst du hin?«, schrie Apollo panisch.

»Vertrau mir, Polo … Hey, Merrows! Hierher! Wir haben die Harfe eurer Königin!«, brüllte sie.

Die Wachen drehten sich um. Als sie Orla samt Conor und der Harfe entdeckten, blitzten ihre dunklen Augen und sie stießen ein zorniges Heulen aus.

»Ähm – Orla, was genau soll das werden?«, rief Conor entsetzt, als die Merrows die Richtung änderten und direkt auf ihn zuschwammen.

»Schnell, hinter den Kessel. Ich habe eine Idee.«

»Hoffentlich eine gute«, rief Conor, tat aber, was sie gesagt hatte.

Nachdem sie sich hinter dem Kessel verschanzt hatten, nahm Orla die Harfe und hielt sie hoch, sodass die Merrows sie sehen konnten. »Kommt und holt sie euch!«, schrie sie.

Brüllend vor Wut schossen die Merrows auf sie zu wie Torpedos. Ihre Speere pfiffen über den Kessel hinweg und Orla und Conor duckten sich tief.

»Sobald ich es sage, drückst du, so fest du kannst«, flüsterte sie. Conor riss die Augen auf und nickte. Er hatte ihren Plan verstanden. *Jetzt kommt schon, ihr Ungeheuer.* Orla wollte, dass die Wachen noch ein kleines Stückchen näher kamen. Sie waren schon fast dort, wo sie sie haben wollte …

Orla hatte einmal gelesen, dass Menschen, wenn es um das Leben einer geliebten Person ging, ungeahnte Kräfte entwickelten. Mütter wuchteten umgekippte Autos hoch, um ihre eingeklemmten Babys zu retten, und Hundebesitzer rannten blindlings in brennende Gebäude, um ihre geliebten Vierbeiner herauszuholen. Orla, die normalerweise zu schwach war, um ein frisches Marmeladenglas aufzuschrauben, hoffte, dass das auch für sie galt. Sie umklammerte den kalten Rand des schweren Kessels und starrte für einen kurzen Moment in sein leeres, schwarzes Inneres.

Die Wachen näherten sich mit gebleckten Zähnen.

»Jetzt!« Mit einem lauten Kampfschrei stemmte sich Orla gegen den Kessel und auch Conor drückte mit all seiner Kraft. Der Kessel war schwer und kurz dachte sie, er ließe sich nicht vom Fleck bewegen. Doch wie durch ein Wunder begann er genau in dem Moment zu kippen, in dem die Merrows sie erreichten. Die Wachen schwammen in den Kessel, dem Orla und Conor einen letzten verzweifelten Stoß gaben, sodass er sich umdrehte und die Merrows im dunklen Bauch gefangen waren.

»Juhu!«, grölte Conor. »Das war genial, Orla! Das war so clever, dass ich eigentlich selbst hätte draufkommen können.«

»Das nehme ich mal als Kompliment.« Orla, die heilfroh war, dass sie es geschafft hatten, grinste. Aber die Freude hielt nicht lange an. Die Harfe spielte immer noch nicht. Sicher waren nicht nur die beiden Wachen aufgewacht.

Sondern die ganze Stadt …

Und auch ihre grausame, menschenfressende Königin war noch in der Nähe.

Ganz zu schweigen von den Rissen in den Wänden der Schatzkammer, die sich mittlerweile auch über die Decke zogen, die gar nicht mehr stabil aussah.

Sie mussten hier weg.

Orla nahm die Harfe, während Conor Apollo mithilfe des Taschenmessers, an das dieser alleine nicht herangekommen war, aus dem Netz befreite.

»Siehst du! Ich hatte recht. Ein Messer kann man immer gebrauchen!«, sagte Apollo trotzig.

Orla drückte ihn kurz an sich. »Puuh! Das war knapp.«

Und dann schwammen die drei um ihr Leben.

Am Palastausgang sah Orla sich ängstlich nach Königin Coomara um.

Sie war nirgends zu sehen. *Wo steckte sie?* Der Lärm in der Schatzkammer musste sie doch aufgeschreckt haben?

»Vielleicht haben die Merrows uns nicht gehört, obwohl sie wach sind«, meinte Conor hoffnungsvoll. »Wenn wir ab jetzt absolut leise sind, schaffen wir es vielleicht …«

Hinter ihnen war ein donnerndes Krachen zu hören. Die Schatzkammer war eingestürzt.

»Okay, vielleicht auch nicht.«

29

Königin Coomara

Schwimmt!«, brüllte Conor.

Orla umklammerte die Harfe mit beiden Händen, weshalb sie nur wild mit den Beinen strampeln konnte. Sie waren zu dritt gegen eine ganze Stadt voller Merrows und hatten nichts, um sich zu verteidigen. Abgesehen von der Zauberharfe. Aber jetzt, da sie aufgehört hatte zu spielen, nützte die ihnen auch nichts mehr.

Spielt!, flehte Orla die stillen Saiten an.

Plötzlich verspürte sie ein seltsames Prickeln. Vielleicht konnte *sie* ja die Harfe spielen? Nein, das war lächerlich. Sie hatte noch nie auf einer Harfe gespielt und auf einer Zauberharfe schon gar nicht. Ihr Musiklehrer hatte ihr zwar einmal erklärt, wer auf dem Klavier eine Tonleiter spielen kann, kann es auch auf einer Harfe. Aber selbst wenn sie es gekonnt hätte, wie hätte sie das Lied des Schlafs spielen sollen, das sie dank der Blüten in ihren Ohren noch nie gehört hatte?

Aber einmal angenommen, es würde funktionieren …

In ihrem Magen kribbelte es. Die letzten zwei Jahre hatte sie die Musik in ihrem Inneren verleugnet, aber was, wenn sie jetzt ihre Rettung war? Sie dachte daran, wie schön es gewesen war, für die Wassergeister zu singen. Wie die Musik sie mit einem warmen Vibrieren erfüllt hatte. Wie frei sie sich gefühlt hatte.

Aber da waren auch die Erinnerungen an Mum, dieser Schmerz, der sehr viel leichter zu verdrängen als zu ertragen war. Wahrscheinlich konnte sie die Harfe ohnehin nicht spielen. Es war unmöglich und Wunschdenken half ihnen im Moment kein Stück weiter. Sie mussten irgendwie aus dieser Stadt rauskommen!

Orla, Apollo und Conor schwammen denselben Weg zurück, den sie gekommen waren. Die Straßen waren immer noch gespenstisch leer.

»Wo sind all die Merrows?«, flüsterte sie.

»Vielleicht schlafen sie noch …«, überlegte Apollo laut.

Aber als sie in die Häuser spähten, überkam sie neue Angst. Die Betten waren leer.

Sie schwammen weiter und rechneten damit, jeden Moment angegriffen zu werden. Aber nicht ein einziger Merrow kreuzte ihren Weg. Als sie am Stadtrand anlangten, wagte Orla schon wieder ein kleines bisschen zu hoffen. *Vielleicht schafften sie es ja doch lebend zurück an den Strand.* Hoch über ihren Köpfen schimmerte verheißungsvoll die Wasseroberfläche.

Dann hörte sie ihn.

Oder besser, fühlte ihn.

Einen Trommelschlag.

So laut, dass er in ihrem Körper widerhallte.

Dann noch einen.

Und dann noch einen.

Überall in der Versunkenen Stadt wurden Trommeln geschlagen.

Und dann tauchten die Merrows auf. Zu Tausenden erhoben

sie sich aus dem Häusermeer, die Speere in die Höhe gereckt, die Gesichter zu zornigen Fratzen verzogen.

Apollo entfuhr ein entsetztes Gurgeln. Conor schrie auf. Und Orlas Hände begannen so stark zu zittern, dass sie fast die Harfe fallen ließ. Sie strampelte weiter Richtung Oberfläche, auch wenn ein Fluchtversuch angesichts dieser Übermacht sinnlos schien. Apollo packte sie am Arm und zog sie nach oben. Aber dadurch wurde er nur langsamer. Sie konnten den Merrows nicht entkommen. Es waren viel zu viele. Sie hatten zwar die Harfe, aber die half ihnen jetzt auch nichts mehr.

Wie war sie nur auf die Idee gekommen, dass ihr Plan gelingen könnte?

Die Merrows griffen immer noch nicht an. Wahrscheinlich wussten sie, dass die Eindringlinge keine Chance hatten. Dann erhob Königin Coomara sich über ihre Armee. Noch nie hatte Orla ein so scheußliches und grausames Gesicht gesehen.

Orlas verzweifelter Blick huschte zur Oberfläche. Sie würde nie wieder die Sterne sehen. Oder die Sonne. Oder Dad …

Plötzlich bedauerte sie, dass sie sich die letzten zwei Jahre so eingeigelt hatte, und wünschte, sie wäre netter zu Apollo, Dad und Gran gewesen. *Gran.* Sollte es ihnen irgendwie gelingen, das hier zu überleben, schwor sie sich zu bessern – netter zu sein und dankbarer für das, was sie hatte. Aber dazu mussten sie es zuerst einmal zurück an Land schaffen.

Das Trommeln verstummte, aber der Takt war noch in Orlas Ohren, während sie mit brennenden Armen und Beinen weiter auf die Oberfläche zuschwamm.

Dann setzten die Trommeln wieder ein. Sie waren jetzt schneller und lauter, wie Gewehrschüsse oder Peitschenhiebe. Ein Schrei ertönte, der ihr Blut gefrieren ließ. Auf das Signal von Königin Coomara hin erhoben sich die Merrows zum Angriff. Eine dunkle Masse von Zähnen, Schuppen und scharfkantigen Schwänzen drängte auf sie zu.

Orla paddelte mit letzter Kraft, so schnell sie noch konnte, aber vergebens. Die Merrows waren viel zu kräftig. Sie konnten ihnen nicht davonschwimmen. Und dieses Mal hatten sie keinen Zauberkessel, der sie rettete.

Wieder spürte Orla dieses Prickeln. Ihre Gedanken wanderten zu der Harfe und sie hörte auf zu schwimmen. Auch wenn es nicht funktionierte, einen Versuch war es allemal wert.

»Orla, was tust du?«, schrie Apollo.

Aber ihr blieb keine Zeit, es ihm zu erklären. Sie war sich nicht einmal sicher, ob sie es überhaupt erklären konnte. Da war einfach nur dieses Gefühl. Sie strich über die Saiten der Harfe und spürte die uralte magische Kraft, die in ihr schlummerte.

Spiel!, forderte sie die Harfe lautlos auf.

Das Instrument reagierte, als würde sie mit ihm tanzen.

Spiel du mich!, antwortete es.

Orla versuchte es. Sie konnte die Musik fühlen, aber als sie sich bemühte die Melodie aus sich herausströmen zu lassen, kamen nur ein paar einzelne, abgehackte Töne.

Sie sah sich um und bemerkte, dass Königin Coomara sie anstarrte. In ihren Augen war so viel Hass, dass Orla zusammenzuckte.

Dann holte die Königin aus und warf ihren Speer. Mit übernatürlicher Geschwindigkeit zischte er durchs Wasser und streifte Orlas Schulter. Der stechende Schmerz ließ sie aufschreien.

»Orla!«, rief Apollo entsetzt.

Leuchtend rot breitete sich das Blut im Wasser aus. Für einen Moment begriff Orla nicht, dass es ihr Blut war. *Es war so viel.* Ihre Schulter brannte höllisch. *Alles war rot.* Und dahinter zeichneten sich die Umrisse der Merrows ab, die mit den Schwänzen schlugen und schneller wurden, als würde das Blut sie vorwärtstreiben. Orla hatte schon Videos von Haifischfütterungen gesehen. Sobald die Raubfische das Blut ihrer Beute witterten, drehten sie komplett durch und schnappten wahllos nach allem, was sich bewegte, einschließlich anderer Haie.

Genau so fühlte Orla sich. Die Merrows waren zu tollwütigen Bestien geworden und sie war ihre Beute.

Apollo und Conor mussten sie zurücklassen. Sie mussten die Harfe nehmen und zusehen, dass sie wegkamen!

Aber Orla spürte bereits zwei Hände, die nach ihr griffen und versuchten sie – und die Harfe – mitzuziehen.

»Lasst mich hier!«, schrie sie. Wenn die beiden ihr Gewicht auch noch mitschleppten, hatten sie keine Chance. »Nehmt die Harfe und bringt euch in Sicherheit. Rettet Gran!«

»Nicht ohne dich«, schrie Apollo zu allem entschlossen und packte sie noch fester.

Die durchs Wasser peitschenden Fischschwänze und das grässliche Zähnefletschen der Merrows dröhnte in Orlas Ohren. Sie konnte das Schlagen der Trommeln nicht mehr von dem ihres Herzens unterscheiden. Der Schmerz in ihrer Schulter war so heftig, dass ihr der Kopf schwirrte und Sterne vor ihren Augen explodierten.

Tut mir leid, dass ich dich im Stich lasse, Gran.

Orlas Lungen zogen sich zusammen. Das Wasser wurde kälter und ihre Kleidung zog sie in die Tiefe. Die Wirkung der Perle ließ nach.

»Bitte, lasst mich hier«, keuchte sie. Wenn die beiden sie losließen, hatten sie vielleicht noch eine Chance, lebend an die Oberfläche zu gelangen.

»Nein! Du hast versprochen, dass du bei mir bleibst, Olo!«

»Ihr müsst. Bitte. Ihr müsst es schaffen …« Der Schmerz wurde so stark, dass sie die Augen schloss.

Etwas schob sich unter sie und Orla spürte, wie sie hochgehoben wurde und durch die Wasseroberfläche brach. Sie schnappte nach Luft. Als der kühle Atem in ihre Lungen drang, riss sie die Augen auf. Über ihr war Fionn. Er hatte sie alle drei in seiner Hand.

»Ich sagte doch, ich komme wieder und helfe euch«, polterte er.

»Damit hast du dir aber Zeit gelassen bis zur allerletzten Minute!«, beschwerte sich Conor.

Einige Merrows sprangen aus dem Wasser und schnappten nach ihnen. Aber in Fionns Hand waren sie außerhalb ihrer Reichweite. Laut heulend fielen sie zurück ins Wasser und wurden von den Wellen verschluckt. Schon bald war außer ein paar Blasen an der gekräuselten schwarzen Oberfläche nichts mehr von ihnen zu sehen.

Fionn zog mehrere Speere aus seinem Handrücken, als wären es Zahnstocher, und warf sie ins Meer.

Orla lag keuchend auf der Handfläche des Riesen, ihre Schulter pochte. Mit zitternden Fingern nahm sie die Blüten aus ihren Ohren und schob sie in ihre Tasche. Sie versuchte sich aufzusetzen, aber die Welt begann sofort sich zu drehen. Sie konnte gerade noch einen verschwommenen Blick auf die Sterne erhaschen, dann wurde es dunkel.

30

Ein neuer Plan

Als Orla wieder zu sich kam, lag sie im kalten Sand, zugedeckt mit etwas Schwerem, Wollenem. Ihre Schulter brannte wie Feuer. Jemand hatte sie verbunden, sodass sie die Wunde nicht sehen konnte, aber es fühlte sich an, als hätte der Speer sie komplett durchbohrt. Sie erinnerte sich an das rote Wasser und wie die Merrows zu Tausenden auf sie zugeschossen kamen. Um ein Haar hätten sie es nicht geschafft …

Sie sah hinauf zu den Sternen. Es war noch dunkel, zum Glück. Aber wie lange war sie bewusstlos gewesen? Sie durften keine Zeit verlieren! Vor allem jetzt nicht, wo sie die Harfe und damit eine reelle Chance hatten. Sie mussten Gran retten, bevor es Tag wurde und zu spät war.

Aber Moment mal. Wo *war* die Harfe?

Orla sah sich um. Ganz in ihrer Nähe saßen Apollo und Conor, und Orla stellte erleichtert fest, dass die Harfe neben ihnen lehnte. Die Edelsteine auf ihrem Rahmen glitzerten im Mondlicht.

Hinter den beiden war in der Ferne der dunkle Umriss des Pookas zu erkennen, aber von Fionn fehlte jede Spur, mit Ausnahme der Riesensocke, mit der sie zugedeckt war. Orla schob sie zur Seite und versuchte sich aufzusetzen. Ein schmerzhafter Stich fuhr ihr in die Schulter und sie stöhnte.

»Orla!«, rief Apollo erleichtert und kam zu ihr gerannt, während Conor sitzen blieb und ins Leere starrte. »Du bist wach! Gott sei Dank! Ist alles okay? Wie geht es deiner Schulter?«

»Nicht so toll«, murmelte sie und bereute es sofort wieder, als sie selbst im Dunkeln die Sorgenfalten auf Apollos Stirn sah. »Aber es geht schon, wirklich. Kannst du mir die Harfe geben?«

Es gefiel ihr nicht, dass die Harfe unbewacht im Sand lag, nach allem, was sie dafür durchgemacht hatten.

Apollo gab sie ihr, und als ihre Finger die Saiten berührten, war da wieder dieses Prickeln. Sie konnte den Zauber der uralten Musik, die in der Harfe schlummerte, spüren. Es war wie ein Summen tief in ihrem Inneren. Dann fiel ihr wieder ein, wie es ihr in der Versunkenen Stadt nicht gelungen war auf ihr zu spielen, und sie schämte sich überhaupt auf die Idee gekommen zu sein.

»Wo ist Fionn?«, fragte sie.

Apollo ließ die Schultern hängen. »Nachdem er uns gerettet und am Strand abgesetzt hat, ist er gegangen. Er und das Pooka konnten ein paar gute Wolken fangen, solange wir unter Wasser waren. Er will sie nach Hause bringen.«

Orla verließ der Mut. »Er ist weg?«

»Was hattet ihr denn erwartete?«, rief das Pooka höhnisch dazwischen. »Er hat sein Wort gehalten.«

Ja, Fionn hatte sein Wort gehalten. Er war zurückgekommen und hatte ihnen geholfen den Merrows zu entkommen. Hätte er es nicht getan, wären sie jetzt alle tot. Trotzdem war es ein herber Schlag, ausgerechnet jetzt auf seine Hilfe verzichten zu müssen, wo sie so kurz davor waren, Gran zu retten.

»Hat er irgendetwas dazu gesagt, was wir als Nächstes tun sollen?«, fragte Orla niedergeschlagen, obwohl sie schon damit rechnete, dass die Antwort Nein lauten würde.

Apollo schüttelte den Kopf. »Ich habe ihn nicht danach gefragt. Ich habe mir viel zu große Sorgen um dich gemacht. Er hat mir eines seiner Taschentücher geliehen und mir gezeigt, wie ich deine Wunde verbinden muss. Und während ich mich um dich gekümmert habe, ist er einfach gegangen. Tut mir leid.«

»Das muss dir nicht leidtun, Apollo. Nichts von alledem ist deine Schuld.« Es war ihre Schuld. Sie hatte Grans Fenster offen gelassen und sie in diesen Schlammassel geritten. Konnten sie Gran noch retten? Die Harfe hatten sie. Jetzt mussten sie nur noch herausfinden, was als Nächstes zu tun war. Vielleicht brauchten sie Fionn ja gar nicht. Conor kannte sich in magischen Dingen gut aus. Vielleicht wusste er ja weiter …

Aber anstatt ihnen wie üblich einen Vortrag zu halten, wie einfach alles wäre, schwieg Conor.

»Ist alles in Ordnung mit ihm?«, flüsterte Orla.

Apollo zuckte die Schultern. »Das Ganze scheint ihn ziemlich mitzunehmen.«

Es war seltsam, Conor so verzagt zu sehen. Woran dachte er? An seine Familie? Er musste an sie gedacht haben, als er in Todesgefahr gewesen war. Es war nicht fair, ihn in ihre Angelegenheiten mit hineinzuziehen, auch wenn er es anscheinend so gewollt hatte.

Orla betrachtete die glitzernde Harfe. »Ich kann kaum glauben, dass wir sie wirklich haben«, murmelte sie.

»Ja, du warst unglaublich, Olo.«

Trotz allem zuckte ein Lächeln um ihre Mundwinkel. Sie schüttelte den Kopf. »Nein, du warst unglaublich, Polo.«

»Okay. Wir waren beide unglaublich. Wir waren zu dritt gegen eine ganze Armee von Merrows und haben überlebt! Das ist besser als jede von Grans Geschichten. Ich kann kaum erwarten, ihr alles zu erzählen, wenn …« Er schluckte. »*Falls* wir sie wiedersehen«, korrigierte er sich.

»Nicht mehr lange, dann kannst du ihr alles erzählen«, versicherte ihm Orla und versuchte ein bisschen von Conors Zuversicht auszustrahlen. »Wir haben die Harfe, oder etwa nicht?«

»Genau«, stimmte Apollo ihr zu. »Gemeinsam schaffen wir alles.«

»Gemeinsam«, wiederholte Orla. Ihr wurde warm ums Herz. »Vielleicht müssen wir die Wilde Jagd einfach nur herbeirufen, indem wir dreimal laut ihren Namen sagen, wie in dem Lied, und ihnen dann die Harfe im Tausch gegen Gran anbieten.«

Sie musste an ihre erste Begegnung mit Balor denken. Allein die Vorstellung, ihn wiederzusehen, machte ihr Angst und sie begann zu zittern.

Apollo zögerte. »Orla, ich habe mir überlegt … Also, ich möchte Gran unbedingt zurück, das weißt du. Aber ich glaube nicht, dass sie damit einverstanden wäre, wenn wir die Harfe der Wilden Jagd überlassen. Sie ist viel zu mächtig. Du hast selbst gesehen, wie sie eine ganze Merrowarmee in den Schlaf versetzt hat. Was, glaubst du, wird passieren, wenn die Wilde Jagd sie einsetzt? Sie haben auch jetzt schon so viele Menschen geholt und mit der Harfe könnten sie alle anlocken. Sie würden sich noch mehr Großmütter und Eltern und Kinder holen – und *wir* wären schuld!«

Orla biss sich auf die Lippe. Daran hatte sie noch gar nicht gedacht. Sie war viel zu sehr auf Gran konzentriert gewesen. Aber Apollo hatte natürlich recht. Sie hatten mit eigenen

Augen gesehen, wozu die Harfe in der Lage war, und es fühlte sich tatsächlich falsch an, ihre Macht der Wilden Jagd zu überlassen.

»Aber wie sollen wir Gran sonst zurückholen?«, überlegte sie laut. Wenn sie der Wilden Jagd die Harfe nicht gaben, würden sie Gran für immer verlieren. Alles, was sie getan hatten, all die Gefahren, denen sie sich ausgesetzt hatten, wären umsonst gewesen.

Hätten die Elfen doch nur auf Gran gehört und die Wilde Jagd rechtzeitig aufgehalten! Dieses bescheuerte Friedensabkommen. Die einzige Chance, das Elfenvolk während der Mittsommerfeierlichkeiten dazu zu bewegen, das Abkommen zu brechen, wäre, wenn die Wilde Jagd in das Elfenreich eindringen würde. Aber so stark und mächtig sie auch war, das würde die Wilde Jagd wohl kaum wagen. Da war Orla sich sicher. Sie hatte gar keinen Grund dazu. Schließlich war sie nur hinter traurigen Menschen her.

Das Pooka, das ein Stück weiter weg immer noch schmollte, räusperte sich laut. »Ich warte übrigens immer noch auf ein Dankeschön.«

»Und wofür?«, fragte Orla verwirrt.

Das Pooka sah sie finster an. »Für die Blüten natürlich. Hätte ich sie euch nicht gegeben, wärt ihr längst Fischfutter!«

»Da hast du recht«, sagte Apollo. »Danke, Pooka.« Er boxte Orla in die Seite.

»Danke«, sagte sie widerwillig. Es blieb jedoch die Frage, warum das Pooka ihnen die Blüten gegeben hatte? Um sein Versprechen zu halten, musste es nur tun, worum sie es baten. Und um die Blüten hatten sie es nicht gebeten. Wie auch? Sie hatten ja nicht einmal gewusst, dass sie sie brauchen würden.

Das Pooka hatte ihnen also freiwillig geholfen. Das ergab keinen Sinn.

Das Pooka musste nur das Ende der Nacht abwarten – wie auch immer dieses aussehen würde. Danach war es frei zu gehen und zu tun, was ein Pooka eben so tat. Sicher war das sein Plan. Warum hatte es ihnen also geholfen? Der Gedanke beunruhigte Orla.

Als wollten sie ihr einen Hinweis geben, glitzerten die Edelsteine der Harfe im Mondlicht. Und plötzlich begriff Orla, was das Pooka vorhatte. Es wollte die Harfe! Natürlich! Fionn hatte gesagt, kein Fabelwesen könne der Macht der Harfe widerstehen.

Orlas Finger schlossen sich um den Rahmen. Sie brauchten die Harfe, um Gran zu retten. Sie durften sich vom Pooka nicht austricksen und bestehlen lassen. Sie setzte sich noch aufrechter hin und dieses Mal spürte sie ihre Schulter kaum noch.

»Vielleicht müssen wir der Wilden Jagd die Harfe gar nicht geben«, flüsterte sie. »Wir könnten sie auch austricksen.«

Apollo runzelte die Stirn. »Die Wilde Jagd austricksen? Wie meinst du das?«

Orla holte tief Luft und senkte die Stimme noch mehr. Sie wusste, wie gut das Pooka hören konnte. Genauso wie sie wusste, dass ihre Idee der helle Wahnsinn war. »Wir könnten die Wilde Jagd an einen Ort locken, an dem sie nicht sein sollte. Weil sie ein Abkommen brechen würde …«

Apollos Augen weiteten sich. »Du willst die Wilde Jagd ins Elfenreich locken?«

»Wir könnten sie dorthin rufen, indem wir dreimal ihren wahren Namen aussprechen. Dann bieten wir Balor die Harfe an, bestehen aber darauf, dass er uns zuerst Gran gibt. Wenn wir Glück haben, tauchen die Elfen auf, bevor wir ihm die Harfe übergeben. Sobald die Wilde Jagd das Elfenreich betritt, bricht sie das Friedensabkommen und die Elfen werden sich ihr entgegenstellen. Sie werden erkennen, wie stark die Wilde Jagd geworden ist, und sie angreifen und niederschlagen. So würden wir nicht nur Gran, sondern auch unzählige zukünftige Opfer retten.« Orla dachte an Liam Armstrong, Mary Hart und all die anderen Vermissten aus den Zeitungsartikeln in Grans Mappe. Um sie zu retten, war es zu spät, aber sie und Apollo konnten verhindern, dass noch mehr unschuldige Menschen in die Klauen der Wilden Jagd gerieten. »Das war es, was Gran wollte. Sie wollte die Wilde Jagd aufhalten. So würden wir sie nicht nur retten, sondern auch zu Ende bringen, was sie angefangen hat!«

Und vielleicht würde Gran Orla dann auch verzeihen, dass sie ihr Fenster offen gelassen hatte. Vielleicht.

Apollo starrte sie an. Er musste das alles erst verdauen. »Aber wir wissen doch gar nicht, wie wir ins Elfenreich kommen …«, platzte er heraus.

»Doch, wissen wir. Erinnerst du dich nicht? Jeder irische Wald hat ein Tor ins Elfenreich. Das hat Gran immer gesagt. Man muss nur einen Elfenkreis finden, die Augen schließen und schon reist man ins Elfenreich …« Orla dachte an den Steinkreis im Verwunschenen Wald, in dem sich die Elfen vor zwei Nächten versammelt hatten. »Gleich hinter dem Strand beginnt der Wald. Ich bin sicher, dass wir dort einen Elfenkreis finden. Die Elfen sind die Einzigen, vor denen sich die Wilde Jagd fürchtet …«

»Weshalb wir uns auch vor ihnen fürchten sollten«, gab Apollo zu bedenken. »Orla, wir haben es nur mit sehr viel

Glück lebend aus der Versunkenen Stadt herausgeschafft. Dem Elfenreich uneingeladen einen Besuch abzustatten, zudem noch während der Mittsommerfeierlichkeiten … Das ist Selbstmord. Du kannst die Geschichten über die Elfen unmöglich vergessen haben.«

Hatte sie nicht. Jeder Mensch, der während der Feierlichkeiten das Elfenreich betrat, ob beabsichtigt oder nicht, wurde nach den alten Gesetzen der Elfen bestraft. Manche wurden gezwungen so lange zu tanzen, bis sie vor Erschöpfung tot umfielen. Anderen flößte man einen Trank ein, der sie alles vergessen ließ, auch das Atmen. Der Gedanke an die Elfen im Verwunschenen Wald machte Orla Angst.

Aber die Vorstellung, Gran zu verlieren, machte ihr noch mehr Angst.

Und ihnen lief die Zeit davon.

31

Die Wahrheit kommt ans Licht

Apollo schüttelte den Kopf. »Es ist zu gefährlich, Orla. Außerdem bist du verletzt.«

»Mir geht's gut.«

»Es muss einen anderen Weg geben.«

»Gibt es aber nicht. Und Zeit, hier herumzusitzen und zu diskutieren, haben wir auch keine. Sobald es Morgen wird, wird Gran nicht mehr zu retten sein, genau wie all die anderen, die die Wilde Jagd entführt hat.«

Apollo schien hin- und hergerissen. Sein Blick wanderte immer wieder zu Orlas verbundener Schulter.

»Ich kann auch allein gehen«, schlug sie vor.

»Auf gar keinen Fall!«, rief er entgeistert. »Das letzte Mal, als wir uns getrennt haben, war das keine gute Idee. Außerdem haben wir gerade eben gesagt, wir machen das gemeinsam.«

»Ja, aber …«

»Kein Aber, Orla! Es ist zu gefährlich. Dein Plan könnte ganz fürchterlich schiefgehen. Ich muss darüber nachdenken. In der Schatzkammer habe ich die Harfe einfach genommen, ohne nachzudenken, mit dem Ergebnis, dass du jetzt schwer verletzt bist. Ich werde denselben Fehler nicht noch mal machen.«

»Dass ich verletzt wurde, war doch nicht dein Fehler! Du hast das einzig Richtige getan. Hättest du sie nicht genommen, hätten wir die Harfe jetzt nicht.«

Aber Apollo schüttelte den Kopf. »Ich überlege mir etwas anderes. Lass mich einfach kurz nachdenken.«

Apollo ging über den Strand ans Meer, wo er mit gerunzelter Stirn aufs Wasser starrte. Orla seufzte. Im Grunde war es eine gute Sache, dass ihr Bruder immer alles genau durchdenken wollte. Aber im Moment durften sie einfach keine Zeit vergeuden. Ihr Hals war rau wie Schmirgelpapier. Sie entdeckte die Wasserflasche und trank einen Schluck.

»Alles in Ordnung, Conor?«, rief sie.

Conor schreckte aus seinen Gedanken. »Ja, alles in Ordnung.« Er versuchte zu lächeln, was ihm aber nicht so recht gelang. Orla hätte gerne nur ein winziges bisschen von seiner Unbeschwertheit gehabt. Seine überhebliche Art ging ihr zwar manchmal gehörig auf die Nerven, aber sie gab ihr auch Zuversicht, genau wie seine Freundschaft und seine Loyalität. Conor hätte sie jederzeit im Stich lassen können, was er nicht getan hatte. Plötzlich wurde Orla klar, dass sie ihn mochte, und ihn so niedergeschlagen zu sehen bereitete ihr Sorgen.

»Wie sieht unser Plan aus?«, fragte Conor mit Blick auf die Harfe.

»Das versuchen wir gerade herauszufinden … Irgendwelche Vorschläge?«

»Habt ihr schon daran gedacht, sie zu benutzen?«, fragte Conor ruhig. Im ersten Moment dachte Orla, er hätte ihren Vorschlag, die Wilde Jagd mit der Harfe in eine Falle zu locken, gehört und wollte ihren Plan näher erklären. Doch dann fügte Conor hinzu: »Du könntest auf ihr spielen. Wer die Harfe beherrscht, hat ihre Macht in den Fingerspitzen und kann tun, was immer er will ... Wäre das nicht grandios?«

Sein Vorschlag überraschte Orla. Sie schüttelte den Kopf. »Ich habe schon unter Wasser versucht auf ihr zu spielen und konnte es nicht.«

»Weil du es nicht wirklich wolltest.«

»Was?« Woher zum Teufel wusste Conor das?

»Du hast die Musik in dir.« Er sah sie an. »Ich habe es schon gespürt, als du für die Wassergeister gesungen hast. Du hast eine besondere Gabe, aber du verbietest dir sie auszuschöpfen. Deshalb konntest du die Harfe nicht spielen. Warum tust du das?« Er klang, als würde ihn das wirklich interessieren.

Fast hätte sie geschwiegen, aber was er gesagt hatte, stimmte. »Wegen meiner Mum«, sagte sie leise. »Wir haben immer gemeinsam Musik gemacht.«

»Und deshalb verzichtest du jetzt darauf?«

Orla fühlte sich bloßgestellt. »Ja, Musik erinnert mich an Mum und diese Erinnerungen tun zu sehr weh. Musik hat immer bewirkt, dass sie sich besser fühlte, und ich dachte, wenn ich nur gut genug wäre, könnte ich sie damit retten ... Aber das konnte ich nicht. Auch die Musik konnte sie nicht retten. Nichts konnte sie retten, sosehr ich es mir auch gewünscht habe. Die Musik hat mich im Stich gelassen, so wie alles andere auch. Es hat sich nicht mehr richtig angefühlt, sich an ihr zu freuen – oder an sonst irgendetwas. Deshalb habe ich aufgehört zu spielen und zu singen.« Sie schluckte. »Und nun verlieren wir Gran vielleicht auch noch ... und ich bin schuld.« Heiße Tränen traten ihr in die Augen.

Conor runzelte die Stirn. »Wie kommst du denn darauf? Das ist doch nicht deine Schuld!«

»Doch«, schluchzte sie. Sie konnte es nicht länger für sich behalten. »In der Nacht, in der Gran verschwunden ist, habe ich ihr Fenster offen gelassen. Ich bin rausgeklettert, um ihr zu folgen, und gar nicht auf die Idee gekommen, dass ... Ich wollte unbedingt herausfinden, was Gran vor uns verheimlicht, und war wütend, weil sie mir nicht alles erzählt hat. Ich bin schuld, dass die Wilde Jagd sie aus ihrem Zimmer stehlen konnte ...«

Hinter ihr schnappte jemand nach Luft. Orlas Herz zog sich zusammen. Als sie sich umdrehte, stand dort Apollo, schockiert und verletzt.

»Du hast Grans Fenster offen gelassen?«

»Apollo ...«

Er schüttelte fassungslos den Kopf. »Trotz ihrer Warnungen? Obwohl sie uns tausendmal gebeten hat, alle Fenster zu verriegeln?«, schrie er wütend.

»Ich weiß. Es war furchtbar dumm, Apollo. Du hast allen Grund, sauer zu sein. Ich bin selbst wütend auf mich, aber wir haben jetzt keine Zeit ...«

»Und das Schlimmste ist, du hast es mir nicht einmal gesagt! Conor hast du es erzählt. Hattest du vor es deinem Bruder auch irgendwann einmal zu gestehen? Oder wolltest du mich weiter anlügen?« Tränen liefen ihm übers Gesicht. »Du hast gesagt, wir machen das gemeinsam, Orla. Aber du denkst immer nur an dich!«

»Apollo ...«, begann sie. Aber es gab nichts, was sie hätte sagen können, um das wieder in Ordnung zu bringen. Sie hätte ihm die Wahrheit sofort sagen müssen. Und sie hätte dieses Fenster nie öffnen dürfen.

Sie griff nach Apollos Hand, aber er zog sie zurück. »Lass mich in Ruhe!«, brüllte er und rannte davon.

»Apollo! Warte!«, schrie sie ihm hinterher.

Aber Apollo rannte immer weiter, bis er nur noch ein kleiner Umriss am anderen Ende des Strands war.

Orla wollte ihm hinterherlaufen, aber die Harfe in ihrer Hand zog sie in Richtung Wald. Sie hatte jetzt keine Zeit, die Sache mit Apollo in Ordnung zu bringen – selbst wenn sie es gekonnt hätte. Sie musste versuchen Gran zu retten. Wenn sie Gran retten konnte, würde Apollo ihr vielleicht verzeihen. Und wenn nicht, würde sie ohnehin beide verlieren und dann war es egal, wenn sie das hier nicht überlebte …

Orlas Entschluss stand fest. Sie würde endlich die große Schwester sein, die ihr Bruder verdiente. Sie wechselte die Harfe in die Hand auf ihrer unverletzten Seite und nahm sich eine Taschenlampe. Stöhnend und mit zitternden Beinen stand sie auf.

»Geh ihm nach«, forderte sie das Pooka auf. »Sorge dafür, dass es ihm gut geht, und beschütze ihn mit deinem Leben. Das ist eine Bitte.«

Die orangefarbenen Augen den Pookas blitzten zornig. Es gefiel ihm ganz und gar nicht, herumkommandiert zu werden. Aber solange sein Versprechen noch gültig war, konnte es eine direkte Bitte nicht ausschlagen. Missmutig trottete es Apollo hinterher.

Als das Pooka sie nicht mehr hören konnte, sagte sie zu Conor: »Würdest du den beiden hinterhergehen und dich um Apollo kümmern? Ich traue dem Pooka nicht. Versprechen hin oder her.«

»Und wo gehst du hin?«, fragte Conor verwirrt.

»Ins Elfenreich.« Sie marschierte los in Richtung des dunklen Waldes, der hinter dem Strand lag.

»Was? Allein?« Conor blieb der Mund offen stehen. »Sie werden dich umbringen!«

Orla ging unbeirrt weiter. »Ich muss versuchen das wieder in Ordnung zu bringen. Und ich will euch nicht noch einmal einer so großen Gefahr aussetzen, keinen von euch. Du wirst mich nicht davon abbringen, Conor. Bitte geh und sieh nach Apollo, okay?«

Orla fiel auf, dass dies vielleicht das letzte Mal war, dass sie mit Conor sprach. Da war so viel, wofür sie ihm danken wollte, aber sie brachte es nicht übers Herz, sich von ihm zu verabschieden. Stur ging sie weiter in Richtung Wald, ohne sich noch einmal umzudrehen.

Weshalb sie weder die orangefarbenen Augen des Pookas in der Dunkelheit aufblitzen sah noch die Schritte hörte, die ihr folgten.

32

Verirrt im Wald (schon wieder)

Orla stolperte zwischen den dunklen Bäumen hindurch, den dünnen Strahl ihrer Taschenlampe auf die Farnbüschel und knorrigen Wurzeln am Boden gerichtet. Aus der Dunkelheit ragten tief hängende Äste hervor, unter denen sie sich hindurchducken musste, und immer wieder streiften unsichtbare Spinnweben ihr Gesicht und ließen sie schaudern. Der nasskalte Geruch nach verrottendem Laub verstopfte ihr die Nase. Obwohl die Wunde in ihrer Schulter pochte und die Harfe sie beim Gehen behinderte, presste Orla das Instrument fest an sich, während sie immer tiefer in den Wald vordrang, in der Hoffnung, auf einen Elfenkreis zu stoßen. Es musste einen geben.

Verängstigt lauschte Orla auf Flügelschläge, wobei ihr eigener Atem ihr furchtbar laut vorkam. Der Schreck ihrer letzten Begegnung mit der Wilden Jagd saß ihr noch immer in den Knochen. Die Schreie. Und die tiefe Traurigkeit, die über sie gekommen war …

Sie blieb stehen.

Was war das? Ein leises Flügelschlagen? Nein, das bildete sie sich nur ein. Sie zwang sich alle traurigen Gefühle zu unterdrücken, um die Wilde Jagd nicht anzulocken.

Sie hoffte, dass mit Apollo alles in Ordnung war und das Pooka und Conor gut auf ihn aufpassten. Sie fühlte sich schrecklich, weil sie ihn zurückgelassen hatte, obwohl sie versprochen hatte bei ihm zu bleiben. Und das ausgerechnet jetzt, wo er herausgefunden hatte, dass sie ihn angelogen hatte. Sein verletzter Blick tat ihr immer noch in der Seele weh. Aber sie musste es tun – für ihn und für Gran. Sie würde den Elfenkreis finden, Gran retten und die Familie wieder zusammenbringen.

Aber je tiefer Orla in den Wald kam, umso größer wurden ihre Zweifel. Nirgends waren moosbewachsene Steine wie die im Verwunschenen Wald zu entdecken und Orla hatte keine Ahnung, wie sie sie finden sollte. Was, wenn der Elfenkreis hier besser versteckt war? Oder es in diesem Wald gar keinen gab?

Wieder war dieses Geräusch zu hören. Schwach, aber dieses Mal ganz deutlich.

Schritte.

Orla wirbelte herum. Ihr Herz hämmerte gegen ihre Rippen.

Da war niemand.

Dieses Mal war Orla sich jedoch sicher, dass sie es sich nicht eingebildet hatte. Sie begann zu laufen. Der Wald wurde dichter. Es war schwer, sich zwischen den Bäumen fortzubewegen, vor allem ohne die Harfe zu beschädigen.

Orla stolperte über eine Wurzel und fiel. Die Taschenlampe glitt ihr aus der Hand und rollte einen Abhang hinunter. Orla warf die Harfe hinter sich, um sie bei ihrem Sturz nicht kaputt zu machen, bevor sie der Lampe hinterher kopfvoraus in einen Graben purzelte. Schwer atmend blieb sie liegen. Ihre Schulter brannte höllisch, aber ansonsten schien sie sich nichts getan zu haben. Ein paar Sekunden später entdeckte sie die Taschenlampe und leuchtete damit den Hang hinauf. Die Edelsteine der Harfe glitzerten.

Stöhnend drehte Orla sich auf die Knie und stand auf. Als sie den Hang ein zweites Mal hinaufleuchtete, schnappte sie nach Luft.

Die Harfe war weg.

Panisch sah sie sich um und ihr blieb fast das Herz stehen. Nicht weit entfernt, aber außerhalb der Reichweite der Taschenlampe stand eine schattenhafte Gestalt mit der Harfe in der Hand.

Dann warf die Gestalt ihre Haare zurück und Orla seufzte erleichtert. »Conor!«, rief sie. »Was machst du hier? Wolltest du dich nicht um Apollo kümmern? Aber ich muss zugeben, ich bin froh dich zu sehen. Bist du mir gefolgt?«

Orla war erleichtert. Conor würde wissen, wo der Elfenkreis zu finden war. Es war dumm von ihr gewesen ihn nicht gleich danach zu fragen. Aber Conor stand einfach nur da und beobachtete sie schweigend.

»Hilfst du mir bitte?« Sie streckte ihre Hand aus.

Conor bewegte sich nicht. Ein kalter Schauder lief ihr über den Rücken. Warum half er ihr nicht?

»Wo ist Apollo?«

Conor drehte sich um. »Tut mir leid, Orla.«

Orla schüttelte den Kopf. »Was? Warum … Hey, wo willst du hin? Stopp! Gib sie zurück!«

Aber Conor war bereits verschwunden. Und die Harfe hatte er mitgenommen.

»Conor!«, schrie Orla ihm hinterher. Der merkwürdige Blick in seinen Augen fiel ihr wieder ein und was er gesagt hatte. *Wer die Harfe beherrscht, hat ihre Macht in den Fingerspitzen und kann tun, was immer er will ...* Die Erkenntnis traf sie wie ein Schlag in den Magen: Conor wollte die Harfe für sich haben. Er hatte sie hintergangen.

Orla ignorierte ihre schmerzende Schulter, umklammerte die Taschenlampe und kletterte aus dem Graben. Sie rannte zwischen den Bäumen hindurch, aber Conor war spurlos verschwunden. Ihre Gedanken rasten. Wie lange hatte er das schon geplant? Von Anfang an? War alles, was er gesagt hatte, gelogen? Sie hatte ihm vertraut. Sie hatte geglaubt, er wäre ihr Freund. Sie verfluchte sich für ihre Dummheit. Das war Apollos Einfluss. Da konnte man mal wieder sehen, wohin es einen brachte, wenn man den Leuten blind vertraute!

Mum war tot, Gran verschwunden und Dad sehr weit weg. Und nun, da er wusste, dass sie schuld an Grans Verschwinden war, und sie auch noch die Harfe, ihre einzige Möglichkeit, Gran zu retten, verloren hatte, würde Apollo ihr nie im Leben verzeihen. Und ausgerechnet Conor, dem sie beide vertraut hatten, hatte sie schamlos hintergangen und ihnen ihre einzige Hoffnung gestohlen.

Orla hörte auf zu laufen und sank auf die Knie. Sie wollte sich nur noch zusammenrollen und für immer in diesem Wald liegen bleiben. Was spielte es jetzt noch für eine Rolle? Wofür sollte sie noch kämpfen? Noch nie hatte Orla sich so hilflos gefühlt.

Alles war verloren.

Plötzlich war im Unterholz ein merkwürdiges Rascheln zu hören. Aus den dunklen Büschen heraus beobachtete sie ein orangefarbenes Augenpaar. »Sieht aus, als hättest du die Nacht deines Lebens.«

Orla blieb der Mund offen stehen. »Pooka?«

»Wie kommst du denn darauf? Du hast doch sicher noch mehr Bekannte mit orangefarbenen Augen, denen aufgrund eines törichten Versprechens nichts anderes übrig bleibt, als immer wieder aufzutauchen und dir zu helfen. Natürlich bin ich das! Wäre es zu viel verlangt, mir zu erklären, was du hier treibst? Hattest du Lust auf eine kleine einsame Nachtwanderung im Wald? Wie ich sehe, ist es dir gelungen, die Harfe schon wieder zu verlieren. Herzlichen Glückwunsch!«

»Ich habe sie nicht verloren«, entgegnete Orla voller Wut und Verzweiflung. »Conor ist damit abgehauen!«

Die Augen des Pookas weiteten sich ein wenig. »Conor hat sich die Harfe geschnappt? Interessant. Ich wusste, dass mit ihm etwas nicht stimmt. Er riecht komisch. Damit will ich sagen, noch komischer als der Rest von euch. Irgendwie … süßlich.«

Orla schloss die Augen. »Bitte, tu mir den Gefallen und spar dir deinen Vortrag, wie blöd ich bin oder wie schlimm ich stinke. Noch schlechter als im Moment kann ich mich ohnehin nicht fühlen.«

»Bist du sicher? Ich würde es auf einen Versuch ankommen lassen …«

Orla seufzte. Das hatte ihr gerade noch gefehlt. Was hatte das Pooka hier verloren? War es nur gekommen, um sich über sie lustig zu machen? Oder war es hinter der Harfe her? Falls ja, war es zu spät gekommen. Wenn es die Harfe wollte, musste es sie Conor wieder abjagen. »Hatte ich dich nicht gebeten, bei Apollo zu bleiben?«

»Hast du.«

»Nun, Apollo ist eindeutig nicht hier. Warum also du? Bist du nur gekommen, um mich zu beleidigen? Dafür würdest du doch niemals dein Versprechen brechen und sterben.«

»Nein«, bestätigte das Pooka. Es kam ein Stück näher und setzte sich im Schneidersitz vor Orla auf den Boden. »Aber leider kann ich nicht anders. Es ist einfach zu leicht, dich zu beleidigen. Ich bin jedoch nicht trotz, sondern wegen meines Versprechens hier. Dein Bruder hat mich gebeten zu dir zu gehen und hier bin ich. Er wollte, dass ich dich finde, bevor du etwas Dummes tust. Sieht allerdings ganz so aus, als wäre es dafür schon zu spät.«

»Aber ich hatte dich darum gebeten, bei ihm zu bleiben!«

»Er hat deine Bitte mit seiner außer Kraft gesetzt.«

Orla fühlte sich, als hätte sie einen Eisklumpen im Magen. Das bedeutete, dass Apollo ganz allein und damit der Wilden Jagd ausgesetzt war. Und das ausgerechnet jetzt, wo er so verletzt war wegen dem, was sie getan hatte.

»Na gut, dann bitte ich dich zu ihm zurückzugehen.«

»Tut mir leid, aber das kann ich nicht. Dein Bruder ist schlauer als du. Er hat mich gebeten bei dir zu bleiben, auch wenn du mich um etwas anderes bittest.«

Orla seufzte. Typisch Apollo.

»Also, willst du nun die ganze Nacht hier sitzen und diskutieren oder lieber versuchen deine Großmutter zurückzuholen, bevor es zu spät ist?«

»Ich will natürlich Gran retten, aber …«

»Und wie ist dein Plan?«, unterbrach das Pooka sie.

Orla starrte es an. Es gab keinen Plan mehr, das war ja das Schlimme. Der Plan war futsch. Es sei denn …

»Kannst du Conor aufspüren? Können wir ihm die Harfe wieder abnehmen?«

Das Pooka schnüffelte und schüttelte den Kopf. »Ich wittere hier nur Elfenstaub. Der ganze Wald stinkt danach. Seltsam ist das trotzdem. Ich sollte zumindest in der Lage sein, seine Spur aufzunehmen, aber er ist wie vom Erdboden verschluckt.«

Na toll. Vielleicht hatte Conor schon herausgefunden, wie er die Zauberkraft der Harfe nutzen konnte. Zuzutrauen wäre es ihm. Wahrscheinlich wusste er schon die ganze Zeit etwas über die Harfe, das er ihnen nicht verraten hatte.

Was sollte sie also tun? Fionn hatte gesagt, die Harfe wäre das Einzige, womit sie Gran zurückbekommen konnten. Aber die Zukunft konnte auch er nicht vorhersagen ... Vielleicht gab es ja doch einen anderen Weg. Vielleicht konnte sie mithilfe des Pookas ins Elfenreich gelangen und die Wilde Jagd auch ohne die Harfe rufen, indem sie dreimal ihren wahren Namen aussprach. Der Plan war zwar noch verwegener als ihr letzter, aber was hatte sie noch zu verlieren?

Zu allem entschlossen wandte Orla sich wieder dem Pooka zu. »Kannst du mich zum Elfenkreis führen? Es muss in diesem Wald einen geben.«

Die Augen des Pookas funkelten. »Natürlich kann ich das. Die Frage ist, ob ich es auch möchte. Was willst du dort überhaupt? Möchtest du auf deinem kleinen Nachtspaziergang auch noch ein bisschen tanzen? Du weißt, dass es Nicht-Elfen strengstens verboten ist, das Elfenreich während der Mittsommerfeierlichkeiten zu betreten, oder? Vor allem Menschen.«

Orla biss sich auf die Lippe. Sie wusste, dass es riskant war. Aber wahrscheinlich rechneten die Elfen genauso wenig damit, dass es jemand wagen könnte, die Grenze ihres Königreichs zu übertreten, wie die Merrows. Dadurch gewann sie vielleicht ein wenig Zeit. Trotzdem fragte Orla sich, weshalb das Pooka ihr das alles erzählte. Es klang fast, als wollte es sie warnen. Aber wahrscheinlich hatte es nur Angst, dass Orla es zwingen würde mitzukommen.

»Bring mich dorthin. Bitte.«

»Aber warum? Oh, verstehe!« Das Pooka stellte die Ohren auf. »Du willst, dass die Wilde Jagd ihr Friedensabkommen bricht. Das ist riskant, sehr riskant …«

Orla seufzte. »Was war denn bisher nicht riskant? Wenn mein Plan aufgeht, hast du dein Versprechen bald eingelöst.«

»Und wenn nicht?«

»Dann ist dein Versprechen hinfällig.« *Weil Gran dann für immer verloren oder tot ist und ich auch*, fügte sie in Gedanken hinzu.

Das Pooka schien zu verstehen, worauf sie hinauswollte. »Und was ist mit deinem blauhaarigen Bruder?« Schon wieder klang es fast so, als würde sich das Pooka Sorgen machen.

Orla schluckte. Sie wollte lieber nicht darüber nachdenken, was aus Apollo wurde, wenn weder sie noch Gran zurückkamen. »Ich habe mich entschieden«, brummte sie. »Und keine Sorge, ich werde dich nicht zwingen mitzukommen, wenn es das ist, wovor du Angst hast.«

Die Augen des Pookas blitzten. »Na gut«, sagte es und stellte sich wieder auf alle viere. »Dann komm. Das Ding da würde ich aber lieber mitnehmen. Vielleicht kannst du es noch gebrauchen.« Es deutete auf die Taschenlampe. Dann machte es kehrt und verschwand zwischen den Bäumen.

Orla stand schnell auf, nahm ihre Taschenlampe und folgte ihm. Immer wieder verschmolz sein zotteliges schwarzes Fell mit den Schatten und es fiel Orla schwer, es nicht aus den Augen zu verlieren, aber dieses Mal wartete das Pooka, wenn sie zurückblieb.

Auch wenn es wahrscheinlich nur ein paar Minuten waren, fühlte es sich an, als liefen sie ewig, bis sie endlich an eine von großen, moosbewachsenen Steinen gesäumte Lichtung kamen.

Der Elfenkreis sah genau aus wie der im Verwunschenen Wald!

Vorsichtig, aber entschlossen stellte sich Orla in die Mitte, schloss die Augen und wartete.

Sie wartete ziemlich lange.

Aber es passierte nichts.

Sie öffnete ein Auge und sah zum Pooka.

Es starrte sie ungläubig an. »Du hast keine Ahnung, was du tun musst. Habe ich recht?«

»Ähm, nein … nicht wirklich. Also ich weiß, dass man sich in die Mitte stellen muss und die Augen schließen. Ich dachte, dann passiert es einfach.«

»*Du dachtest, es passiert einfach?* Ohne dein Zutun? Wie so eine Art magischer Aufzug ins Elfenreich?«

Orla biss sich auf die Lippe. »So war es in Grans Geschichten«, gab sie zu.

»Eure Geschichten haben uns schon einige Schwierigkeiten eingebrockt. Das, worauf es ankommt, sparen sie immer aus. Weshalb ich im Übrigen auch einige Bedenken habe, was den Rest deines Plans anbelangt.« Das Pooka schüttelte den Kopf. »Aber was rede ich … Also, du musst die Augen schließen und dabei ans Königreich der Elfen denken. Sonst kommst du nie dorthin.«

»Und wie, bitte schön, soll das gehen, wenn ich noch nie dort war?«

Das Pooka verdrehte die Augen.

»Na ja, ein bisschen was weiß ich aus Grans Geschichten …

Daran kann ich ja denken!«, sagte Orla schnell. Sie hasste es, sich lächerlich zu machen.

Sie kniff die Augen zusammen und dachte an das Elfenreich. Aber irgendwie konnte sie sich an die Details nur sehr verschwommen erinnern. Ihre Gedanken schweiften immer wieder ab zu Gran und Apollos verletztem Blick. Vielleicht würde sie die beiden nie wiedersehen.

Nachdem sie eine Weile gewartet hatte, öffnete Orla gespannt die Augen. Sie war immer noch im selben Wald. Fragend sah sie zum Pooka, das ihre Unfähigkeit kaum fassen konnte.

»Es hat wieder nicht funktioniert!«, stöhnte sie.

»Offensichtlich«, blaffte das Pooka. »Du konzentrierst dich nicht.«

»Ich versuch's ja ... Es muss einfach klappen!« Orla schüttelte verzweifelt den Kopf. Ihre Augen füllten sich mit Tränen. Schnell wischte sie sie weg und kniff die Augen erneut zusammen. Aber es passierte wieder nichts.

»Oh, Trollpopel noch mal«, hörte sie das Pooka fluchen. »Du bist viel zu verkrampft. Du siehst aus, als müsstest du kacken. Hier!«

Eine scharfe Kralle kratzte über ihre Handfläche, aber dann spürte sie das überraschend weiche Fell einer Pfote. Sie blinzelte. Neben ihr stand auf den Hinterbeinen das Pooka, das mit verzerrtem Gesicht ihre Hand hielt.

»Igitt!«, brummte es. »Die fühlt sich genauso nackt und klebrig an, wie ich befürchtet hatte ... Okay, sieht ganz so aus, als würde mal wieder alles an mir hängen bleiben. Los, schließ die Augen. Und egal was passiert, lass mich auf gar keinen Fall los!«

33

Das Königreich der Elfen

Orla schloss die Augen. Im selben Moment rauschte es in ihren Ohren und der Boden unter ihren Füßen verschwand. Dann taumelte sie durch die Luft, wobei sie einen Purzelbaum nach dem anderen schlug. Kurz versuchte sie die Augen zu öffnen, machte sie aber sofort wieder zu. Die Welt raste in einem so halsbrecherischen Tempo an ihr vorüber, dass ihr schlecht wurde und sie die Pfote des Pookas noch fester umklammerte. Seine Krallen stachen ihr in die Haut, trotzdem wagte sie nicht es loszulassen.

Als sie gerade dachte, sie würden bis in alle Ewigkeit fallen, landete sie unsanft auf moosigem Boden. Orla schlug so unglücklich mit ihrer verletzten Schulter auf, dass sie die Pfote des Pookas losließ und sich stöhnend auf den Rücken rollte.

Sie sah auf. Anfangs drehte sich noch alles und bunte Lichter tanzten vor ihren Augen, doch dann beruhigte sich ihr Blick und sie erkannte, dass sie in der Mitte eines anderen Steinkreises in einem anderen Wald gelandet waren.

Ihre Umgebung war irgendwie die gleiche und doch komplett anders.

Sowohl die Steine als auch die Bäume waren hier sehr viel

größer und um die Äste waren bunte Lichterketten geschlungen. Nein, das waren keine Lichterketten, stellte Orla erstaunt fest. Das waren Glühwürmchen! Die Sterne über den Baumwipfeln leuchteten heller, als sie es je gesehen hatte, und es stand nicht nur ein Mond am Himmel, sondern drei. Ein goldener Nebel schimmerte in der Luft und von irgendwoher wurde fröhliche Musik in die Lichtung getragen.

»Bäh! Das ist ja nicht auszuhalten, wie es hier nach Elfenstaub stinkt!«, beklagte sich das Pooka.

Orla schnupperte vorsichtig. Ausnahmsweise hatte es einmal recht mit seinem Genöle. Die Luft roch tatsächlich unangenehm süßlich. »Riecht nach verbrannten Marshmallows.«

»Ah, dann kannst du also doch riechen! Sehr gut. Ich habe mich schon gefragt, wozu du eigentlich diese Nasenlöcher hast.«

Außerhalb des Steinkreises wuchsen zwischen riesigen Baumwurzeln Blauglöckchen, so hoch wie Straßenlaternen. In die Baumstämme waren Türen mit feinen Schnitzereien eingelassen, die man nur erreichte, wenn man sehr gut klettern konnte – oder fliegen. *Elfenhäuser.* Ein blauer Schmetterling mit goldenen Flügelspitzen tanzte vor ihrer Nase. Dann noch einer. Und noch einer. Bis ein ganzer Schwarm um Orla und das Pooka herumflatterte.

Das Pooka jaulte und schlug mit den Krallen nach ihnen. »Verschwindet, ihr blöden Petzen!«

Blitzschnell flatterten die Schmetterlinge davon.

»Ähm, nein. Ich hab's mir anders überlegt. Kommt zurück!«, schrie das Pooka ihnen hinterher. »Wahrscheinlich sind sie jetzt auf dem Weg zu König Oberon, um ihm zu sagen, dass wir hier sind«, erklärte es Orla. »Klingt so, als würde er eine Party schmeißen – wer hätte das gedacht? Aber bestimmt ist er trotzdem gleich hier, um uns dafür zu bestrafen, dass wir in sein Gebiet eingedrungen sind. Bin gespannt, was er sich Lustiges für uns ausdenkt.«

Das Pooka hatte die Hasenohren angelegt und sein Schwanz schlug hektisch hin und her. Offenbar hatte es vor den Elfen ebenso viel Angst wie vor den Wassergeistern. Orla wusste, was Apollo jetzt sagen würde, wenn er hier wäre. So scheußlich das Pooka sich auch benahm und obwohl es mehrfach versucht hatte, dafür zu sorgen, dass sie umgebracht wurden, war es nicht fair, es zu zwingen sie auf dieser wahnsinnigen Mission zu begleiten. Aber im Grunde hatte sie das auch nicht getan. Sie hatte das Pooka nicht gebeten mitzukommen. Es war wie mit den Blüten. Das Pooka hatte ihr geholfen, ohne dass sie es direkt darum gebeten hatte. Warum?

Als Orla sah, wie es verängstigt am Boden kauerte, wusste sie, was sie zu tun hatte. Aber war es nicht komplett verrückt, das Pooka ausgerechnet jetzt gehen zu lassen? Es wusste so vieles über diesen Ort, und sie quasi nichts. Und trotzdem war es vielleicht besser, es zurückzuschicken, um nach Apollo zu sehen. Andererseits hatte sie ja vor, die Wilde Jagd hierherzurufen. Dann wäre Apollo hoffentlich sicher vor ihr. Orla fiel wieder ein, was er ihr vorgeworfen hatte.

Du denkst immer nur an dich, Orla!

Es war egoistisch, das Pooka gegen seinen Willen festzuhalten. Nichts anderes machte die Wilde Jagd mit Gran. Orla wollte nicht mehr nur an sich denken. Sie wollte das Richtige tun. Auch wenn es ein denkbar ungünstiger Moment war, damit anzufangen.

»Du kannst gehen. Du musst mir nicht mehr helfen. I-Ich

befreie dich von deinem Versprechen«, fügte sie unsicher hinzu, ohne zu wissen, ob sie das überhaupt konnte.

Das Pooka starrte sie erstaunt an. Seine Hasenohren schnellten in die Höhe. »Du befreist mich?«

»Ja ... Das geht doch, oder?«

»Schon, aber ihr habt eure Großmutter noch nicht zurück. Ich hatte versprochen euch mit allem, worum ihr mich bittet, zu helfen, bis ihr sie wiederhabt.«

»Ich weiß. Aber du hast uns schon genug geholfen. Ohne dich wäre ich nicht hier. Mir ist klar, wie gefährlich das ist. Und ich möchte wegen der dummen Fehler, die ich gemacht habe, niemanden mehr in Gefahr bringen. Ich habe das alles verursacht, also muss ich es auch wieder in Ordnung bringen. Allein.«

Das Pooka starrte sie weiter an.

»Was ist?«, fragte sie unsicher und sah über ihre Schulter, ob dort Elfen waren. Dann fasste sie sich an die Wange. »Habe ich etwas im Gesicht?«

Das Pooka schüttelte den zotteligen Kopf. »Du und dein Bruder ... ihr seid nicht, wie ich mir Menschen vorgestellt habe.«

»Wie dachtest du denn, dass wir Menschen sind?«

»Dumm. Gemein. Geizig. Grausam ...«

»Schon gut. Ich hab's verstanden.«

»... aber dann hat dein Bruder mir das Leben gerettet. Und jetzt sagst du mir, dass ich gehen kann, obwohl du mich dazu zwingen könntest zu bleiben. Warum?«

Orla zuckte die Achseln. »Weil Apollo das tun würde. Und das bedeutet, dass es das Richtige ist. Aber wir sollten jetzt alle beide schnell von hier verschwinden.«

Das Pooka nickte. »Elektrisches Licht«, sagte es und seine orangefarbenen Augen glühten.

»Was?«, fragte Orla verwirrt.

»Direktes elektrisches Licht. Das ist die große Schwäche der Wilden Jagd. Neben dem dreimaligen Nennen ihres wahren Namens und der Gier nach traurigen Menschen.« Das Pooka deutete auf die Taschenlampe in Orlas Hand. Nun begriff sie auch, warum es darauf bestanden hatte, dass sie sie mitnahm. Orla umklammerte die Lampe, froh wenigstens etwas zu ihrer Verteidigung zu haben.

»Danke.«

»Auf Wiedersehen, Orla. Viel Glück.«

Orla nickte und trat aus dem Steinkreis. »Tschüss, Pooka. Dir auch.«

Das Pooka stellte sich in der Mitte des Kreises auf die Hinterbeine, schloss die Augen und war verschwunden. Hätte ihr noch vor einem Tag jemand gesagt, sie würde traurig sein, wenn das Pooka ging, hätte sie ihn ausgelacht. Aber sie war tatsächlich traurig. Es gab nun kein Zurück mehr. Und sie war völlig allein. Wieder einmal.

Das Lied über die Wilde Jagd schoss ihr durch den Kopf und ihr wurde ganz flau.

Die Wilde Jagd reitet in den Schatten der Nacht,
hat immer schon Furcht und Verzweiflung gebracht.

Sie labt sich an deinem Kummer und Graus.
Was immer du tust, sprich ihren Namen nicht aus.

Denn sprichst du ihn laut, ein drittes Mal,
quillt hervor eine Wolke, pechschwarz und brutal:

Biester und Monster mit einst sterblichem Herzen,
Seelenfresser, gierig nach Trauer und Schmerzen.

Orla holte all den Schmerz und die Trauer, die sie normalerweise tief in ihrem Inneren verbarg, an die Oberfläche. Sie dachte an die vielen Male in den letzten zwei Jahren, an denen sie sich gewünscht hatte, ihre Mum wäre noch da – um zu Elternabenden zu gehen, ihr einen Gutenachtkuss zu geben, sie von der Schule abzuholen oder ihr einen guten Rat zu geben. Eigentlich sehnte sie sich jeden Tag und jede Sekunde nach ihr. Sie dachte daran, wie schrecklich es war, mit ansehen zu müssen, wie Mum immer kränker wurde, und zu wissen, dass niemand ihr helfen konnte – wie traurig und kraftlos Dad deshalb war. Sie dachte daran, wie gemein sie zu Apollo war und wie oft sie ihn zum Weinen gebracht hatte. An Apollos verletzten Gesichtsausdruck und wie recht er hatte, als er sagte, sie wäre egoistisch. Sie dachte an Dad, den sie dafür bestraft hatte, dass er wieder angefangen hatte zu leben, als sie es nicht konnte. Dass sie ihm nie gesagt hatte, dass sie ihn liebt, obwohl sie es tat, und sie eigentlich hätte glücklich sein müssen ihn wieder lächeln zu sehen. Sie dachte an ihre Freundinnen, die sie ausgeschlossen hatte, obwohl sie furchtbar nett zu ihr waren und nichts dafürkonnten, dass sie noch Mums hatten und Orla nicht. Sie dachte an Gran, die sie angeschrien hatte und die wegen ihr in großer Gefahr schwebte. Und sie dachte an ihre quälende Angst davor, dass ihr gebrochenes Herz nie wieder heilen würde.

Sie ließ zu, dass die traurigen Gedanken sie völlig beherrschten. Dann atmete sie einmal tief durch und öffnete den Mund, bereit das gefürchtete Wort auszusprechen – den wahren Namen der Wilden Jagd, der die schrecklichen Monster herbeirufen würde.

Zuerst kam kein Ton aus ihr heraus.

Orla straffte die Schultern und versuchte es noch einmal. »Sluagh.« Es war nicht mehr als ein Flüstern.

Dann lauter. »Sluagh!«

Und dann beim dritten Mal schrie sie es, so laut sie konnte. »SLUAGH!«

Ihr Schrei hallte von den Bäumen wider und ein paar letzte Schmetterlinge flatterten in die Höhe.

Orla spitzte die Ohren. Schwer atmend wartete sie auf das Schlagen von Flügeln. Kurz dachte sie, es hätte nicht funktioniert. Doch dann brach der ferne Gesang der Elfen plötzlich ab, als hätte man alle Musik und Freude erstickt.

Orla stellten sich die Nackenhärchen auf. Sie war bis aufs Äußerste angespannt. Auf einmal fuhr ein kalter Wind in die Bäume. Die Blätter rauschten und raschelten wie lautes Geflüster und die Glühwürmchen flackerten noch ein letztes Mal auf, bevor sich eine schwarze Wolke über die Lichtung schob und die drei Monde und die Sterne komplett verdunkelte. Es wurde stockfinster.

Orla unterdrückte einen Schrei. Ihr Herz raste. Jetzt waren auch die ledernen Flügelschläge zu hören …

Laut und nah.

Voller Angst starrte sie hinauf zu den wirbelnden und wogenden Schatten über ihr.

Eine Wolke, pechschwarz und brutal …

Die Wilde Jagd war da.

34

Die Wilde Jagd

Orla wurde eiskalt.

Die Ränder der Wolke lösten sich auf und wurden zu Schwärmen hässlicher schwarzer Vögel. Ihr Krächzen war so scheußlich, dass Orla die Knie weich wurden und sie die Zähne zusammenbiss.

Die Vögel näherten sich der Lichtung und wieder wurde das Krächzen zu ohrenbetäubenden Schreien – menschlichen Schreien voller Schrecken und Verzweiflung.

»Hilf mir, hilf mir …«

Orla versuchte die Schreie auszublenden. Sie hatte Angst, Grans Stimme herauszuhören und sich nicht mehr auf das konzentrieren zu können, was sie als Nächstes tun musste.

Jeder einzelne Nerv in ihrem Körper gab ihr den Befehl wegzulaufen. Doch selbst wenn ihre Beine ihr gehorcht hätten, wäre das zwecklos gewesen. Die Wilde Jagd war sehr viel schneller und stärker als sie. Sie würde sie kriegen. Und Orla hatte keinen Ort, an den sie fliehen konnte. Ohne fremde Hilfe kam sie aus dem Elfenreich nicht mehr heraus.

Orla umklammerte die Taschenlampe. Ihre Hände zitterten. Am liebsten hätte sie sie eingeschaltet.

Aber es war noch zu früh. *Warte, bis sie näher kommen.*

Das Donnern von Hufen war zu hören.

Die Vögel verwandelten sich in der Luft in magere Pferde mit leeren weißen Augen, die auf sie zugaloppierten. Es waren so viele! Orla kauerte sich zusammen. Ihr Plan erschien ihr irrsinniger denn je. Wie war sie nur auf die Idee gekommen, sie könnte es allein mit der Wilden Jagd aufnehmen?

Eine tiefe Trauer breitete sich in ihr aus, die sie nicht mehr kontrollieren konnte.

Sieh dich nur an.

Wie allein du bist.

Wie elend.

Alles hast du verdorben.

Ein gequälter Schrei stieg in ihrer Kehle auf, aber Orla presste die Lippen aufeinander und kämpfte gegen die Traurigkeit an. Sie durfte nicht aufgeben. Nicht bevor sie nicht zumindest versucht hatte Gran zu retten.

Die todbringenden Pferde hatten sie schon fast erreicht.

Jetzt!

Orla schaltete die Taschenlampe ein und richtete den Strahl nach oben.

Panisch wiehernd und schnaubend wichen die Pferde vor dem Lichtstrahl zurück. Das Überraschungsmoment war ihre Chance! Lange würde sie die Wilde Jagd mit einer einzigen Taschenlampe nicht in Schach halten können. Sie musste schnell sein.

Orla holte tief Luft und schrie, so laut sie konnte. »Balor, ich möchte dir ein Tauschgeschäft vorschlagen!«

Ihre Handflächen waren so verschwitzt, dass sie Angst hatte, die Taschenlampe fallen zu lassen. Sie spähte hinauf in den finsteren Himmel, aber es war schwer, hinter dem hellen Lichtstrahl etwas zu erkennen.

»Wer wagt es, uns an einen Ort zu rufen, an dem wir nicht sein dürfen, nur um uns einen Handel vorzuschlagen?« Die Stimme war so eisig, dass Orla Gänsehaut bekam.

»M-M-Mein Name ist Orla. Ihr habt meine Großmutter. Ich will sie zurück. B-B-Bitte. Ihr könnt stattdessen mich nehmen, aber lasst sie frei. Ich flehe euch an.«

Ein dumpfer Aufschlag war zu hören, als eine der Kreaturen ganz in der Nähe landete. Ihr rasselnder Atem jagte Orla einen Schauder über den Rücken. Instinktiv wollte sie die Taschenlampe auf das Wesen richten, fürchtete jedoch, der Rest der Wilden Jagd würde sich dann auf sie stürzen. Den Lichtstrahl weiter nach oben gerichtet riskierte Orla einen schnellen Blick auf die hässliche Gestalt. Sie trug Gewänder anstelle von Lumpen und eines ihrer leeren weißen Augen fehlte.

Balor.

Die Taschenlampe in Orlas Hand zitterte so stark, dass die Schatten anfingen zu tanzen. Dann ertönte ein unangenehm kratzendes Geräusch, bei dem Orla die Zähne schmerzten. Es klang, als ob jemand auf einer verstimmten Geige spielte.

Balor lachte.

»Ein Menschenmädchen, das glaubt, wir würden ihrer Bitte Folge leisten!«, höhnte er. »Wir werden dich *und* deine Großmutter zu uns holen.«

»Nein! Bitte nicht. Lasst sie gehen …«

»Ergreift sie!«

Immer mehr der hässlichen Kreaturen schlugen neben Orla auf dem Boden auf, wobei die schattenhaften Vögel und Pferde menschliche Gestalt annahmen. Sie alle waren so mager und ausgezehrt, dass ihnen die Haut von den hervorstehenden Knochen hing, genau wie auf den garstigen Illustrationen in Grans Buch. Orla konnte kaum glauben, dass all diese Monster einmal Menschen waren. Sie hatten überhaupt nichts Menschliches mehr. Sie trugen schmutzige Lumpen und ihre Hände und Füße waren nackt und gekrümmt wie Klauen. Einzelne Haarsträhnen hingen von ihren kahlen Schädeln und die weißen Augen mit den leeren Pupillen leuchteten geisterhaft.

Biester und Monster mit einst sterblichem Herzen,
Seelenfresser, gierig nach Trauer und Schmerzen.

Eine entsetzliche Angst packte Orla. Diese Kreaturen waren ein lebendig gewordener Albtraum.

Plötzlich wusste sie nicht mehr, wohin sie ihre Taschenlampe richten sollte. Panisch drehte sie sich im Kreis, um möglichst viele von ihnen mit dem Strahl zu erwischen. Doch die Gestalten kamen immer näher, bleckten ihre schwarzen Zähne und streckten ihre Krallen nach ihr aus, während Balor immer noch lachte.

Sie war umzingelt. Mindestens hundert, wahrscheinlich sogar tausend gegen eine. *Jetzt kommt schon*, flehte sie innerlich und klammerte sich an ihre letzte Hoffnung. Mittlerweile mussten die Elfen doch über die Eindringlinge Bescheid wissen. Wie lange dauerte es denn noch, bis sie endlich auftauchten?

Eine der Kreaturen packte Orla von hinten an den Haaren und zog daran. »Hau ab!«, schrie sie, wirbelte herum und stach mit der Taschenlampe nach ihr. Die Gestalt ließ von ihr ab, aber andere griffen bereits nach ihren Armen und Beinen.

Hoffnungslosigkeit und Trauer klafften in Orlas Herzen wie ein riesiges Loch, das drohte sie zu verschlucken. Orla versuchte dagegen anzukämpfen, aber die Wilde Jagd raubte ihr alle Kraft. Sie konnte ihren Hunger nach Traurigkeit spüren.

»Warum wehrst du dich, kleiner Mensch?«, zischte Balor aus der Dunkelheit. »Ich kann deine Trauer riechen. Sie ist stark. Sie ruft nach mir. Warum lässt du nicht zu, was du dir so sehr wünschst? Ich nehme dir all deinen Schmerz. Ist es nicht das, was du willst? Ich kann dir deinen Wunsch erfüllen. Ich bin kein Ungeheuer. Überall flehen Menschen, dass ihr Kummer enden möge. Ich helfe ihnen. Lass mich auch dir helfen.«

Balors Angebot war verlockend. Es wäre so einfach, den Kampf aufzugeben. Nichts mehr zu fühlen und allen Schmerz abzugeben … Aber Orla schüttelte den Kopf. Sie konnte es nicht. Gran brauchte sie. Sie musste nur genügend Zeit schinden, bis die Elfen kamen …

Zitternd drehte sie sich weiter im Kreis und fuchtelte mit ihrer Taschenlampe wie mit einem Schwert. Die Wilde Jagd griff sie immer wieder an, wie eine Katze, die mit einer Maus spielt und weiß, dass die Beute ihr nicht entkommen kann. Wie lange würden die Batterien der Taschenlampe noch halten? Sobald sie leer waren, hatte Orla nichts mehr, um sich zu verteidigen. Ihr Handy war schon lange ausgegangen.

Die Schreie wurden immer schlimmer, lauter und verzweifelter.

»Hilf mir, hilf mir …«

Orla hörte auf, sich zu drehen. Sie konnte nicht länger verhindern eine Stimme herauszuhören. »Gran? Wo bist du?«

Mit bangem Herzen suchte sie unter den ausgehöhlten Gesichtern nach Gran. War es schon zu spät? Hatte sie bereits den

Verstand verloren? Waren Grans Augen so weiß und leer wie die der anderen? Orla glaubte eine kleine gebeugte Gestalt in karierten Hosen zu erkennen …

»Gran!«

Eine Kralle fuhr ihr über den Rücken. Orla gelang es zwar auszuweichen, aber sie verdrehte sich dabei die verletzte Schulter und ein stechender Schmerz fuhr ihr durch den Arm. Die Taschenlampe fiel ihr aus der Hand und wurde von einem knochigen Fuß in tausend Stücke getrampelt. Die Wilde Jagd triumphierte mit ohrenbetäubenden Zischlauten.

»Gran!«, schrie Orla noch einmal.

Aber da waren nur die hässlichen Schreie, Balors krächzendes Lachen und die Traurigkeit, die sich immer weiter in ihr ausbreitete. Zwischen den leeren Blicken der Wilden Jagd leuchtete Balors Auge gespenstisch in der Dunkelheit, während sein Heer immer näher rückte und von allen Seiten nach ihr griff.

Da durchschnitt ein empörter Schrei die Luft. »Hey! Lasst gefälligst meine Schwester in Ruhe!«

35

Zu spät?

Orla drehte ruckartig den Kopf.

Apollo?!

Sie konnte ihn in dem Pulk nirgends erkennen. Er *durfte* nicht hier sein …

»Lasst sie sofort los oder ich schneide sie durch!«

Durchschneiden? Was? »Lauf weg, Apollo!«, schrie Orla, während sie sich weiter gegen ihre Angreifer wehrte.

Auch Balor drehte sich um und starrte in die Richtung, aus der Apollos Stimme gekommen war.

»Nein!«, schrie sie. »Tut ihm nichts! Nehmt mich!«

»Lasst ab von dem Menschenmädchen!«, befahl Balor zu Orlas Entsetzen.

Die Wilde Jagd zog sich zurück. Orla konnte es nicht fassen. Wie hatte Apollo das geschafft? Und warum klang Balor trotz seiner offensichtlichen Wut so nervös?

»Lasst meine Schwester zu mir oder ich zerstöre sie«, rief Apollo.

Mit einem zornigen Knurren trat Balor zur Seite und gab der Wilden Jagd ein Zeichen, dasselbe zu tun. Böse zischend bildeten die Kreaturen eine Gasse, an deren Ende im schwachen Mondlicht Apollo stand. Sein Gesicht war blass, aber entschlossen – und er hielt etwas in der Hand, das mit glitzernden Edelsteinen besetzt war. Dagdas Harfe!

Orla schwirrte der Kopf. Das konnte nicht sein! Wie hatte es Apollo geschafft, sich die Harfe von Conor zurückzuholen? Und woher wusste er, wie man ins Elfenreich gelangte? Es schien niemand bei ihm zu sein. Er war allein.

In Apollos Hand blitzte eine Klinge. Sein Taschenmesser! Orla hätte fast gelacht. Er hielt es an eine der Harfensaiten. Darauf war Balors Auge gerichtet!

Clever, Apollo! Sehr, sehr clever!

Zögernd ging Orla zu ihm. Sie befürchtete, die Wilde Jagd würde wieder nach ihr greifen, aber Balors Befehl schien sie davon abzuhalten. Als sie es bis zu Apollo geschafft hatte, machte sie den Mund auf. Sie wollte ihm so viel sagen … Apollo sah sie an, aber sie konnte seinen Gesichtsausdruck nicht deuten. Wortlos klappte sie den Mund wieder zu.

»Gib sie mir«, zischte Balor.

Apollo schüttelte den Kopf. »Wenn du die Harfe willst, musst du uns unsere Gran geben und garantieren, dass wir alle drei gehen können.«

Wie mutig er war! Seine Stimme zitterte fast gar nicht. Hatte er wirklich vor die Harfe der Wilden Jagd zu überlassen? Oder versuchte er sie auszutricksen? Orla sah sich verzweifelt um. *Wo blieben die Elfen?*

Balor lachte. »Nun gut. Ihr habt mein Wort. Ich überlasse euch eure Gran und ihr könnt gehen. Aber zuerst müsst ihr mir die Harfe geben.«

Ein grausames Lächeln verzerrte sein Gesicht, das Orla ganz und gar nicht gefiel. Sie ahnte, dass sie ihm nicht trauen konnten, wusste aber nicht, was er vorhatte. Im Gegensatz zu Apollo und Orla waren Fabelwesen wahre Experten, was Tricksereien anbelangte.

»Apollo, mir gefällt das nicht …«, murmelte sie.

»Ach wirklich? Also ich amüsiere mich prächtig«, zischte Apollo durch zusammengebissene Zähne.

»Ich glaube nicht, dass Balor tun wird, was er sagt.«

»Wenn er uns sein Wort gibt, muss er das.«

Leider stimmte das so nicht. Balor würde nicht sterben wie das Pooka, wenn er seine Versprechen nicht hielt. Sie verließen sich darauf, dass er sich an einen Ehrenkodex hielt, den er bereits gebrochen hatte, indem er trotz des Friedensabkommens heute Nacht hierhergekommen war. Hinzu kam, dass sie unzählige unschuldige Menschen einem grausamen Schicksal überließen, wenn sie ihm die Harfe gaben.

»Wir können das nicht tun, Polo.«

»Uns bleibt keine Wahl.« Bevor sie noch etwas sagen konnte, trat Apollo einen Schritt vor und übergab Balor die Harfe.

Balor riss sie triumphierend an sich.

»Gib uns unsere Gran!«, schrie Apollo ihn an.

»Selbstverständlich. Ich habe doch mein Wort gegeben.« Balor lächelte immer noch. »Zeigt sie mir.«

Apollo deutete auf die kleine Gestalt in den karierten Hosen – Gran.

Orla krampfte sich der Magen zusammen. Die anderen Entführten taten ihr schrecklich leid.

»Ihr sollt sie haben.« Balor gab den Befehl und seine Kreaturen schoben Gran nach vorn.

»Hey, nicht so grob!«, rief Orla empört.

»Gran!« Apollo brach die Stimme.

Gran antwortete nicht. Sie hielt den Kopf gesenkt, den Blick starr auf den Boden gerichtet.

»Gran?«, sagte Apollo ein wenig lauter. »Gran, wir sind es! Wir sind hier. Geht es dir gut?« Er berührte sie sanft an der Schulter.

Gran schrie und wich panisch vor ihm zurück. »Kathleen?«

Orla und Apollo erstarrten.

»Gran, Mum ist nicht da. Wir sind es. Orla und Apollo«, sagte Orla.

Aber Gran duckte sich verstört weg. »Kathleen … Ich kann mein kleines Mädchen nicht verlieren. Bitte. So soll es nicht sein … Eine Mutter sollte ihr Kind nicht begraben müssen.«

»Gran …« Orla hatte einen so dicken Kloß im Hals, dass sie kaum sprechen konnte. »Gran, wir sind es.«

Gran sah zum ersten Mal auf und Orla schnappte entsetzt nach Luft.

Ihre Augen waren weiß und hatten keine Pupillen.

Es war zu spät. Sie hatte bereits den Verstand verloren. Die Gran, die sie kannten, war für immer verloren.

»Nein!«, schrie Apollo.

Orla sah, wie die Kreaturen näher kamen und sich die aufgesprungenen Lippen leckten. Sie lechzten nach Grans Verzweiflung und Apollos und Orlas Schmerz.

»Haut ab!«, schrie Apollo. »Du hast uns dein Wort gegeben, dass wir gehen können!«

»Das habe ich. Und ihr könnt auch gehen – als unsere Gefangenen!«

Es folgte wieder dieses scheußliche krächzende Lachen. *Das war also der Trick.* Orla fühlte sich, als hätte man ihr den Boden unter den Füßen weggezogen.

»Was?«, schrie Apollo. »Nein! So habe ich das nicht gemeint …«

Balor streichelte den Rahmen der Harfe. »Aber so hast du es gesagt. Du solltest besser auf die Wahl deiner Worte achten. Danke, dass ihr mir die Harfe gebracht habt. Ihr habt mir viele Mühen erspart. Mit diesem mächtigen Instrument werden wir noch sehr viele arme Seelen mehr von ihren Qualen und ihrem Kummer erlösen … Angefangen mit euch.« Balor spreizte die Fledermausflügel und erhob sich mit der Harfe in die Luft. »Ergreift sie!«, brüllte er.

Die Wilde Jagd stürzte sich schreiend und kreischend auf sie. Zwei der Kreaturen zogen Gran zurück in ihre Mitte. Orla versuchte sie daran zu hindern, aber andere rissen sie von ihr weg. Sie schlugen die Krallen in Orlas Unterarme und zerrten an ihrer verbundenen Schulter. Eine Kreatur sprang auf Apollos Rücken, grub die Klauen in seine Schulterblätter und spreizte die hässlichen Flügel, bereit abzuheben.

Orla kämpfte sich vor, um Apollo zu packen, aber da war er bereits in der Luft. »Nein!«, schrie sie. »Lasst ihn los!«

Mit Händen und Füßen setzte sie sich verzweifelt gegen die Wilde Jagd zur Wehr, die jetzt von allen Seiten angriff. Aber vergeblich. Es war vorbei. Balor hatte die Harfe und, was noch schlimmer war, er hatte Apollo. Ihren treuen und mutigen kleinen Bruder.

Für einen Moment hatte Orla tatsächlich geglaubt, sie hätten eine echte Chance …

Ein leises Bimmeln erklang. Zuerst dachte Orla, sie hätte es sich nur eingebildet, doch dann schoss etwas Großes, Glitzerndes durch die Luft und die hässlichen Kreaturen fielen um wie Kegel.

Als das Glitzerding auf die Kreatur zuraste, die Apollo in ihren Klauen hatte, meinte sie jemanden *Juhu!* schreien zu hören.

Aber nein, das war kein Ding … Das war eine Person.

Mit goldener Haut und wunderschönen Schmetterlingsflügeln. Und in der Hand hielt sie Pfeil und Bogen.

Orlas Herz schlug schneller.

Die Elfen waren da!

36

Kampf in den Lüften

Ein Zischen war zu hören, dann ein dumpfer Schlag. Die Kreatur, die Apollo in ihren Klauen hatte, war von einem Elfenpfeil getroffen. Heulend taumelte sie mit dem Pfeil im Bein rückwärts durch die Luft. Der Elf zielte ein zweites Mal und traf mitten in die Brust, genau dort, wo das schwarze Herz der Kreatur sein musste. Apollo entglitt ihren Klauen und sie stürzte zu Boden, wo sie sich in einer Explosion aus schwarzen Federn auflöste.

Apollo fiel wie ein Stein vom Himmel und Orla blieb fast das Herz stehen. Diesen Sturz würde er nicht überleben! Sie wollte zu der Stelle laufen, an der er aufschlagen würde, aber Balors Geschöpfe versperrten ihr den Weg. Sie schlugen mit den Krallen nach ihr und drängten sie zurück …

»Apollo!«, schrie sie.

Kurz bevor Apollo auf dem Boden aufprallte, sauste der Elf in die Tiefe und fing ihn auf. Gemeinsam kullerten sie über den Steinkreis hinaus zwischen die Bäume.

Der Ring um Orla lockerte sich kurz, als die Wesen nach oben sahen, ob noch mehr Elfen kamen. Orla ergriff ihre Chance und kämpfte sich durch die Menge zu Apollo. Sie kniete sich neben ihn. Die Wilde Jagd folgte ihr, aber der Elf schoss mit seinem Bogen auf jeden, der versuchte sich ihnen zu nähern. Jedes Mal, wenn ein Pfeil die Brust einer Kreatur traf, zerbarst diese in einer Wolke aus schwarzen Federn und löste sich auf.

»Alles in Ordnung, Polo?«, keuchte Orla. Sein Pulli war an den Schultern zerfetzt und voller Blut, aber Apollos Augen waren offen und er atmete regelmäßig. Sie zog ihn in ihre Arme. »Oh, Gott sei Dank!«

»Wir müssen sie uns zurückholen«, sagte Apollo schwach. »Die Harfe ... Was habe ich mir nur dabei gedacht? Balor wird schreckliche Dinge damit tun.«

»Du hast nur an mich und Gran gedacht«, beruhigte ihn Orla. »Und du warst unglaublich tapfer. Wenn jemand schuld ist, dass er die Harfe hat, dann ich. Das alles haben wir nur meinem Leichtsinn zu verdanken.«

Apollo schüttelte den Kopf. »Wir müssen ihn aufhalten!«

Die Frage war nur, wie? Sie waren nur zwei Menschen. Zwei Menschen und ...

Orla drehte sich zu dem Elf um. Er hatte ihnen den Rücken zugekehrt und schoss einen Pfeil nach dem anderen ab. Falls nicht bald noch mehr Elfen auftauchten, würde er irgendwann müde werden und die Wilde Jagd konnte über ihn herfallen. Warum war der Elf allein? Und warum verteidigte er sie? Für die Elfen waren Apollo und Orla ebenfalls Eindringlinge.

»Danke!«, rief sie dem Elf zu.

Er drehte sich kurz zu ihr um und Orla blieb vor Erstaunen der Mund offen stehen.

Es war Conor!

Aber irgendwie auch nicht.

Zumindest war es nicht der Conor, den sie kannten. Er hatte schon immer gut ausgesehen, aber jetzt war er so schön, dass es wehtat. Ihn nur für den Bruchteil einer Sekunde anzusehen war, als schaute man direkt in die Sonne. Seine Wangenknochen waren noch höher, seine Augen noch strahlender, sein Kiefer noch markanter und seine Haut schimmerte in einem matten Gold. Ganz zu schweigen von den riesigen Schmetterlingsflügeln, die ihm aus dem Rücken wuchsen! Sein T-Shirt, seine Jacke und seine Jeans waren verschwunden und stattdessen trug er eine Tunika aus Blättern und eine moosgrüne Hose, die unten ausgestellt war.

Orla klappte der Kiefer herunter. Sie traute ihren Augen nicht. Das letzte Mal, als sie Conor gesehen hatte, war er mit der Harfe abgehauen. *Was war hier los?* Wie war die Harfe bei Apollo gelandet?

»Guter Schuss, Conor!«, rief Apollo. »Und hübsche Flügel!«

Fassungslos starrte Orla ihren Bruder an. Hatte er es gewusst?

»Danke!«, schrie Conor zurück und grinste, bevor er den nächsten Pfeil auf eine der Kreaturen abschoss, die aufheulte und in einer Wolke aus Federn explodierte. »Es kommen noch mehr von uns. Die Wachen des Königs sind auf dem Weg!«

Kaum hatte er es ausgesprochen, war die Luft erfüllt von einem Zischen und Bimmeln. Wesen mit goldener Haut und ernsten Gesichtern stürmten die Lichtung. Ihre fantastischen Schmetterlingsflügel glitzerten in der Dunkelheit. Sie trugen Speere, Bogen und seltsame gezackte Waffen, die Orla völlig unbekannt waren. Erleichtert sackte sie in sich zusammen. *Die Elfen waren gekommen, um zu kämpfen!*

»Balor!« König Oberons wütender Schrei hallte von den Steinen wider, sodass es klang, als käme er aus allen Richtungen.

Orla reckte den Hals und entdeckte hoch über ihr in der Luft den Elfenkönig. Die Geweihkrone glänzte auf seinen dunklen Locken. Zahlenmäßig war die Wilde Jagd der Wache des Königs zwar überlegen, aber die Elfen sahen Respekt einflößend und stark aus.

»Du wagst es, uns zu beleidigen, indem du in unser Reich eindringst und den Pakt, den wir mit dir geschlossen haben, brichst – und das während der Mittsommernachtsfeierlichkeiten? Damit ist unser Friedensabkommen hinfällig«, dröhnte König Oberon. »Und ihr werdet für euren Frevel bezahlen!«

Ein lautes Kampfgeschrei ertönte und die Elfen griffen an. Zornig stürzten sie vom Himmel, rasten durch die Menge und brachten zahlreiche Kreaturen der Wilden Jagd zu Fall. Einige explodierten und hinterließen ein Meer aus schwarzen Federn, die bald den gesamten Boden bedeckten. Andere erhoben sich in die Lüfte und wurden wieder zu Raben und Hengsten. Die Hengste bäumten sich auf und schlugen mit den Hufen nach den Elfen, während die Raben sich auf sie stürzten und ihnen mit den Schnäbeln die Flügel zerfetzten. Conor stieß ebenfalls einen Schrei aus und warf sich ins Getümmel.

Orla, Apollo und einer kleinen Gruppe von Entführten, die wie Gran immer noch menschlich aussahen, schenkte niemand mehr Beachtung. Ihre Kleider waren noch nicht zu Lumpen zerschlissen, aber ihre Augen waren weiß und leer. Trotz Heulen, Flügelschlagen und Kampfgebrüll konnte Orla ihre gequälten Schreie hören.

»Helft mir. Helft mir.«

Sie hatte Angst, Grans Schreie nicht ertragen zu können, und versuchte, nicht hinzuhören. Insgesamt waren es fünfzehn Entführte, genauso viele wie die Zeitungsausschnitte über vermisste Personen aus Grans gelber Mappe. Unter ihnen war auch ein Junge ungefähr in Apollos Alter.

»Das muss Liam Armstrong sein«, flüsterte Apollo.

Von den Zeitungsfotos erkannte Orla auch eine Frau in einer ausgebleichten rosafarbenen Strickjacke wieder. Mary Hart. *Mutter zweier Kinder …*

Genau wie Mum.

»Wir müssen ihnen helfen!«, rief Orla verzweifelt.

Apollo schüttelte den Kopf. »Ich wünschte, wir könnten es. Aber das geht nicht … Es ist zu spät. Auch für Gran. Du siehst doch ihre leeren Augen. Sie haben den Verstand verloren.« Auf seinen Wangen glänzten Tränen.

»Vielleicht auch nicht.« Orla betete, dass ihre Worte wahr waren. »Sie sind noch keine Kreaturen der Wilden Jagd …«

»Nein, aber sie werden es bald sein. Und wir können nichts tun, um es zu verhindern.« Apollo brach die Stimme.

Orla sah zu Gran. Es war zum Verzweifeln. Sie waren so kurz davor, sie zu retten, und schafften es nicht. Das tat fast noch mehr weh, als sie in diesem Zustand zu sehen. Gab es wirklich gar nichts, was man tun konnte? War es endgültig vorbei?

Plötzlich bebte die Erde und an den Bäumen hinter ihnen raschelten die Blätter. Orla und Apollo sahen sich panisch an.

»Hast du das gespürt?«, fragte Apollo.

Orla nickte ängstlich.

Wieder raschelte es, dann brachen Zweige.

Etwas kam auf sie zu.

»Bitte nicht noch mehr Kreaturen der Wilden Jagd …«, wisperte Orla. Entsetzt drehte sie sich um, bereit jeden Moment wegzulaufen.

Die Äste der Baumkronen teilten sich und ein riesiges bärtiges Gesicht sah zwischen ihnen hindurch.

»Sieht ganz so aus, als hättet ihr einen unterhaltsamen Abend«, flüsterte Fionn.

»Herr Fionn!«, rief Apollo erstaunt und erleichtert.

Auch Orla war überrascht. Sollte Fionn mit seinen Wolken nicht längst zu Hause im Verwunschenen Wald sein? Was tat er im Elfenreich – und ausgerechnet heute Nacht?

Sie sah sich um, ob ihn jemand bemerkt hatte, aber alle waren von der Schlacht vereinnahmt. In der Mitte des Schlachtgetümmels kämpften Balor und König Oberon. Sie wirbelten umeinander herum wie zwei Tornados in Schwarz und Gold. Die Edelsteine der Harfe blitzten. Noch hatte Balor sie. Er gab sie nicht aus der Hand, obwohl sie ihn beim Kämpfen behinderte. Seine Kreaturen griffen König Oberon von allen Seiten an, aber die Elfen drängten sie immer wieder zurück. Orla hoffte, dass Balor keine Gelegenheit haben würde, die Harfe zu spielen. Und dass Conor nichts passierte.

»Was tun Sie hier?«, fragte sie und sah wieder hinauf zu Fionn.

Fionn schniefte. »Ach, na ja … Ich dachte, ihr könntet in Schwierigkeiten geraten sein und eine helfende Hand würde vielleicht nichts schaden … eine große helfende Hand! Los, kommt an Bord. Ich bringe euch zurück ins Reich der Menschen. Am anderen Ende des Elfenreichs gibt es noch einen Steinkreis, durch den wir fliehen können. Ich habe ihn benutzt, nachdem ich bemerkt hatte, dass dieser hier versperrt ist.«

Er beugte sich herunter und hielt ihnen die Handfläche hin zum Aufsteigen.

Orla konnte es kaum glauben. Wollte Fionn sie wirklich aus reiner Nettigkeit in Sicherheit bringen? Das widersprach allem, was sie über Fabelwesen wusste.

»*Helft mir. Helft mir.*«

Die Schreie bohrten sich in Orlas Herz. Sie schüttelte den Kopf. Sie konnten nicht gehen. Nicht, solange Gran hier war, und all die anderen Entführten, und Balor mit der Harfe entkommen und noch mehr geliebte Menschen stehlen konnte. Ein paar Kreaturen der Wilden Jagd näherten sich den entführten Menschen und zogen aus ihrem Leid Kraft für den Kampf. Es waren so viele, dass die Elfen unmöglich alle gleichzeitig in Schach halten konnten. Die Entführten schrien immer lauter, aber am schlimmsten waren Grans Schreie, die Orla fast das Trommelfell zerrissen.

»*Helft mir. Helft mir.*«

Sie konnten sie nicht im Stich lassen. Gran würde so etwas niemals tun.

»Bitte helfen Sie zuerst diesen armen Menschen, Herr Fionn.«

»Olo, hast du nicht gehört, was ich gesagt habe?«, fragte Apollo leise. »Wir können sie nicht retten.«

Orla wurde die Brust eng. »Aber wir können sie auch nicht einfach hierlassen. Das sind die Kinder von jemandem, Mütter, Väter, Freunde, Großeltern. Selbst wenn es unmöglich ist, müssen wir es versuchen. Weil es das Richtige ist. Das habe ich von dir gelernt.«

Apollo schwieg für einen Moment, dann nahm er Orlas Hand und drückte sie. »Sie haben sie gehört, Herr Fionn.«

»Und sie hat recht. Ihr zwei setzt euch jetzt mucksmäuschenstill hier hin und bleibt in Deckung. Ich bin gleich zurück.«

Fionn stieg über sie hinweg auf die Lichtung und marschierte mitten hinein in die Schlacht. Die Kreaturen der Wilden Jagd heulten und flogen dem Riesen in die Augen, schlugen und kratzten, aber Fionn fegte sie vom Himmel wie lästige Schmeißfliegen. Immer mehr schwarze Federn bedeckten den moosigen Boden. Die Elfen griffen den neuen Eindringling ebenfalls an, aber Fionn schob sie einfach beiseite, sodass sie sich lieber mit der Wilden Jagd beschäftigten.

Dann beugte er sich zu Gran hinunter und hob sie und die anderen Entführten hoch.

Apollo juchzte begeistert und auch Orla schöpfte wieder Hoffnung. Es war unglaublich – eigentlich sogar unmöglich –, aber das Blatt hatte sich zu ihren Gunsten gewendet. Die Elfen kämpften gegen die Wilde Jagd und der Riese war gekommen, um sie in Sicherheit zu bringen. Vielleicht konnte König Oberon Balor die Harfe wieder entreißen und Fionn sie alle von hier wegbringen. Vielleicht war es mit seiner Hilfe sogar möglich die Entführten zu heilen.

Vielleicht, nur vielleicht, würde alles wieder gut werden.

Aber noch waren sie im Wald, und fünfzehn Menschen gleichzeitig in Sicherheit zu bringen war auch für Fionn kein Kinderspiel. Die Entführten waren so verwirrt und verängstigt, dass er sie nicht dazu bewegen konnte, sich auf seine Schultern zu setzen. Also steckte er sich ein paar von ihnen kurzerhand in die Brusttasche und nahm den Rest in die Hände. Das bedeutete jedoch, dass er auf dem Weg zurück zu Orla und Apollo keine Hand mehr frei hatte, um sich gegen die Wilde Jagd zu wehren. Die Kreaturen flogen ihm ins Gesicht und zerkratzten ihm die Haut.

Plötzlich blieb Fionn stehen. Aber es war nicht die Wilde Jagd, die ihn dazu zwang. Es war der goldene Glitzerstaub in der Luft. Der Riese runzelte die Nase und kniff die Augen zusammen. »HAA-HAA…«

»Oh nein, seine Allergie!«, rief Orla erschrocken.

»…TSCHIIII!« Fionn nieste und bombardierte die Wilde Jagd mit grünen Rotzklumpen, die so groß waren, dass sie viele der Kreaturen aus der Luft holten.

»Ungewöhnliche Kampftechnik«, bemerkte Apollo.

Leider funktionierte sie nicht ganz so gut.

»HAA-TSCHIII!«, nieste Fionn noch einmal. Seine Augen tränten mittlerweile so stark, dass er kaum noch sah, wohin er lief. Die Wilde Jagd nutzte ihren Vorteil und flog ihm direkt ins Gesicht. Sie attackierte die Entführten und wollten sie dem Riesen entreißen. Ein Sturz aus dieser Höhe wäre ihr sicherer Tod, aber die verwirrten Menschen versuchten nicht einmal sich zu verteidigen. Fionn würde es unmöglich bis zu Apollo und Orla schaffen, ohne einige von ihnen zu verlieren.

»Helft mir. Helft mir.«

Orla traf eine Entscheidung.

»Herr Fionn!«, schrie sie, so laut sie konnte. »Machen Sie, dass Sie wegkommen! Bringen Sie die Entführten in Sicherheit!«

»Und was ist mit euch beiden?«, brüllte Fionn zurück.

»Machen Sie sich um uns kein Sorgen. Wir schaffen das schon.« Orla warf Apollo einen fragenden Blick zu.

»Ja«, bestätigte er. »Wir schaffen das. Wir müssen nur zusammenbleiben!«

Orla wurde warm ums Herz. Die letzten zwei Jahre hatte sie sich von den Menschen, die sie liebte, abgewandt, weil sie geglaubt hatte diese und sich selbst dadurch zu schützen. Aber das war ein Trugschluss gewesen. Es war ein gutes Gefühl, endlich nicht mehr allein zu sein. »Und das werden wir«, versicherte Orla.

»Na, dann lasst euch mal nicht umbringen!«, brüllte Fionn.

Apollo grinste tapfer. »Hatten wir nicht vor.«

Fionn nickte. Dann drehte er sich um und stapfte mit donnernden Riesenschritten durch die Bäume davon. Unter Kreischen und Heulen ließen die Kreaturen von ihm ab. Die Schreie der Entführten verklangen in der Ferne und der Riese war nicht mehr zu sehen.

Orla stieß einen leisen Seufzer aus, aber ihre Erleichterung hielt nicht lange an. Sie hatten vergessen Fionn zu fragen, wo und wie weit weg der andere Elfenkreis war. Und selbst wenn sie den Weg dorthin fanden, wie sollten sie ohne Hilfe je zurück ins Menschenreich gelangen? Hinzu kam, dass Balor immer noch die Harfe hatte … und ihr Gebrüll die Aufmerksamkeit der Wilden Jagd erregt hatte, die auf ihr Versteck zugeflogen kam.

»Lauf, Polo!«, zischte sie. Aber ein Schmerzensschrei hoch oben in der Luft ließ sie innehalten. Sie kannten diese Stimme.

Conor! Die Kreatur, gegen die er kämpfte, hatte ihn an den Flügeln gepackt. Ein grässliches Reißen war zu hören und Conor jaulte wie ein gequältes Tier. Sein abgerissener Flügel taumelte in die Tiefe und Conor hinterher. Aber da war niemand, um ihn aufzufangen. Mit einem dumpfen Krachen schlug er auf den Boden und blieb regungslos liegen.

»Conor!«, rief Apollo entsetzt und wollte sofort zu ihm. Aber Orla hielt ihren Bruder zurück – es waren zu viele Kreaturen der Wilden Jagd in der Nähe. Und so wie Conor dalag, absolut still und in einer merkwürdig verdrehten Haltung, konnten sie nichts mehr für ihn tun.

Apollo hatte Tränen in den Augen und auch Orla war nach Weinen zumute. Trotz all der offenen Fragen, trotz des Schmerzes und der Wut, weil Conor sie hintergangen, belogen und ihnen die Harfe gestohlen hatte. Denn einer Sache war Orla sich trotz allem, was nicht mit ihm stimmte, hundertprozentig sicher: Er war ihr Freund. Er hatte ihnen gerade das Leben gerettet, und das nicht das erste Mal.

Er hatte sich für sie geopfert.

Orla wollte Conor nicht einfach so dort liegen lassen, aber die Wilde Jagd kam ihrem Versteck immer näher. »Wir müssen hier weg, Polo.« Sie zerrte an seinem Arm, aber Apollo war zu geschockt, um sich zu bewegen. »Komm schon. Bitte!«, drängte sie ihn.

Und dann wurde alles immer noch schlimmer.

Mehr und mehr Elfenschreie zerrissen die Luft. Viele von ihnen hatten zerfetzte Flügel und zogen verletzt ab.

Gleichzeitig trieben die Kreaturen der Wilden Jagd König Oberon und seine Wachen so weit in die Enge, dass sie sich ebenfalls zurückziehen mussten. Es waren einfach zu viele von diesen grässlichen Geschöpfen. Für jede Kreatur, die die Elfen außer Gefecht setzten, tauchten zwei neue auf.

Die Elfen verloren die Schlacht.

Orla fühlte sich elend. Es war ihre Schuld, dass die Elfen eine Niederlage erlitten. Sie hatte die Wilde Jagd ins Reich der Elfen gerufen, die nicht auf einen Kampf vorbereitet waren.

Nun, da er nicht mehr König Oberons Angriffen ausgesetzt war, hob Balor die Harfe an seine Schulter und brachte sie in Position. Sofort attackierten ihn ein paar Elfen und er war gezwungen sie mit einer Hand abzuwehren.

»Er darf sie auf keinen Fall spielen!«, keuchte Apollo. »Königin Coomara konnte mit der Musik eine ganze Stadt in Schlaf versetzen. Ich will mir nicht ausmalen, was Balor mit den Elfen vorhat. Und danach kann er mithilfe der Harfe so viele unschuldige Menschen zu seinen Kreaturen machen, wie er will!«

Apollo hatte recht. Wenn Balor diese Schlacht gewann und mit der Harfe entkam, konnte er damit nach Belieben Menschen anlocken, sie der Wilden Jagd einverleiben und die Welt, die sie kannten, ins Elend stürzen.

Aber da war nichts, was sie tun konnten, um ihn aufzuhalten.

Oder doch?

»Ruf sie!«, ertönte eine schwache Stimme.

Orla sah sich nach dem Sprecher um und ihr Herz hüpfte.

»Conor!«, rief Apollo.

Mühsam rappelte Conor sich auf und schoss einer Kreatur, die gerade auf sie zustürzte, einen Pfeil in den Rücken. Sie zerbarst in schwarze Federn und Conor spannte den Bogen gleich ein zweites Mal.

»Ruf ihren Namen«, röchelte er.

Zisch. Zack. Noch eine Kreatur explodierte.

»Was?« Orla war verwirrt. »Wen soll ich rufen?«

»Nicht wen! Was. Den Namen der Harfe.«

Orla starrte Conor verständnislos an. Er redete Unsinn. Vielleicht hatte er sich bei dem Aufprall den Kopf gestoßen.

Apollo neben ihr klappte die Kinnlade herunter. »Natürlich!

Wie in der Geschichte. Weißt du nicht mehr, wie Dagda sich die Harfe von seinen Feinden zurückgeholt hat, Olo? Er hat sie gerufen!«

Orla kapierte es immer noch nicht. »Und?«

»Und du sollst sie auch rufen!«

»Was? Ich?«, stotterte sie. »Aber ich weiß doch gar nicht, wie …«

»Doch, du weißt es. Du darfst nur die Musik in deinem Inneren nicht unterdrücken«, erklärte Conor schwach. »Die Harfe kann dich nur dann hören, wenn du es zulässt.« Er schoss einen letzten Pfeil ab, dann war seine Kraft verbraucht. Während die getroffene Kreatur sich auflöste, sackte er in sich zusammen und blieb bewegungslos liegen.

»Conor!«, schrie Apollo. »Du musst tun, was er gesagt hat, Olo.«

Sie schüttelte den Kopf. Sie hatte schon einmal versucht auf der Harfe zu spielen und es hatte nicht funktioniert. Warum sollte sie sie jetzt plötzlich rufen können? »Ich kann das einfach nicht.«

»Du kannst es, Olo. Du bist die begabteste Musikerin, die ich kenne. Das warst du schon immer! Jeder sagt das. Du hast Mums Talent geerbt. Conor glaubt an dich. Und ich auch … Du musst es versuchen.«

Orla nickte. Er hatte recht. Nach all den Schwierigkeiten, in die sie die beiden gebracht hatte, musste sie es zumindest versuchen. Das war sie ihnen schuldig. »Okay.« Aber wie rief man die Harfe? Aus der Geschichte wurde das nicht klar. So, wie sie die Wilde Jagd gerufen hatte? Wie konnte sie dafür sorgen, dass die Harfe die Musik in ihrem Inneren hörte?

Ihr blieb keine Zeit, lange darüber nachzudenken. Balor

hatte sich von den Elfen befreit und hielt die Harfe wieder in beiden Händen. Seine Krallen strichen über die Saiten.

Orla zögerte nicht länger. Sie holte einmal tief Luft und schrie, so laut sie konnte: »Harfe von Dagda, komm zu mir!«

37

Die Magie der Harfe

Die Harfe blieb fest in Balors Hand.

Er sah auf Orla herab und lachte sein hässliches Lachen. »Dummer Mensch! Warum kämpfst du noch gegen mich, wo du doch weißt, wie stark ich bin und wie schwach du selbst? Gib auf! Lass mich dir helfen!«

Seine Worte erfüllten Orla mit einer so tiefen Traurigkeit, dass ihr ein leises Wimmern entschlüpfte. Aber Apollo drückte sofort ihre Hand und seine Wärme verjagte ihre finsteren Gefühle. Mit ihm an ihrer Seite fühlte sie sich stark, nicht schwach.

»Vielleicht war der Name falsch«, murmelte Apollo.

»Natürlich!« Orla fiel es wie Schuppen von den Augen. Sie hatte die Wilde Jagd ja auch mit deren altem Namen herbeigerufen. Sicher hatte die Harfe auch noch einen alten Namen.

Einen magischen Namen.

Die Harfe kann dich nur hören, wenn du es zulässt.

Plötzlich wusste Orla, was sie zu tun hatte.

Sie konzentrierte sich auf die Harfe, bis sie die Klänge, die in der Harfe schlummerten, hören konnte. Orla spürte, wie sich auch in ihr die Musik regte und der Harfe antwortete. Und dann öffnete Orla den Mund und ließ die Musik heraus.

Eine kleine Melodie erklang und hallte in ihrem Körper wider, hoch und klar wie der Gesang der Nachtigall. Ohne dass es ihr jemand gesagt hätte, wusste Orla, dass dies der wahre Name der Harfe war. Ein Name, den das Instrument schon seit sehr langer Zeit besaß, lange bevor es in Dagdas Besitz kam.

Die Harfe flog Balor aus den Händen und zu Orla, die den glitzernden Rahmen auffing und erstaunt betrachtete. Es hatte funktioniert!

Balor heulte vor Zorn. »Holt sie euch!«, brüllte er seinen Kreaturen zu, die ihren Kampf gegen die Elfen sofort stoppten und im Sturzflug der Harfe hinterherjagten.

Orla drückte sich das Instrument gegen die rechte Schulter und legte ihre zitternden Finger auf die Saiten. Wieder war da dieses Prickeln, stärker dieses Mal. Nun, da sie bereits ein paar ihrer Töne gesungen hatte, schien ihr die Musik der Harfe näher zu sein. Dennoch zitterte sie bei dem Gedanken, sich der Musik noch weiter zu öffnen. Ein Teil von ihr wollte die Melodie und die Gefühle, die diese in ihr heraufbeschwor, unterdrücken.

»Du kannst das, Olo«, ermutigte Apollo sie und sofort fühlte Orla sich stärker. Ja, sie konnte das. Sie musste es können.

Ihre Haut kribbelte. Und dann hörte sie einfach auf, sich gegen die Musik zu sträuben.

Behutsam schlug sie die Saiten an und begann zu spielen. Eine Melodie erblühte und plötzlich war es, als hätte Orla ihr Leben lang nichts anderes getan, als Harfe zu spielen. Wie von einer unsichtbaren Macht gelenkt schienen ihre Finger zu wissen, was sie tun mussten.

Aber etwas stimmte nicht. Mit der Musik stiegen schmerzhafte Erinnerungen in Orla auf. Kummer, Einsamkeit, Hoffnungslosigkeit … Und dieses Mal hatte sie keine blauen Blüten, die sie davor schützten. Die Musik erfüllte den gesamten Wald. Sie war klar und deutlich zu hören und unendlich traurig. Als Balors krächzendes Lachen ertönte, wurde ihr bewusst, welches Lied sie da spielte. Es war das Lied des Kummers. Es machte die Wilde Jagd noch stärker. Sie spielte für Balor!

Stopp!, befahl sie ihren Fingern entsetzt. Aber durch die Musik wurde die tiefe Traurigkeit, die in ihr aufstieg, noch schlimmer. In ihrem Kopf hörte sie Mums Stimme. Genau wie in ihren Albträumen.

Orla? Apollo? Warum helft ihr mir denn nicht?

Durch einen Schleier aus Tränen sah sie Apollos trauriges, schmerzerfülltes Gesicht und wusste, dass er seinen eigenen stillen Kampf kämpfte.

»Ist dieser quälende Kummer nicht kaum zu ertragen? Lasst zu, dass ich ihn von euch nehme. Ich kann euch retten«, zischte Balor.

Die Versuchung, ihm nachzugeben, war groß, sehr groß. Aber Orla schüttelte den Kopf. Was Balor ihnen anbot, war kein Glück. Es war nichts weiter als eine trostlose Leere. Die Traurigkeit wäre zwar verschwunden, aber all die guten und schönen Gefühle auch. Gefühle wie Freude, Liebe, Hoffnung, Freundschaft, Staunen. Trauer gehörte zum Leben dazu. Es war, wie Gran es König Oberon im Verwunschenen Wald erklärt hatte. Trauer war Teil des Lebens eines jeden Menschen. Sie war ein Zeichen dafür, wie sehr man jemanden geliebt hat – und nichts, das man um jeden Preis loswerden musste. Orla hatte das jetzt endlich begriffen. Anstatt überhaupt keine Liebe zu spüren, wollte sie andere lieber von ganzem Herzen lieben, auch wenn sie sie eines Tages verlieren würde.

Orla wollte leben und fühlen – nicht abstumpfen.

Also konzentrierte sie sich auf alles, was sie liebte: Sonnenschein und Eiscreme, Schwimmen im Meer, Sternschnuppen, kleine Brüder mit blauen Haaren, die einem die Hand drückten, wenn man sich fürchtete, Großmütter mit karierten Hosen, die Apfelkuchen buken und deren Augen funkelten, wenn sie lachten. Und Dads, die einen umarmten wie ein Bär, fest und warm.

Sie konzentrierte sich auf die guten Erinnerungen an Mum. Wie sie strahlte, wenn sie den Kopf in den Nacken warf und sang. Auf das sanfte Kitzeln ihrer Haare an Orlas Schulter, wenn sie gemeinsam Klavier spielten. Auf die unendliche, unauslöschliche Liebe, die sie für Orla und Apollo empfand. Eine Liebe, die stärker war als jede Armee von Fabelwesen und niemals erlöschen würde, egal wie viel Zeit verging.

Orla spürte, wie sich Klang und Tempo der Musik in ihren Fingern langsam veränderten und eine neue glitzernde und sprudelnde Melodie aus der Harfe plätscherte, die die letzten Spuren der Traurigkeit wegwischte. Die Harfenklänge waren jetzt wie ein warmer Sommertag, ausgelassen und fröhlich.

Über ihnen stieß Balor ein wütendes Jaulen aus, aber Orla hörte es kaum. Ihre Augen waren geschlossen und sie verlor sich in der Bewegung ihrer Finger auf den Saiten. Es tat so gut, wieder Musik zu machen. Wie hatte sie diesen Teil ihrer selbst nur so lange verleugnen können? Die Melodie hüllte sie ein und erfüllte sie.

Es war Liebe, die sie fühlte. Anders konnte sie es nicht beschreiben.

»Olo, du kannst es!«, rief Apollo begeistert. »Schau nur!«

Sie öffnete die Augen.

Die fröhliche Musik bereitete den Kreaturen der Wilden Jagd ganz offensichtlich Schmerzen. Sie krümmten sich, hielten sich die Ohren zu, heulten und wimmerten. König Oberon und die Elfen ergriffen ihre Chance. Pfeile zischten durch die Luft und es regnete schwarze Federn. Immer mehr Kreaturen lösten sich auf und König Oberon stürzte sich mit dem Schwert in der Hand auf Balor. Der brüllte vor Zorn, musste am Ende aber klein beigeben.

»Rückzug!«, fauchte er, bevor er sich in einen schwarzen Hengst und dann in einen riesigen Raben verwandelte, der flügelschlagend in der Dunkelheit verschwand.

Auch die übrigen Gestalten der Wilden Jagd verwandelten sich zurück in Raben. Kreischend flatterten sie Balor hinterher in die dunkle Nacht, bis sie nur noch fliehende Schatten vor den hellen Scheiben der drei Monde waren.

Orla hörte nicht auf zu spielen, bis auch der letzte Schatten verschwunden war. Dankbar ließ sie die Hände sinken und atmete erleichtert auf.

Der moosige Boden war mit schwarzen Federn bedeckt.

»Du hast es geschafft, Olo!«, schrie Apollo und umarmte sie stürmisch.

»Wir haben es geschafft«, widersprach sie und legte die Harfe weg, um ihn ebenfalls zu umarmen. Orla schloss die Augen. Sie konnte es kaum glauben. Sie hatten tatsächlich die Wilde Jagd besiegt. Sie hatten die Harfe. Und sie hatten mit Fionns Hilfe Gran und die anderen Entführten gerettet. Und wenn irgendjemand wusste, wie diese Menschen ihren Verstand zurückbekamen, dann er. Orla erfasste ein unglaubliches Hochgefühl.

Bis sie hörte, wie Bogen gespannt wurden.

Sie ließ Apollo los und öffnete die Augen.

Sie waren umzingelt von Elfen. Einige hatten zerfetzte Flügel, andere tiefe Schnittwunden in ihren schönen Gesichtern.

Und jede einzelne ihrer scharfen Pfeilspitzen war auf Apollo und Orla gerichtet.

In einer glänzenden goldenen Rüstung trat König Oberon hervor und befahl: »Tötet die Eindringlinge!«

38

Nachdem der Elfenstaub sich gelegt hat

Orla wurde flau. Bei all der Begeisterung über ihren Sieg hatte sie kurzzeitig vergessen, welche Konsequenzen es hatte, wenn man die Wilde Jagd ins Elfenreich lockte. Konsequenzen, die sie jetzt zu spüren bekommen würden.

Die Harfe lag zu ihren Füßen. Konnte sie sich schnell genug danach bücken?

Die Wachen des Königs spannten die Bogen.

»Wartet!«, ertönte ein Schrei.

Blaue Schmetterlinge stoben zum Himmel auf und Conor kam auf sie zugestolpert. Er war schwach und mit nur einem Flügel ziemlich wackelig auf den Beinen. Trotzdem schaffte er es irgendwie, arrogant durch die Menge zu stolzieren. Orla war erleichtert. Er lebte!

Mit einer tiefen Verbeugung trat Conor vor König Oberon. »Euer Gnaden, ich bitte Euch diese Menschen zu verschonen. Gerade eben haben sie unser aller Leben gerettet. Hätten sie die Harfe nicht gespielt, hätte die Wilde Jagd uns besiegt.«

König Oberons Augen blitzten kalt wie Stahl. »Wären sie

nicht in unser Reich eingedrungen und hätten sie gerufen, hätten wir erst gar nicht gegen die Wilde Jagd kämpfen müssen!«

Orla ließ den Kopf hängen. Der Elfenkönig hatte recht. Zum Glück hatten die Elfen keine Toten zu beklagen, aber viele von ihnen waren verletzt. Die Sache hätte sehr viel schlimmer enden können. Es war mutig von Conor, dass er sie retten wollte, aber an ihrer Lage würde das nichts ändern. Vielleicht konnte Orla König Oberon irgendwie erklären, dass alles ihre Schuld war, und ihn überzeugen Apollo zu verschonen. Versuchen musste sie es.

»Es tut mir leid«, flüsterte sie und drehte sich dabei so, dass sie zu allen Elfen sprach. »Ich hätte nie hierherkommen und die Wilde Jagd in euer Reich rufen dürfen. Die Verletzungen, die ihr erlitten habt, sind allein meine Schuld. Mein Bruder ist nur wegen mir hierhergekommen. Bitte lasst ihn gehen und …«

»Ihr habt beide unbefugt die Grenze übertreten, also werdet ihr auch beide bestraft«, entgegnete König Oberon. Orlas letztes Fünkchen Hoffnung erlosch.

»Bitte …«, flehte sie mit Tränen in den Augen. Sie dachte an Dad und wie schrecklich es für ihn wäre, wenn sie beide nicht mehr nach Hause kämen.

»Ist schon okay, Olo«, murmelte Apollo und drückte ihre Hand.

»Verzeiht, wenn ich mich einmische, Euer Gnaden«, unterbrach Conor hastig. »Aber hätten sie die Wilde Jagd nicht gerufen, hätten wir nie mit eigenen Augen gesehen, wie stark sie geworden ist. Ihr habt erlebt, wie schwer sie zu schlagen war. Balor musste aufgehalten werden!«

König Oberon funkelte Conor wütend an. »Wer ist dieser

unverschämte Elf, der glaubt so mit seinem König sprechen zu können?«

»Die Schmetterlinge melden, er habe den blauhaarigen Menschen und die Harfe hierhergebracht!«, rief eine der königlichen Wachen, auf deren Ohr ein Schmetterling saß.

»Du hast die Harfe hierhergebracht?«, polterte der König.

Conors Wangen röteten sich. »Ja, Euer Gnaden.«

»Nicht nur, dass du trotz des Verbots einen Menschen in unser Reich geführt hast … Du hast zudem einen so wertvollen magischen Gegenstand wie die Harfe nicht umgehend deinem König ausgehändigt? Obwohl es deine Pflicht und ein Leichtes für dich gewesen wäre, sie ihnen abzunehmen? Du wirst ebenfalls bestraft.«

»Ihr dürft Conor nicht bestrafen. Er hat das Richtige getan!«, protestierte Apollo. »Er hat deswegen sogar einen Flügel verloren.«

König Oberon sah ihn verärgert an. »Der Flügel wäre nachgewachsen. Aber dazu ist es nun zu spät. Der Elf wird ausgelöscht. Ergreift ihn!«

Ausgelöscht. Das klang übel. Zwei Elfenwachen packten Conor und drehten ihm die Arme auf den Rücken.

Conor wehrte sich nicht. »König Oberon, ich weiß, was ich getan habe, ist unverzeihlich. Ich muss dafür bestraft werden. Dennoch bitte ich Euch noch einmal inständig: Lasst diese Menschen in ihre Welt zurückkehren.«

»Sie haben unsere Feinde hierhergeführt. Sie werden den Preis dafür bezahlen.«

»Nein, werden sie nicht!«, rief eine Stimme, die Orlas Herz auf die doppelte Größe anschwellen ließ.

Erstaunt wirbelte sie herum. »Gran?«

Zuerst dachte sie, sie hätte sich die Stimme nur eingebildet, aber Apollo und die Elfen sahen sich ebenfalls um. Durch die Bäume kam eine kleine zerzauste Gestalt in einem zerrissenen karierten Pyjama auf sie zugestampft. Gran sah blass und müde aus, aber zu allem entschlossen. Und was das Schönste war, ihre Augen waren wieder grün und funkelten! Eine Welle der Freude überspülte Orla. *Gran ging es gut!* Fionn musste einen Weg gefunden haben, sie zu heilen. Dann konnte er die anderen vielleicht ebenfalls heilen.

Orla wollte sofort zu Gran laufen und sie umarmen, aber die Elfen hatten noch immer ihre Pfeile auf sie und Apollo gerichtet.

»Hört auf, meine Enkel mit diesen grässlichen Dingern zu bedrohen!«

Ein Raunen ging durch die Reihen der Elfen. Ein paar von ihnen senkten die Bogen und sahen verunsichert zu ihrem König. Gran war nicht irgendein Mensch. Sie war ihre Freundin.

König Oberon schien Grans Auftritt ebenfalls aus dem Konzept zu bringen. »Miss Elizabeth, meine alte Freundin! Wie schön Euch wohlauf zu sehen.«

»Alte Freundin – ist das so?«, schnaubte Gran und drängelte sich durch die Elfen, um sich schützend vor Orla und Apollo zu stellen. »Ihr wusstet, dass die Wilde Jagd mich geholt hat, und habt nichts dagegen unternommen! Und Ihr wollt mein Freund sein?«

»Uns waren die Hände gebunden … das Friedensabkommen«, stammelte König Oberon. Es war seltsam zu beobachten, wie diese Respekt einflößende Gestalt, die gerade noch vor Zorn bebte, plötzlich so kleinlaut wurde. »Ihr wisst, dass wir uns nicht in die Angelegenheiten der Wilden Jagd einmischen. Ihr müsst das verstehen. Wir waren sehr traurig über Euren Verlust. Natürlich waren wir das. Aber wir wussten auch, dass wir Euch ohnehin bald verlieren würden. Nach der Zeitrechnung der Elfen sterben Menschen sehr früh. So ist das eben.«

Gran verschränkte die Arme vor der Brust. »Dann war es euch mein kurzes Leben also nicht wert, zumindest zu versuchen es zu retten? Nun, manchen Leuten war es das. Zwei sehr mutigen und klugen Leuten«, fügte sie noch hinzu und drehte sich zu Orla und Apollo um. Ihre grünen Augen strahlten.

Orla und Apollo strahlten zurück.

»Ich weiß nicht, wie sie es angestellt haben«, sprach Gran weiter und drehte sich kopfschüttelnd wieder dem König zu, »aber sie haben nicht nur mich gerettet, sondern uns alle – Euch eingeschlossen, König Oberon.«

»Aber Miss Elizabeth, sie waren diejenigen, die ...«

»Ja, ich weiß. Sie haben die Wilde Jagd gerufen. Fionn hat mir alles erzählt. Aber letztendlich haben sie Euch damit einen Gefallen getan. Und mit Verlaub, nur ein Dummkopf würde das nicht erkennen.«

Orlas Augen weiteten sich. Wie konnte Gran so mit dem Elfenkönig sprechen? Wahrscheinlich gab er jetzt den Befehl, sie alle auf der Stelle zu erschießen. Aber er tat es nicht. Stattdessen zog er das Genick ein wie ein unartiges Kind, das ausgeschimpft wurde.

»Hätten sie die Wilde Jagd nicht gerufen«, fuhr Gran fort, »hätte Balor sich immer mehr menschliche Opfer geholt, auch ohne die Harfe. Sein Heer wäre immer größer geworden und er so stark, dass niemand ihn mehr hätte aufhalten können! Er war schon jetzt viel zu mächtig. Ohne die Hilfe meiner großartigen Enkel hättet Ihr die Schlacht verloren. Balor wollte die Harfe zwar, aber gebraucht hätte er sie nicht. Er war schon fast nicht mehr zu stoppen. Nach heute Nacht ist sein Heer jedoch wieder beträchtlich kleiner.« Gran deutete auf den Teppich aus schwarzen Federn. »Und das habt Ihr meinen Enkeln zu verdanken, denen es zudem auch noch gelungen ist, Balor eine mächtige Waffe aus den Klauen zu reißen.«

König Oberons gieriger Blick wanderte zu der Harfe, die Orla schnell aufhob und an die Brust drückte. Für einen Moment herrschte Schweigen. Zunächst zögerte der Elfenkönig, doch dann nickte er. »Ihr wisst, dass wir Elfen nicht lügen können, Miss Elizabeth. Und ich erkenne die Wahrheit in Euren Worten.«

Richtig. Plötzlich fiel auch Orla wieder ein, dass Elfen nicht lügen konnten. Sie sah zu Conor. Hatte er gelogen und behauptet sterblich zu sein? Oder hatte er die Wahrheit einfach nur verschwiegen?

»Gut. Dann hört auf, meine Enkel zu bedrohen, und lasst uns nach Hause gehen.«

König Oberon biss die Zähne zusammen. »Einverstanden«, sagte er und seufzte. »Händigt uns die Harfe aus, dann könnt ihr gehen. Elfen, senkt die Waffen!«

Während die Elfen ihre Pfeile zurück in die Köcher steckten, drehte Gran sich um und zog Apollo und Orla in ihre Arme. Sie war so schwach, dass Orla Angst hatte, ihr wehzutun. Aber Gran drückte sie, so fest sie konnte, an sich. »Ach, welch ein Glück, dass es euch gut geht.«

»Und welch ein Glück erst, dass es *dir* gut geht, Gran! Du warst in den Fängen einer Horde Ungeheuer!«, entgegnete Apollo.

»Ach, mit denen wäre ich schon fertiggeworden!« Gran lächelte, aber ihre Augen konnten ihre Angst nicht ganz verbergen. Orla dachte an die Schreie und das Gefühl, als Balor und die Wilde Jagd die Traurigkeit aus ihr heraussaugt hatten, und drückte Gran noch fester.

Gerade als sie nach den anderen Entführten fragen wollte, waren aufgebrachte Rufe zu hören und Orla drehte sich um. Conor hatte sich von den Elfen, die ihn festgehalten hatten, losgerissen und kam auf sie zu.

»Ich brauche nur einen Moment«, bat er. »Ich weiß, dass du mir niemals verzeihen wirst, und das verlange ich auch gar nicht. Aber ich will, dass du es wenigstens verstehst, bevor sie mich auslöschen.« Er schloss die Augen und berührte Orlas Arm.

Plötzlich tauchten fremde Erinnerungen vor ihrem inneren Auge auf.

Conors Erinnerungen.

Sie sah ihn, wie er Gran bei ihren Besuchen bei den Elfen im Verwunschenen Wald ganz genau beobachtete und ihren Geschichten über die Menschen ebenso gebannt lauschte wie sie und Apollo den alten Erzählungen von Fabelwesen. Sie spürte seine Sehnsucht zu wissen, wie es war, sterblich zu sein und all das zu fühlen, was Menschen fühlten.

Dann machten Conors Erinnerungen einen Zeitsprung und Orla sah sich selbst in der Nacht, in der sie Gran in den Verwunschenen Wald gefolgt war. Sie sah, wie Conor sie entdeckte, ihr Elfenstaub in die Augen blies, damit sie einschlief, und sie dann sicher nach Hause brachte. In dieser Nacht beschloss er sich mit einem Elfenzauber das Aussehen eines Menschenjungen zu geben. Er wollte Gran bitten ihm beizubringen ein

Mensch zu sein. Deshalb wollte er Apollo und Orla auch unbedingt helfen sie zu finden. Aber das war nicht der einzige Grund. Conor dachte, wenn er möglichst viel Zeit mit Menschen verbrachte, würde er etwas darüber lernen, wie sie sich verhielten.

Doch dann fühlte er sich plötzlich selbst immer mehr wie ein Mensch und begann sich Apollo und Orla verbunden zu fühlen. Orla sah durch Conors Augen, wie er ihr gelbes Haarband ins Meer warf, das ihm so viel bedeutete, dass er es für ein geeignetes Geschenk für die Wassergeister hielt.

Conor hatte angefangen sie und Apollo zu mögen.

Trotz allem war und blieb er aber ein Elf, weshalb magische Gegenstände eine unwiderstehliche Anziehungskraft auf ihn ausübten. Und es war seine Pflicht, sie seinem König zu überbringen. Orla spürte, in was für einen quälenden Konflikt ihn die Harfe stürzte. Letztendlich konnte er jedoch nicht widerstehen und folgte Orla in den Wald, um ihr das mächtige Instrument zu stehlen. Als er seinen Fehler erkannte, ging er zu Apollo, um ihm die Harfe zurückzugeben und ihn zu Orla ins Elfenreich zu bringen – wo er sie beide beschützte, als sie ihn am meisten brauchten.

Der Druck von Conors Hand auf Orlas Arm ließ nach. Mit einem Ruck kehrte sie zurück in ihren eigenen Körper und war wieder in der Gegenwart.

Die Elfen zerrten Conor von ihr weg und drehten ihm die Arme so grob zurück auf den Rücken, dass er vor Schmerz aufschrie.

»Hört auf ihm wehzutun!«, rief Apollo.

»Löscht ihn aus«, befahl König Oberon.

Conor zog den Kopf ein und schloss die Augen.

»Nein!« Orlas Schrei war lauter als geplant. »Bitte nicht, Euer Gnaden«, fügte sie schnell hinzu. Gran war zwar ungestraft davongekommen, aber Orla war klar, dass der König sich normalerweise nicht gerne sagen ließ, was er zu tun hatte. Trotzdem mussten sie ihn stoppen. Conor hatte bis zuletzt zu ihnen gehalten, jetzt waren sie an der Reihe.

Die Edelsteine der Harfe in ihrer Hand glitzerten und plötzlich wusste Orla, was sie zu tun hatte. »Hast du das Taschenmesser noch?«, flüsterte sie Apollo zu.

Apollo runzelte die Stirn. »Ja, warum … Oh!« Er grinste, zog das Messer aus der Tasche und hielt es ein zweites Mal an die Saiten. Dieses Mal versetzte es Orla einen schmerzhaften Stich. Nun, da sie die wundervolle Musik der Harfe und ihre Macht kannte, verspürte sie den starken Drang, Apollos Hand wegzuschieben und das Instrument zu beschützen. Aber anders als der Elfenkönig hatte sie die Magie der Harfe nicht im Blut. Für ihn war die Vorstellung, diesen wertvollen magischen Gegenstand, den er schon fast in Händen hielt, wieder zu verlieren, unerträglich.

»Lasst Conor gehen oder Ihr könnt Euch von der Harfe verabschieden«, drohte sie.

König Oberon traten die Augen aus dem Kopf. Es war ein gefährliches Spiel. Orla riskierte ihn so sehr zu verärgern, dass er am Ende keinen von ihnen gehen ließ und den Elfen befahl sie hier und jetzt zu erschießen – noch bevor Apollo die Saiten der Harfe durchschneiden konnte. Es wäre sicher klüger gewesen, von hier zu verschwinden, solange es noch ging. Aber sie konnten Conor unmöglich zurücklassen. Nicht nach allem, was er für sie getan hatte.

Gran und Apollo standen ihr unerschütterlich zur Seite.

Als Orla Conor einen Blick zuwarf, antwortete er mit einem schwachen Lächeln, in dem der Freund aufblitzte, den sie kannte.

Alle hielten den Atem an.

»Nun gut«, knurrte König Oberon. Er klang zugleich verärgert und gelangweilt. »Wenn es euch so viel bedeutet, kann er gehen. Und jetzt gebt mir die Harfe.«

Apollo ließ das Taschenmesser sinken. Der gierige Gesichtsausdruck des Königs ließ Orla jedoch zögern.

»Zuerst müsst Ihr uns Euer Wort geben, dass Ihr die magischen Kräfte der Harfe niemals gegen Menschen einsetzen werdet«, sagte sie. Sie wusste, dass sie hoch pokerte, aber die Harfe war zu mächtig, um sie ihm einfach so auszuhändigen.

König Oberon sah sie finster an. »Du verdirbst uns den ganzen Spaß … Aber sei's drum. Ihr habt mein Wort.«

Orla hielt ihm die Harfe hin. König Oberon schnappte sie sich. »Sie ist so schön, wie ich gehört habe«, sagte er und bewunderte den edelsteinbesetzten Rahmen. »Unsere Abmachung gilt. Conor ist hier nicht mehr willkommen. Ihr könnt ihn mitnehmen in die Welt der Menschen. Aber seid gewarnt, keinem von euch ist gestattet je wieder ins Elfenreich zurückzukehren. Das nächste Mal werde ich keine Gnade mehr walten lassen. … Und wenn Conor vierzig Tage und Nächte in der Gestalt eines Menschen gelebt hat, wird er für den Rest seines kurzen Lebens einer von euch sein und ebenso schnell sterben wie der Rest von euch.«

»Klingt großartig!«, sagte Conor grinsend.

Apollo verdrehte die Augen.

»Ihr, meine liebe Freundin, seid selbstverständlich weiterhin willkommen«, fügte König Oberon an Gran gerichtet hinzu.

»Kommt wieder und besucht uns, sobald die Mittsommernachtszeit vorüber ist.«

Gran schüttelte den Kopf und hielt Apollo und Orla fest an den Händen. »Danke, Euer Gnaden, aber ich fürchte, ich werde nicht wiederkommen. Seit meine Kathleen tot ist, habe ich mehr Zeit hier verbracht, als gut für mich ist. Von nun an werde ich in der Welt der Menschen bleiben – bei meiner Familie, die nun offensichtlich ein neues Mitglied hat …« Sie drehte sich um und zwinkerte Conor zu.

Conor schenkte ihr sein umwerfendstes Lächeln. »Wirklich? Oh, danke. Das ist grandios!«

»Dann ist das wohl ein endgültiger Abschied, Miss Elizabeth«, sagte König Oberon laut.

»Ja, ich denke, das ist es. Gehabt Euch wohl, König Oberon. Ich wünsche Euch alles Gute.«

»Und ich Euch, Miss Elizabeth.« König Oberon sah ein wenig traurig aus.

Obwohl er Gran nicht aus den Fängen der Wilden Jagd befreit hatte, war offensichtlich, dass er sie mochte – sosehr ein Elf einen Menschen eben mögen konnte. Dann fiel sein Blick wieder auf die Harfe und er lächelte. »Nun denn, Elfen! Wir haben einen Sieg zu feiern! Meine neue Harfe wird Lieder für uns spielen, die uns die ganze Nacht fröhlich stimmen.«

Jubel und Jauchzen erfüllten die Lichtung.

»Aber zuvor werden wir unsere Gäste dorthin zurückschicken, wo sie hingehören.«

»Gäste?«, brummte Apollo. »Vor ein paar Minuten wollten sie uns noch töten.«

Gran, Apollo, Orla und Conor wurden in die Mitte des Elfenkreises geschoben. Plötzlich fiel Orla das Pooka wieder ein. Sie sah sich um, konnte es aber nirgends entdecken. König Oberon und seine Wachen traten hinter die Steingrenze.

»Haltet euch alle an den Händen«, wies Gran sie an. »Schließt die Augen und denkt an den Verwunschenen Wald. Denkt an zu Hause.«

Orla warf Apollo einen letzten Blick zu und grinste. Dann schloss sie die Augen. Links spürte sie Conors warme, starke Hand, rechts Grans zierliche und zerbrechliche. Sie dachte an den Verwunschenen Wald und an Grans kleines Haus, bis ein lautes Rauschen in ihren Ohren dröhnte. Der Boden unter ihren Füßen verschwand und sie wurden zurückkatapultiert in die Welt, aus der sie kamen.

39

Unglaublich langweilig und normal

Orla landete mit einem dumpfen Aufprall und öffnete die Augen. Sie waren wieder im Verwunschenen Wald. Keine schwarzen Federn am Boden. Kein goldener Elfenstaub in der Luft. Kein König Oberon und keine königlichen Wachen. Nur normal große Bäume und die sehr viel kleineren, mit Moos bewachsenen Steine, die wie bewegungslose Wächter um sie herum standen.

»Geschafft!« Gran ließ ihre Hände los und bemerkte erschrocken Orlas und Apollos Verletzungen. »Ach herrje, was ist denn mit deiner Schulter passiert, Schatz? Und du blutest ja, Apollo! Wir gehen am besten sofort nach Hause, damit ich mir das genauer ansehen kann. Vielleicht brauchen wir einen Arzt …«

Gran war wieder ganz die Alte. Ihr besorgtes Gezeter trieb Orla die Tränen in die Augen.

»Wir dachten, wir hätten dich verloren«, presste sie hervor.

»Hat Fionn dich gerettet?«, wollte Apollo wissen. Auch er hatte vor Glück feuchte Augen.

Gran schüttelte den Kopf. »Nein, es war Orlas Musik. Das Lied, das du gespielt hast, Schätzchen. Es war so mächtig, so voller Freude und Liebe, dass es mich zurückgeholt hat. Und nicht nur mich, auch die anderen Opfer der Wilden Jagd!«

»Was? Alle?« Orla blieb vor Erleichterung und Erstaunen der Mund offen stehen.

Gran nickte. »Alle.«

»Und eine Harfe, die gebrochene Herzen kuriert.« Als Apollo die letzte Zeile des alten Liedes sang, wurde Orla klar, dass sie die Lösung die ganze Zeit gekannt hatten. »Natürlich!«

»Musik kann heilen. Sie bringt die Menschen zurück zu sich selbst«, murmelte Orla. »Das hat auch Mum immer gesagt.«

»Tja, und wie immer hatte deine Mum recht. Musik kann heilen. Insbesondere, wenn sie auf einer sehr mächtigen alten Zauberharfe gespielt wird. Ich hätte es nie für möglich gehalten, dass man rückgängig machen kann, was die Wilde Jagd den Menschen antut. Aber ich hätte auch nie gedacht, dass Dagdas Harfe uns zu Hilfe kommt!« Sie zwinkerte Orla zu, der die Brust schwoll vor Stolz. Schon als Orla Gran gesehen hatte, dachte sie, sie wäre der glücklichste Mensch der Welt, doch nun, da sie wusste, dass es auch den anderen Entführten gut ging, grinste sie wie ein Honigkuchenpferd.

»Woher wusstest du, wie du die Lieder der Harfe spielen musst, Olo?«, fragte Apollo aufgeregt. »Oder welche Töne man singen muss, um sie zu rufen?«

Orla schüttelte den Kopf. »Ich wusste es nicht. Es ist einfach aus mir herausgekommen.«

»Sie hat die Musik in sich«, erklärte Conor. »Sie musste nur aufhören dagegen anzukämpfen. Du warst fantastisch, Orla.

Apropos fantastisch … Wie sehe ich aus?« Er drehte eine Pirouette.

Conors Haut hatte aufgehört zu schimmern und er trug wieder T-Shirt, Jeans und Jacke. Er sah immer noch gut aus, aber im Vergleich zu vorher eher unspektakulär mit all seinen Kratzern und blauen Flecken im Gesicht.

»Unglaublich langweilig und normal«, meinte Apollo.

Conor grinste. »Grandios. Genau das war der Plan.«

Orla und Apollo prusteten los.

»Was ist?«, fragte Conor verwirrt und sie mussten noch lauter lachen.

»Danke, Conor. Das hat gutgetan. Aber …«, fügte Apollo noch hinzu und wischte sich die Augen trocken. »Er hat absolut recht. Du warst wirklich fantastisch, Olo.«

»Wir waren alle fantastisch«, sagte sie entschieden. »Ich habe die Harfe zwar gespielt, aber das konnte ich nur, weil alle geholfen haben. Auch wenn einer der Anwesenden zwischenzeitlich versucht hat sie zu stehlen …«

Conor zog eine Grimasse. »Musst du mich unbedingt daran erinnern? Es tut mir echt leid. Aber das war der Elf in mir. In vierzig Tagen wird er verschwunden sein.«

»Richtig, dann hast du keine Entschuldigung mehr«, neckte ihn Orla. »Und wird deine Überheblichkeit dann auch verschwunden sein?«

»Welche Überheblichkeit?« Conor wirkte aufrichtig verwirrt.

»Er hat die Harfe zurückgebracht, das ist alles, was zählt«, sagte Apollo. »Hätte Conor dir nicht den Tipp gegeben, sie zu rufen, hätte Balor gewonnen!«

»Stimmt«, sagte Orla. »Allerdings frage ich mich, warum er das nicht schon in der Versunkenen Stadt vorgeschlagen hat.

Es hätte uns viel Ärger mit Königin Coomara und ihrer Armee erspart.«

»Ihr wart in der Versunkenen Stadt?«, rief Gran entsetzt.

Orla und Apollo sahen sich an.

»Dann hat Fionn dir diesen Teil nicht erzählt …«, murmelte Apollo.

»Nein! Hat er nicht!«

Conor schüttelte den Kopf. »Orla hätte die Harfe dort unten gar nicht rufen können, selbst wenn sie dazu bereit gewesen wäre – was sie noch nicht war, wie ich glaube. Nichts für ungut, Orla.«

»Schon okay.« Orla wusste, dass er recht hatte. Vor heute Nacht hatte sie selbst nicht geglaubt, dass sie die Harfe rufen konnte.

Apollo gähnte. »Ich hätte zwar nie gedacht, dass ich das einmal sagen werde, aber ich habe für den Rest meines Lebens genug von Elfenkönigen und Merrowköniginnen. Ihr könnt euch nicht vorstellen, wie froh ich bin, dass endlich wieder alles unglaublich langweilig und normal ist! Na ja, fast normal …«, fügte er hinzu, als plötzlich die Erde bebte und Fionn zwischen den Bäumen auftauchte.

»Wie schön, dass ihr euch auch mal wieder blicken lasst!«, schnaubte der Riese. »Diese Leute gehen mir langsam gehörig auf die Nerven.« Er kniete sich auf den Boden, während die Entführten aufgeregt zwischen seinen Fingern und aus seiner Brusttasche hervorlugten.

»Oh, Gott sei Dank!«, rief Mary Hart, die sich an den Rand von Fionns Tasche klammerte. »Helft uns! Ruft die Polizei. Ich habe keine Ahnung, wie ich hierhergekommen bin, aber dieser … Kerl hält uns als Geiseln gefangen!«

»Ich habe nur auf euch aufgepasst, bis die da zurück sind!«, grummelte Fionn. »Du könntest zumindest ein kleines bisschen Dankbarkeit zeigen und endlich aufhören dich zu beschweren, Mary Hart.«

Mary Hart war baff. »Wie … Wo-Woher weißt du, wer ich bin?«, stammelte sie.

»Sie sind keine Zombies mehr!«, rief Apollo glücklich.

»Zombies? Wo?«, kreischte ein Mann mit Bart in Fionns Hand. »Das alles ist nur ein Traum, habe ich recht? Es muss ein Traum sein.«

»Natürlich«, mischte sich eine sarkastische Stimme ein, die Orla sehr vertraut vorkam. »Alles nur ein Traum, eine Ausgeburt eurer schillernden Fantasie.«

»Gott sei Dank«, murmelte der Mann. Kurzzeitig schien er erleichtert, bis aus dem Unterholz ein kleines Tier mit zotteligem schwarzem Fell auftauchte und er erneut zu kreischen anfing.

»Pooka!«, rief Apollo glücklich.

»Was tust du denn hier?« Gran starrte das Pooka böse an.

Orla fiel wieder ein, dass Gran das Pooka eingesperrt hatte, weil es ein Komplize der Wilden Jagd war. Das alles schien eine Ewigkeit her zu sein. »Ist schon gut, Gran. Das Pooka ist … na ja, zumindest nicht zu hundert Prozent schlecht!«

Das Pooka blinzelte sie an. »Ich glaube, das ist das Netteste, was du je über mich gesagt hast.«

»Danke für deine Hilfe«, sagte Orla ernst.

»Kein Grund, sich zu bedanken. Es war nur Teil meines Versprechens. Ich musste …«

Orla schüttelte den Kopf. »Nein, war es nicht. Nicht alles. Du hättest uns die blauen Blüten nicht geben müssen oder mich ins Elfenreich bringen oder mir den Tipp mit der Taschenlampe geben, der mir wahrscheinlich das Leben gerettet hat. Ohne dich wären wir nicht hier.«

»Ah, das kann man so nicht sagen«, entgegnete das Pooka verlegen. »Mal im Ernst. Wahrscheinlich werde ich es mein Leben lang bitter bereuen einer bekloppten Bande stinkender Menschen geholfen zu haben.«

»Und warum hast du es dann getan? Und warum bist du hier, Pooka? Ich hatte dich von deinem Versprechen befreit. Und selbst wenn ich es nicht getan hätte, jetzt wo wir Gran zurückhaben, hast du dein Versprechen eingelöst.«

»Du hast es befreit?«, fragte Apollo fassungslos.

Das Pooka schien sich extrem unwohl in seiner Haut zu fühlen. »Seht mich nicht so an! Du unterstellst mir Dinge, die so nicht wahr sind. Vielleicht habe ich euch ja nur geholfen, weil ich wütend auf Balor war. An ihn war ich auch durch ein Versprechen gebunden, schon vergessen? Ich warne euch, jeder, der mich zu einem Versprechen zwingt, wird es eines Tages bereuen! Seid also besser vorsichtig!«

»Ja, ja. Wir wissen, dass du uns eines Tages im Schlaf töten wirst … Aber ich werde das Gefühl nicht los, dass du uns irgendwie auch ein winziges bisschen magst, Pooka!«, neckte Apollo und zwinkerte Orla dabei zu.

Das Pooka sah aus, als hätte es sein eigenes Erbrochenes verschluckt. »Oh nein, das ist …«

»Das ist schon okay. Wir mögen dich auch.« Apollo drückte das Pooka an sich.

»Igitt!« Das Pooka würgte. »Nimm deine fettigen Finger aus meinem Fell!« Aber es stieß Apollo nicht weg. Ein Geräusch wie das Brummen eines Motors war zu hören.

»Pooka? Du schnurrst doch nicht etwa?«, fragte Orla erstaunt.

»Ganz im Gegenteil. Das ist ein natürlicher Reflex zur Selbstverteidigung.«

»Wie süß!« Von allem, was sie heute Nacht erlebt hatten, war das so ziemlich das Letzte, womit Orla gerechnet hätte.

»Das ist nicht *süß*. Es ist eine besondere Taktik, mit der ich und meinesgleichen Angreifer abwehren.«

Apollo schüttelte den Kopf. »Warum kannst du nicht einfach zugeben, dass du uns aus reiner Nettigkeit geholfen hast? Was soll schlimm daran sein, wenn die Leute wüssten, dass auch Pookas ein Gewissen haben?«

»Machst du Witze?«, schimpfte das Pooka. »In der magischen Welt wäre das fatal. Besonders zusammen mit diesen vermaledeiten Versprechen. Ihr dürft das nie irgendjemandem verraten oder ich …«

»Kratze euch die Augen aus?«, schlug Orla vor.

»Verfüttere euch an die Trolle?«, sagte Apollo.

»Zünde euch an?«, trug Conor bei.

»Alles drei und noch viel schlimmere Dinge«, knurrte das Pooka.

Orla lächelte. »Keine Sorge. Dein Geheimnis ist bei uns gut aufgehoben.«

»Ach!«, mischte sich Fionn ein. »Wie schön. Da wird einem ja ganz warm ums Herz.«

»Ähm … Hallo? Also ich habe ja keine Ahnung, was hier vor sich geht«, nörgelte Mary Hart und lehnte sich aus der Tasche des Riesen. »Oder wer ihr überhaupt seid. Oder warum dieses Tier sprechen kann oder dieser Mann so … riesig ist! Aber ich finde wirklich, ihr solltet …«

»Achtung, Fionn!«, schrie Conor und übertönte sie.

»Warum?«, fragte Fionn.

Doch Conor hielt schon die Hand vor den Mund und blies über seine Handfläche. Goldener Elfenstaub löste sich und flog in die Gesichter von Mary und den anderen Geretteten. Sie blinzelten verwirrt, dann schlossen sie die Augen und fingen an zu schnarchen.

»HAA-TSCHIII«, nieste Fionn. »Kruzifix! Ich hasse dieses Zeug.«

»Es war das letzte Mal. Versprochen«, sagte Conor, als er Orlas vorwurfsvollen Blick bemerkte. »Ich wollte nur helfen. Wenn sie wieder aufwachen, werden sie wirklich glauben, alles war nur ein seltsamer Traum.«

»Und wie sollen wir sie jetzt alle nach Hause bringen?«, überlegte Orla laut.

»Ich bringe sie. Zufällig weiß ich, wo sie wohnen.« Fionn grinste breit.

»Würden Sie das wirklich tun? Das wäre furchtbar nett von Ihnen, Herr Fionn!«, sagte Apollo dankbar.

Das Pooka war nicht das einzige Fabelwesen, das ihnen geholfen hatte, ohne es zu müssen. Auch der Riese hatte offensichtlich ein heimliches Gewissen. »Vielen Dank … aber warum tun Sie das, wenn ich fragen darf? Und warum sind Sie uns im Elfenreich zu Hilfe gekommen?«

Fionn zuckte die Achseln. »Ich musste an euch und eure Gran denken. Und an all die anderen Menschen, die von ihren Familien getrennt waren – so wie Benny und ich seit vielen Jahren. Es hat mich traurig gemacht. Ich wollte das wieder in Ordnung bringen.« Er seufzte. »Und da ist noch etwas, das ich in Ordnung bringen werde. Morgen Nacht werde ich mich auf den Weg nach Schottland machen und Benny besuchen. Dank deinem Schwimmunterricht, Apollo, kann ich das jetzt. Vielleicht verzeiht er mir, dass ich die Brücke zerstört habe, und wir können sie gemeinsam wieder aufbauen und uns regelmäßig sehen.«

»Schwimmunterricht?« Grans Augen weiteten sich.

Orla grinste. »Wir haben dir einiges zu erzählen, Gran.«

»Sieht ganz danach aus!«

»Das ist schön zu hören«, freute sich Apollo.

»Ja«, stimmte Orla ihm zu. »Ich bin sicher, Ihr Bruder wird Ihnen verzeihen. Meiner hat mir verziehen und ich war wirklich schrecklich zu ihm.«

»Sooo schrecklich dann auch wieder nicht.«

Orla hob die Augenbrauen.

»Okay. Du warst grässlich … Aber sie hat recht, Herr Fionn. Wenn ich nach allem, was sie mir angetan hat, in der Lage bin zu verzeihen, dann …«

»Übertreib es nicht, Polo.«

»Also wenn Sie sich aufrichtig entschuldigen, Herr Fionn, wird Ben Ihnen sicher verzeihen. Geschwister tun das.«

»Werden wir Sie wiedersehen?«, fragte Orla. Irgendwie war sie traurig, dass der Riese fortging.

»Wer weiß?« Fionn zwinkerte ihr zu. »Die Zukunft kann ich zwar nicht vorhersagen, aber wenn Apollo mir noch ein paar Geschichten zu erzählen hat, werde ich sie mir gerne anhören. Und eure Gran scheint ja auch eine ganz gute Erzählerin zu sein …«

Gran lächelte. »Tja, mit den Elfen bin ich zwar fertig, aber einem Riesen könnte ich ab und an wohl schon eine kleine Geschichte erzählen. Insbesondere, da ich nun weiß, wie nett er zu meinen Enkeln war.«

Das Pooka sah sehnsüchtig zu ihr hinüber.

»Und einem Pooka?«, fragte Apollo schmunzelnd.

»Pah! Als ob ich Geschichten von stinkenden …«

»Und einem Pooka auch«, sagte Gran. »Vorausgesetzt, es verkneift sich seine ständigen Todesdrohungen.«

Das Pooka stellte die Hasenohren auf und fing wieder an zu schnurren. »Oh Mann, das ist echt peinlich«, murmelte es.

Woraufhin Apollo es gleich noch einmal umarmte.

Der bärtige Mann in Fionns Hand stieß einen besonders lauten Schnarcher aus.

»Ach ja, richtig«, sagte Fionn. »Ich geh dann wohl besser. Ich will diese Leute noch vor Morgengrauen nach Hause bringen. Pooka, du kannst mir helfen die Türen und Fenster zu öffnen, damit ich sie sicher in ihre Betten legen kann.«

»Muss ich?«, nörgelte das Pooka. »Ihr wisst schon, dass ich auch noch ein eigenes Leben habe, oder? Aber gut. Dann ist das wohl meine Strafe dafür, dass ich versucht habe der Wilden Jagd die Türen und Fenster zu öffnen.« Es duckte sich und sprang in einem Riesensatz auf Fionns Schulter. Der Riese erhob sich von den Knien und richtete sich auf.

»Und ihr beide sorgt ganz sicher dafür, dass sie nach Hause kommen?«, fragte Gran noch einmal nach.

Der Riese nickte ernst. »Sie haben mein Wort, Miss Elizabeth.«

»Ach, was soll's. Dann verspreche ich es auch«, rief das Pooka.

Gran sah es erstaunt an. »Ein Pooka, das freiwillig ein Versprechen gibt? Kaum zu glauben. Ich möchte mich bei euch beiden bedanken. Für alles, was ihr für uns getan habt.«

Orla wartete darauf, dass das Pooka abstritt ihnen geholfen zu haben, aber stattdessen sah es mit merkwürdig glänzenden Augen zu Orla und Apollo herunter. Hätte Orla es nicht besser gewusst, hätte sie geglaubt, es wäre traurig sich verabschieden zu müssen.

»Also dann tschüss, ihr ollen Stinktiere!«, rief es. »Bin ich froh, dass ich euch endlich von der Backe habe!«

»Tschüss!«, riefen Conor und Gran.

»Und bis bald«, fügte Fionn mit einem Winken hinzu. Dann drehte er sich um und stampfte durch die Bäume davon, dass die Erde bebte.

Zu ihrer eigenen Überraschung hatte Orla einen dicken Kloß im Hals, als die beiden langsam aus ihrem Blickfeld verschwanden. Apollo drückte ihre Hand und sie fühlte sich sofort besser. Sie war nicht allein, im Gegenteil. Lächelnd drehte sie sich zu Gran und Conor um.

»Also«, sagte Gran und lächelte zurück. »Jetzt will ich aber die ganze Geschichte hören – und zwar bis ins letzte Detail!«

Als sie den Weg zu Grans Haus hinaufgingen, fühlte Orla sich, als hätte man ihr eine schwere Last von den Schultern genommen. Die gähnende Leere in ihrem Inneren war verschwunden und hatte einer unendlichen Dankbarkeit Platz gemacht, dass sie alle heil zurückgekehrt waren.

»Mann, bin ich froh, wieder zu Hause zu sein«, sagte Apollo. »Ich bin am Verhungern.«

»Und ich erst!«, rief Conor.

»Na, dann schauen wir mal, was ich dagegen tun kann«, sagte Gran. »Aber zuerst muss ich mich um eure Verletzungen kümmern.«

Apollo stöhnte. »Uns geht's gut, Gran. Ehrlich. Außerdem will ich ein paar Narben behalten. Das sieht cool aus!«

»Und was wird dein Dad dazu sagen, wenn du so nach Hause

kommst? Eine Woche bei mir und ihr seht aus, als hätte euch ein Tiger zerfleischt!«

»Ein Tiger? Ha! Dies ist einer der seltenen Fälle, in denen die Wahrheit besser ist als eine Geschichte! Auch wenn uns das nie irgendjemand glauben wird …«

Die drei gingen ins Haus.

Orla blieb ein wenig zurück und sah hinauf zu den verblassenden Sternen. Die Dunkelheit löste sich nach und nach auf und mit der aufgehenden Sonne begann der Himmel rosarot zu leuchten. Orla betrachtete den blassen Mond und dachte an die drei Monde im Elfenreich. Sie freute sich darauf, wieder ihr stinknormales Leben zu leben in einer Welt voller Musik, Schokoladenkekse und kleiner Brüder – und ja, auch mit einem Dad, der jemand Neuen an seiner Seite hatte, und mit zwei neuen Brüdern, vielleicht sogar drei, wenn man Conor mitzählte. Orla hatte keine Ahnung, wie sie Dad Conor erklären sollten, aber Gran würde sicher eine Lösung finden.

Allem wohnte ein Zauber inne, man durfte nur nicht aufhören danach zu suchen.

Die Trauer war zwar auch immer noch da, ganz tief in ihrem Inneren, aber sie fürchtete sie nicht mehr. Denn diese Trauer war umgeben von Freude, Liebe und vielen kleinen Wundern.

Orla schwor sich von nun an Augen, Ohren und Herz für die Magie in dieser Welt offen zu halten.

Sie ging ins Haus und schloss leise die Tür. Die Morgensonne schien durch das Milchglas und hüllte sie in ein warmes Licht.

Als Orla Mums Foto betrachtete, spürte sie ein sanftes Ziehen im Bauch, aber der Drang, sich sofort wieder abzuwenden, war verschwunden. Der Schmerz, Mum verloren zu haben, würde nie ganz weggehen, das wusste Orla jetzt. Es ging nicht darum, Mum zu vergessen. Es ging darum, auch dem Glück Raum zu geben.

Aus der Küche waren das Schlagen von Schranktüren, das Klappern von Keksdosen und Conors, Apollos und Grans Lachen zu hören. Für einen Moment blieb Orla noch im Flur und fühlte sich wie die alte Orla, die allein vor der Tür stand, wie so oft seit Mums Tod.

»Olo, komm!«, rief Apollo. »Du wirst es nicht glauben, aber Gran hat noch Tiffin gefunden!«

Orla lächelte. Und plötzlich konnte sie es gar nicht mehr erwarten, bei ihnen in der warmen Küche zu sitzen und mit ihnen zu lachen.

Dank

Ein Dankeschön aus tiefstem Herzen an die wunderbare Caroline Walsh, an Christabel McKinley und an David Higham für ihre kluge Unterstützung. Ebenso an meine Lektorin Jenny Glencross für ihre hervorragenden Vorschläge und die gemeinsamen Spaziergänge. Danke, Rachel Leyshon, für das scharfsinnige Lektorat, sowie Kesia Lupo und dem gesamten Team von Chicken House Books.

Herzlichen Dank an David Dean und Studio Helen für das Cover, in das ich ganz vernarrt bin.

Und wie immer danke ich meiner wunderbaren Familie und meinen tollen Freunden für ihre Unterstützung, ganz besonders Sue, Matt und Chris.

Das allergrößte Dankeschön verdienen jedoch die vielen fantastischen Buchhändler, Blogger, Lehrer und jungen Leserinnen und Leser, die mein erstes Buch, ›Aribella und die Feuermaske‹, unterstützt haben. Eure netten Worte und dass ihr euch für meine Geschichte starkgemacht habt, haben mir die Welt bedeutet. Ich hoffe sehr, dieses Buch hat euch ebenso gut gefallen.

Wie schon zu Beginn erwähnt, habe ich mir für diese Erzählung Lieblingsfiguren aus der irischen Mythologie ausgeborgt – wie das Pooka (auch Púca oder Phouka), die Banshee, die Merrows und die Wilde Jagd – und diese mit anderen geliebten Mythen und Legenden meiner Kindheit – wie König Oberon, Trollen, Kobolden und Wassergeistern – vermischt.

Zudem habe ich mir die künstlerische Freiheit genommen, vieles neu zu interpretieren, wie beispielsweise den Streit der Riesen Fionn und Benandonner (in meiner Geschichte Ben), die eigentlich gar keine Brüder sind und sich auch nicht wegen dem Lachs der Weisheit zerstritten haben. Das ist eine andere Geschichte über Fionn, die ich für mein Buch adaptiert habe. Die vier Schätze Dagdas habe ich ebenfalls leicht verändert und den Todesfluch, mit dem die Versprechen des Pookas belegt sind, habe ich mir ausgedacht.

Das wichtigste Detail, das ich hier noch erwähnen muss, ist jedoch der Tiffin, der, wie mir ein früher Leser verraten hat, keine explizit irische Spezialität ist. Tiffin war jedoch eine Spezialität meiner eigenen wunderbaren, freundlichen und lustigen Granny Ireland. Jedes Mal, wenn wir zu ihr zu Besuch kamen, hat sie welchen für uns gemacht. Tiffin wird für mich immer nach Irland schmecken, weshalb ich ihn nicht aus der Geschichte herausgenommen habe.

Eine wunderbare Fantasy
vor der Kulisse Venedigs

Von Anna Hoghton ist bei dtv außerdem lieferbar:
Aribella und die Feuermaske